당신은 무엇을 먹고 사십니까

선재 스님이 들려주는
자연과 음식, 인간에 대한 이야기

당신은 무엇을 먹고 사십니까

글 ─ 선재

불광출판사

서
문

옛날 어리석은 사람이 있었습니다. 목이 말랐던 그는 물을 찾아 헤매다 큰 강물에 이르렀습니다. 그런데 바라보기만 할 뿐 정작 마시려 하지 않았습니다. 옆에 있던 사람이 물었습니다.

"그대는 목이 마르다 해서 물을 찾더니 이제 물 있는 곳에 왔는데도 안 마시는 것은 무슨 까닭인가?"

그 사람이 대답했습니다.

"그대가 이 물을 다 마실 수 있다면 나도 마시겠다. 이 물은 너무 많아 그대나 나나 다 마실 수가 없다. 그래서 나는 마시지 않는다."

그때 이 말을 들은 여러 사람들이 모두 웃었습니다.

『백유경百喩經』에 나오는 이 이야기는 인간의 어리석은 마음을 경계하는 가르침이 담겨 있습니다. '다 마실 수 없으니 아예 마시지 않겠다'는 것은 어차피 다 알지 못하니까 배우지 않겠다, 어차피 피할 수 없는 일인데 가만있겠다는 것과 같은 뜻이지요. 이 또한 인간의 욕심과 이기심의 또 다른 모습입니다.

사찰음식이 산문山門을 나온 지 20여 년입니다. 식탁까지 위협하는 환경오염과 건강에 대한 관심이 사찰음식 열풍을 불러왔지요. 산중 스님들은 무엇을 드시기에 저렇게 맑은 얼굴로 건강하게 살까, 하는 호기심으로 들여다본 것입니다. 사찰음식을 알고 싶고, 배우려는 이들이 구름처럼 몰려들었습니다. 그즈음 내가 진행하는 사찰음식 강의에 2천여 명이 대기했을 정도였습니다. 사찰음식 간판을 건 식당이 곳곳에 문을 열었고, 전문가들도 늘어갔습니다. 그러면서 사찰음식이 상업화되기도 하고, 일반음식과 결합하면서 왜곡되기도 했습니다. 그러면서 사찰음식의 진정한 가치는 흐려졌습니다.

나는 오래 전 병을 앓고 절집 음식을 먹으며 건강을 회복했습니다. 부처님은 '식자제食自制가 곧 법자제法自制'라고 했습니다. 스스로 음식을 다스려야 법(진리)을 세울 수 있다는 뜻입니다. 그만큼 수행에서 먹을거리가 중요하다는 뜻입니다. 삶도 마찬가지입니다. 생명을 잇게 하고 삶의 질에도 결정적인 영향을 줍니다. 우리는 혀의 맛을 좇아가는 삶이 아니라 음식을 통해 몸과 마음을 조율하며 지금보다 나은 삶을 살아야 합니다.

절집 음식은 현대인을 힘들게 하는 이런저런 문제를 해결해줄 수 있는 대안이자 삶을 긍정으로 이끄는 하나의 철학입니다. 음식이야 대충 먹으면 되지, 먹는 것에 너무 신경 쓰지 말자, 맛있는 것만 먹겠다, 등이는 음식에 대한 게으름과 무지함입니다. 음식이야 맛있으면 되지 뭐가 있을까, 하며 사찰음식에 깃든 철학을 알려 하지 않는다면, 마치 목이 마른 사람이 강물을 마시지 않겠다는 것과 같습니다.

스님 그리고 수행자는 완전히 깨달은 사람이 아닙니다. 다만 우리는 매일매일 밥을 먹는 것처럼 매일매일 수행하며 깨달은 마음을 하루하루 연장하며 살아갈 뿐입니다. 이 책에는 나의 삶과 사찰음식을 전하면서 겪은 소소한 이야기들, 불교에서 전하는 음식에 대한 지혜를 담았습니다. 그리고 음식의 대홍수라 할 만한 요즘 세상에서 사찰을 넘어 한국인이라면 꼭 먹어야 할 우리 먹을거리를 정리해보았습니다.

사찰음식은 스님들의 평범한 일상식입니다. 맑은 물에 된장, 간장, 고추장 담가 먹는 게 전부인 것처럼 보입니다. 하지만 아주 오랜 세월 스님들의 수행을 도와주고 기도하는 마음이 깃들어 있습니다. 사찰음식이 산에서 우리 곁으로 내려온 까닭이 여기 있습니다. 수행자들의 몸과 마음을 맑게 하여 수행을 돕듯이, 세상 사람들에게는 몸과 마음을 건강하게 하여 좋은 삶을 살게 하는 데 있습니다.

출가하고 처음 맞는 겨울, 어머니가 갑작스럽게 절에 찾아오신 날이 생각납니다. 감감무소식인 딸이 어떻게 지내는지 먼발치에서라도 보고 오겠다는 어머니를 아버지도 끝내 막지 못하셨고, 대신 딸을 보고 절대 울지 않겠다는 다짐을 받으셨답니다. 그날 우리 절 스님들은 노스님의 지휘 아래 밭에서 무를 뽑고 있었습니다. 뽑은 무를 지게로 져 나르는 임무를 맡은 나는 멀리서 걸어오는 어머니를 알아보고 그 자리에 멈쳤습니다. 어머니는 지게를 지고 있는 삭발한 딸의 모습에 놀라 그 자리에 주저앉으셨지요. 나는 지게를 벗어버리고 어머니에게 뛰어갔습니다. 쓰러진 어머니를 스님들이 돌봐주시는 동안 나는 함께 온 언니, 이모들에게 왜 어머니를 이곳까지 오시게 했느냐고 어서 모시고 가라고 했습니다. 그날, 어머니는 딸을 집으로 데려가겠다고 간곡히 부탁하셨는데, 은사스님이 이렇게 말씀하셨답니다.

"하늘과 땅을 뒤덮는 복이 있어야 스님이 된다고 하는데, 아무나 스님 되는 것이 아닙니다. 인연에 맡기고 집에 가 계십시오. 따님이 가고 싶다고 하면 언제든 보내드리겠습니다."

그 말에 어머니는 조용히 절을 내려가셨습니다.

이튿날 지게를 찾으러 밭에 가보았더니 무가 죄다 얼어버렸습니다. 나 때문인 것 같아 민망하고 미안했습니다. 아, 언 무를 어디에 쓴담! 그런데 노스님은 무를 자잘하게 썰어 실로 꿰어 탱자나무에 걸어 두라고 했습니다. 무가 추위에 얼었다 녹았다 마르는 동안, 절에서 살겠다는 생각은 굳어져 갔습니다. 그리고 어느 날, 노스님은 말린 무를 물에 불렸다가 고추장 생강 들기름을 넣은 양념에 재워 굽고 배추고갱이와 함께 공양에 내 주셨습니다. 배추고갱이에 구운 무를 올려 돌돌 말아 먹는데, 어찌나 맛있는지 눈물이 날 정도였습니다. 생각해보면, 그 눈물의 반은 어머니 때문이 아니었나 싶습니다. 스님 되는 게 뭐가 좋다고 어머니 마음을 아프게 하면서까지 절에 남았을까, 정말이지 스님 노릇 잘해야겠다, 얼어버린 무를 맛있는 찬으로 바꾸어내는 신심으로 수행해야겠다는 그런 다짐의 눈물이었습니다.

　지금도 노스님이 해준 언 무 구이 맛을 잊지 못합니다. 또 어머니의 눈물도 기억합니다. 얼어버린 무도 귀하게 여기고 먹을 궁리를 내신 노스님의 정성과 어머니의 마음. 그 두 마음을 나는 사찰음식에 담아 세상 사람들에게 전하고 싶을 뿐입니다.

　사찰음식이 사람들의 삶에 어떤 큰 무엇을 단박에 바꿔줄 수는 없을지도 모릅니다. 그러나 오늘 내가 먹은 것은 무엇인지, 한 번이라도 스스로에게 물어보는 기회가 된다면, 그래서 내가 어떤 생각으로 어떻게 살고 있는지 돌아본다면 그것은 삶의 태도를 바꾸는 작은 씨앗이 될 것입니다. 그런 '작고 소중한 깨달음'을 심어주길, 오늘도 한 그릇 밥에 담아 정성으로 기도 올립니다.

2016. 12월 보리사에서
선재

차
례

한국인이 꼭 먹어야 하는 사계절 사찰음식

사찰음식을 통해 오늘 내가 무엇을 먹었는지 스스로에게 물어본다면
그것은 삶의 태도를 바꾸는 작은 씨앗이 될 것입니다.

프롤로그

나의 삶과
수행 여정

수행자에게 과거의 삶은 부질없습니다. 끊어진 실처럼 아무 소용이 없다는 말입니다. 그래서 스님들은 왜 출가를 했느냐는 질문을 받으면 미소만 지을 뿐입니다. 지금 이 순간의 삶에 집중하여 수행하려는 의지의 표현이기도 합니다. 그럼에도 지금 나의 지난 삶을 짧게나마 들려 드리려는 것은, 내 삶의 여정이 사찰음식에 담긴 정신을 이해하고, 나아가 불법의 이치를 깨달아 좋은 삶을 사는 데 작은 보탬이 되기를 바라기 때문입니다.

8남매의 여섯째로 태어난 나는 갓난아이 때 어머니 젖을 잘 먹지 못한 탓인지 잔병치레가 잦았습니다. 감기는 항상 달고 다녔고 초등학생 때는 운동장 조회에서 자주 쓰러지곤 했습니다. 맥을 짚을 줄 아는 동네 노인은 나를 보고 오래 못 살겠다며 뒤돌아서 혀를 차곤 했습니다. 병약했지만, 다행히 우리집 형편은 끼니를 잇지 못할 정도는 아니었습니다. 수라간 궁녀였다가 개화기 때 궁을 나온 외할머니와 솜씨 좋은 어머니, 그리고 한의에 밝았던 아버지 덕분에 아플 때마다 적절한 음식이나 약재를 먹고 기운을 회복했습니다. 내가 정신을 잃고 쓰러진 날이면 어머니아버지, 할머니 모두 노심초사했기에 가끔은 아픈 것을 참기도 했습니다.

아버지는 독립운동을 했지만, 동네 사람들에게는 아버지의 의술이 더 존경받았습니다. 이른 아침부터 몸이 아파 찾아온 사람들이 집 앞에 줄을 섰고, 아버지는 약재와 음식으로 치유하는 법을 일러주었습니다. 치료비를 받지 않았기에 툇마루에는 사람들이 놓고 간 담배보루나 보리, 콩 같은 곡식자루가 부려져 있었습니다. 어머니는 하루 종일 들고나는 손님들이 먹을 음식을 넉넉히 준비해 두었습니다. 부엌에는 개다리소반이 예닐곱 개씩 쌓여 있었고, 어머니는 상을 치우기 무섭게 또 차리기를 반복했습니다. 객식구 덕에 우리 식구만 오붓하게 둘러앉아 식사하는 일은 많지 않았습니다.

외할머니의 음식 솜씨를 물려받은 어머니는 부들부들한 묵을 채 썰 때도 하나 끊어지는 법이 없었고, 달걀찜을 올리더라도 초록과 붉은색의 고명을 얹는 등 멋을 잊지 않았습니다. 제철에 나는 재료는 볶음이나 무침에 그치지 않고 여러 가지 방법으로 다르게 조리했습니다. 이를테면 호박을 잘게 썰어 빚은 만두를 넣어 끓인 호박편수, 칼집 넣은 가지에 쇠고기와 채소 등의 소를 넣어 쪄낸 가지선 등. 흔한 재료에 많은 품을 들이지 않고도 특별한 맛이 나는 음식이었습니다. 남들도 다 먹는 음식인 줄 알았는데 훗날 우리 집만 해먹었음을 알고 어머니의 부지런함과 정성에 놀랐습니다. 어머니는 하나의 재료에 열 가지 맛을 낼 줄 알았습니다. 삶의 태도가 일상에 스며 있다면, 어머니는 '익숙한 것을 새롭고 다르게 보는 지혜'를 가졌다고 볼 수 있을 것입니다.

또 하나, 어머니의 음식은 다른 사람을 위한 나눔이었습니다. 열한 명의 식구는 물론, 때를 가리지 않고 찾아오는 동네 사람들, 그리고 무엇보다 부처님께 올리는 공양까지 어머니의 손은 쉴 틈이 없었습니다. 일상에서 먹던 음식과 조금 다른 것들을 만들 때면 어머니는 먼저 절에 공양부터 올렸습니다. 갓 뜯은 봄나물이나 새로 쑨 묵, 기름에 튀긴 가죽부각 같은 소박한 음식들이지만, 절기 별로 새로 나오거나 수확한, 그야말로 첫 재료로 만든 것들이었습니다. 봄여름가을겨울, 자연에 변화에 순응하고 감사하는 마음이 담긴 공양이었습니다.

간혹, 어머니와 할머니를 따라 절에 갈 때도 있었습니다. 두 분 모두 목욕을 하고 깨끗한 옷으로 갈아입고 이른 아침 집을 나섰습니다. 이슬이 마르기 전이라 웃자란 풀을 툭 치면 물방울이 후드득 떨어졌습니다. 할머니와 어머니는 가져간 음식을 부처님 전에 올린 다음 합장하고 절을 올렸는데, 그 모습은 절집의 고즈넉함과 함께 어린 나에게 깊은 인상을 남겼습니다. 어머니는 왜 부처님에게 음식을 올리는 것일까. 할머니는 어떤 기도를 하는 걸까. 과연 부처님은 그 기도를 들어주시기나 할까. 어린 나는 기도가 끝나기를 기다리며 생각했습니다. 나의 출가의 씨앗은 거기서 시작되었습니다.

부모님은 몸의 건강만 돌본 것은 아니었습니다. 늘 마음을 바르게 가지도록 했고, 딸도 아들과 똑같이 책을 읽게 하고 학교에 보냈습니다. 무엇보다 '사람됨'을 강조했는데, 나에겐 부모님 삶 그대로가 더 큰 가르침이 되었습니다. 어머니는 동네사람 모두가 가난한 형편을 헤아려, 밥은 반드시 집에서 먹게 하고 식전에 친구 집에 놀러가지 못하도록 했습니다. 어쩌다 친구 집에 밥 신세를 지면 꼭 보리쌀이나 마른국수를 싸주면서 답례를 하게 했습니다. 또 겨울 초입에 동치미 항아리를 밭에 묻는 연례행사도, 실은 우리 식구가 먹으려 한 것이 아니었습니다. 굳이 집 안이 아니라 밭에 묻은 것은 동네 사람 누구라도 눈치 보지 않고 먹을 수 있게 하기 위해서였습니다. 동치미 항아리를 묻던 날, 아버지는 이렇게 말씀하시곤 했습니다. "겨울 동치미는 어떤 약보다 좋은 음식이다. 내가 치료를 해주는 것보다 훨씬 낫다." 동치미가 왜 약보다 좋은 음식일까에 대한 궁금증은 그로부터 오랜 시간이 흐른 뒤에야 풀렸습니다.

아버지의 침술은 멀리까지 소문이 나 종종 이웃마을에 침을 놓으러 갔습니다. 한 번은 서울의 한 의료기관에서 아버지를 모시고 가겠다는 제안을 했습니다. 이 기회에 서울에서 자식들 가르칠 수 있어 좋지 않겠느냐고 했습니다. 아버지는 "서울에는 의사가 많지만 시골에는 없다. 내가 있어야 한다. 자식 교육은 사람됨만 갖추면 된다. 서울이라 해서 특별할 것 없다."는 말로 거절했습니다. 일이 틀어지자 서울 기관에서 아버지가 무면허 의료행위를 했다며 경찰서에 고발했습니다. 다행히 아버지의 치료로 병이 나은 분들이 탄원서를 넣어 석방되었습니다. 그즈음

독립유공자들에게 나라에서 연금을 주는 제도가 생겼는데 아버지는 주위 권유에도 불구하고 유공자 신청을 하지 않았습니다. 오히려 "독립운동은 조선사람이면 당연히 할 일이다. 만약 내가 죽은 뒤에라도 나를 독립유공자로 만들어 연금을 타 먹는 일 따위는 절대 하지 마라."고 당부했습니다. 꼿꼿하기가 이루 말할 데 없는 아버지였습니다. 그런 부모님의 말 한 마디, 행동 하나하나는 겸손과 배려, 자비의 성품으로 내 안에 스며들었습니다.

처음으로 '출가'라는 말을 머릿속에 떠올린 것은 고등학교 다닐 무렵이었습니다. 고등학교 향우회 모임에서 용주사라는 사찰로 수련회를 가게 되었는데, 그곳에서 정무 큰스님의 『부모은중경』 법문을 듣게 되었습니다. 부모의 은혜가 얼마나 크고 깊은가를 담고 있는 이 경전은, 20여 년 동안 살면서 부모님이 해주는 것을 당연하게 여긴 나를 돌아보게 했습니다. 내가 가진 것은 하물며 몸과 마음까지 모두 부모에게서 비롯되었고, 부모가 없었다면 '나'는 없었을 것입니다. 가늠할 수 없는 삼라만상 드넓은 우주에서 부모자식 사이로 만난 것도 생각하면 너무나 기막힌 일이었습니다. 또 아무것도 아닌 '나'라는 존재를 자식이라는 인연 하나로 거두고 키우며 아파하고 기뻐하는 그 마음이 대체 어디에서 오는 것인지 신비로웠습니다. 그야말로 혼자서는 아무것도 할 수 없는 작은 핏덩어리를 온전한 한 인간으로 만들기까지 부모님은 그 모든 것을 당연하게 희생하고 감내하신 것입니다.

정무 스님은 효도하는 방법에 대해 알려주셨습니다. 효도에는 세 가지가 있는데, 하품下品은 맛있는 음식과 옷을 부모에게 대접하는 것이요, 중품中品은 부모 마음을 편안하게 해드리는 것, 그리고 상품上品은 부모에게 불법을 전하여 집착과 윤회에서 벗어나 진정한 자유를 얻게 해드리는 것이라고 했습니다. 듣는 내내 전율을 느꼈습니다. 발심發心하는 순간이었습니다. 스님들의 출가 이유는 모두 다릅니다. 동진童眞 출가는 어릴 때 주위의 뜻에 따라 절에 맡겨져 자연스럽게 불법과 연이 닿은 경우입니다. 어떤 스님은 삶의 여러 가지 고난을 해결하려고, 또 생사生死 문제, 죽음과 존재에 대한 의문을 풀려고 출가를 결심하기도 합니다.

나는 부모자식으로 만난 신비로운 인연과 부모의 은혜에 보답하고 싶었습니다. 그렇게 불법佛法의 길로 첫 발을 내딛은 나는 용주사 수원 포교당에서 청년 활동을 시작했습니다. 기독교계 학교에서 보고 들은 탓에 '사찰도 교회 주일학교처럼 아이들에게 일찌감치 불연佛緣을 심어 주면 얼마나 좋을까'라는 막연한 생각을 했습니다. 틈나는 대로 포교당을 오가며 여러 스님들의 법문을 듣는 동안 출가의 뜻은 점점 분명해졌습니다.

그즈음 버스정류장에서 동네 목욕탕 주인을 만났습니다. 아주머니는 마침 절에 가는 길이라면서 물었습니다. "나 따라 우리 절에 구경삼아 가볼래요?" 그렇게 따라나서 도착한 곳이 화성 신흥사였습니다. 경내를 둘러보던 나는 깜짝 놀랐습니다. 바로 전날 밤 꿈에서 보았던 절과 똑같았기 때문입니다. 낡은 법당과 그 옆에 농막 같은 초가집, 법당에 모신 부처님의 모습은 물론 절 주변 산세가 꿈속에서 본 그대로였습니다. 뒷박에 옹기종기 담긴 무와 처마 밑에 매달려 있는 시래기를 보며 참 정갈한 절이구나, 생각하던 중 비구니 스님 두 분이 다가왔습니다. 얼결에 합장하는데 두 스님의 얼굴이 어찌나 맑은지, 절로 고개가 숙여졌습니다. 마침 어떤 노인이 뒤따라 왔습니다. 한눈에 남루해 보이는 노인에게도 스님은 공손하게 합장하고 방으로 안내했습니다. 차별을 두지 않고 성심을 다하는 스님의 공심公心을 지켜보며, 내가 만약 출가하면 이런 분을 은사로 모셔야겠구나, 싶었습니다. 그 순간 불쑥 이런 생각이 솟아올랐습니다. "그러면 여기서 머리를 깎자!" 산에서 내려오는 내내 가슴이 마구 뛰었습니다.

내가 출가하겠다고 하자 온 가족이 말렸습니다. 아버지는 수행자로 살기에는 내가 몸이 너무 약하다 했고, 어머니는 아무 말도 못하고 눈물만 흘렸습니다. 할머니는 당신 소원이 나와 평생 같이 사는 것이니 생각을 고치라고 애원했습니다. 하지만 나의 출가는 사실 세 어른의 영향 덕분이었습니다. 세 분이 보여준 희생과 나눔, 자비가 불심의 씨앗이 된 것입니다. 아버지는 시집가서 그 집안을 더 훌륭하게 만들고, 아이 낳고 잘 사는 게 부모에게 효도하는 것이라고 했습니다. 나는 더 큰 효도를 하고 싶다며 부모님을 설득했습니다. 그렇게 허락을 받는 데 몇 년이 걸렸습니다. 바로 출가하지 않은 것은 출가만으로도 이미 큰 슬픔인데, 부모의 뜻을 거슬러 더 큰 슬픔을 드리고 싶지 않았기 때문이었습니다. 훗날 경전을 보니 부처님도 "출가를 하기 전에 부모의 허락을 받으라."고 하셨음을 알았습니다. 당시 '야사'라는 청년이 출가한 뒤 그의 아버지가 부처님을 찾아와 "아들이 출가할 때 마치 수천 개의 화살이 심장을 뚫은 듯 고통스러웠다."고 한 말을 부처님이 가슴으로 듣고 내린 말씀입니다.

부모님의 반 허락을 받고 난 뒤 작은 배낭을 꾸려 집을 나왔습니다. 발길은 신흥사로 향했습니다. 꿈속에서 보았던 그 절입니다. 스물다섯 살 때입니다. 한여름 햇볕이 뜨겁게 내리쬐던 날, 머리를 깎았습니다. 검은 머리칼이 바닥에 툭툭 떨어졌습니다. 마치 그동안 내가 쌓아왔던 욕심과 탐심, 망설임과 부끄러움이 끊어지는 기분이 들었습니다. 곁에는 제자로 받아주신 성일 스님이 지켜보고 있었습니다. 출가를 결정하고 첫 삭발을 할 때 대부분 눈물을 흘린다고 하는데 나는 어찌나 시원한지 마치 원래 내 옷을 꺼내 입은 양 날아갈 듯했습니다. 두 번째 삭발 때는 혼자서도 너무 잘 깎아 스님들을 놀라게 했습니다.

계를 받기 전인 행자 시절, 스님들의 공양을 준비하는 일부터 시작했습니다. 공양간에는 반찬을 만드는 채공, 국을 끓이는 갱두, 밥을 짓는 공양주까지 각각의 소임이 정해져 있습니다. 소임을 한 가지로 구분한 것은 그 일에만 온전히 집중하라는 뜻입니다. 한 가지 일에 전력을 다하되 자신이 할 수 있는 최상의 맛을 내라는 것입니다. 찬과 국의 맛이 깊어지고 밥이 잘 되면, 수행이 잘 되어가고 있다고 생각했습니다. 공양 짓는 일은 기본이었고, 낮에는 울력으로 농사를 짓고 밤에는 경전을 공부하는 날들이 이어졌습니다. 몸이 약한 나였지만 이상하게도 힘든 줄 몰랐습니다. 무거운 지게를 메고 산등성이 채마밭을 오르내리면서 게송을 외우는데 얼마나 머리에 쏙쏙 들어오던지 신기했습니다.

공양 짓는 일은 어려서부터 외할머니 곁에서 조물조물 음식을 만들었기에 큰 어려움은 없었지만, 절집 법도에 따라 새롭게 배우는 것들이 많았습니다. 노스님은 공양간의 소금도 그냥 쓰지 않고 절구에 찧어 볶아서 독성을 제거한 뒤 썼고, 조선간장에 서리태와 표고버섯, 다시마, 조청 등을 넣어 폭 끓여 맛간장을 만들어 썼습니다. 절에서 운영하는 어린이불교학교에 참가하는 아이들을 위한 간식 역시 가게에서 사지 않고 일일이 손수 만들었습니다. 말린 사과나 콩과 두부를 이용한 튀김 등 모두 천연재료로 만들었습니다. 절에서 키우는 아이도 아니고 잠깐 왔다가는 아이들인데, 간단하게 사 먹여도 누가 뭐라 하지 않을 텐데 은사스님은 아이들과 관계된 것은 무엇이라도 일일이 좋은 것들로만 꼼꼼하게 챙기셨습니다.

은사스님은 불교의 사회전법 활동이 전무했던 시절, 불교의 미래가 어린이에게 있음을 절감하고 청소년·어린이포교에 앞장선 분입니다. 스님은 사찰 안에 '어린이여름불교학교'를 만들어 아이들이 자연스럽게 불교를 받아들일 수 있도록 했습니다. 어렸을 때 교사를 꿈꾸었던 나는 은사스님의 일을 도우면서 조금이나마 꿈을 이룬 듯했습니다. 그렇다고 특별히 무엇을 가르치지는 않았습니다. 자연 속에서 뛰어 놀고 법당

어머니는 왜 부처님에게 음식을 올리는 것일까. 할머니는 어떤 기도를 하는 걸까.
과연 부처님은 그 기도를 들어주시기나 할까. 어린 나는 기도가 끝나기를 기다리며
생각했습니다. 나의 출가의 씨앗은 거기서 시작되었습니다.

에서 부처님 말씀을 읽게 하고 가끔은 연극을 하기도 했습니다. 그런데 한 번은 학교에서 문제아로 낙인찍힌 아이들을 수련회에 참가토록 했는데, 한결같이 음식을 남겼습니다. 살펴보니 평소 라면이나 과자 같은 가공식품을 달고 사는 아이들이었습니다. 달고 자극적인 음식을 먹는 아이들에게 심심한 절집 음식은 입에 맞지 않았을 것입니다. 그런 아이들이 다녀간 뒤에는 절집에 과자, 라면봉지가 바람에 이리저리 날아다니곤 했습니다. 그래서 은사스님과 나는 아이들에게 절에 있는 동안은 가공식품을 끊고 스님이 만들어준 식사와 간식만 먹도록 했습니다. 그렇게 철저하게 가려 먹였더니 단 며칠 만에도 아이들의 거친 행동이 잦아들고 차분해졌습니다. 아이들의 심성이 먹는 음식과 깊은 관련이 있다는 것을 알게 된 것입니다.

그러던 중 용주사 수원 포교당의 한 젊은 스님이 세상을 떠났습니다. 뜻밖에도 사인은 영양실조였습니다. 비장한 결심을 세우고 공부하기 위해 절에 들어온 스님이 영양실조로 허무하게 죽음을 맞다니 기가 막혔습니다. 나는 스님들의 공양을 직접 맡겠다고 은사스님에게 청했습니다. 스님들이 수행을 하는 데 도움이 되는 음식을 만들어드리고 싶었습니다. 그즈음 혜국 큰스님의 이야기를 전해 듣게 되었습니다. 혜국 스님이 제주도에서 무문관 수행을 할 때 한 끼만 드셨는데 무엇을 먹느냐에 따라 공부 진도가 달라졌다는 것입니다. 스님은 어떤 음식을 드셨을까. 몹시 궁금했습니다. 말해주는 이가 없었기에 불경을 샅샅이 뒤졌는데 놀랍게도 음식에 관한 가르침이 자세히 기술되어 있었습니다. 음식을 어떻게 바라보아야 하는지, 철학적인 이야기부터 조리법, 음식 손질과 보관법, 양념, 주방 설치법, 먹는 법까지 자세하게 쓰여 있었습니다. 특히 『증일아함경增一阿含經』에 나오는 '일체 중생은 식食으로 말미암아 존재하고 식이 아니면 존재할 수 없다'는 경구는 부처님이 '음식'을 굉장히 중요한 가르침으로 다루셨음을 말해주는 증거였습니다.

싯다르타는 석가모니부처님이 왕자의 신분일 때 이름입니다. 왕궁에서 나온 그는 깨달음을 얻기 위해 곡기를 끊는 등 극한의 고행을 거듭합니다. 번뇌의 원인이 육체에서 비롯된다고 보았던 당시의 수행법이었습니다. 그러나 고행의 끝은 뼈와 가죽만 남은 노인의 몸이 되어 혼미한 정신 상태에 이른 것뿐이었습니다. 결국 싯다르타는 고행을 그만두며 이렇게 말했습니다. "완전한 진리와 바른 지혜는 몸을 괴롭히는 것으로만 이룰 수 있는 것이 아니며 쾌락을 통해 얻어지는 것도 아니다. 고통과 즐거움의 극단을 버리고 중도를 행하는 자만이 완전한 진리와 바른 지혜를 얻을 수 있다." 육체를 거부하는 것이 아니라 건강한 육체를 통해 번뇌를 끊어내고 깨달음에 이를 수 있다는 말입니다. 싯다르타는 겨우 몸을 추슬러 강물에 몸을 씻은 다음, 마침 근처에서 우유를 짜고 있던 여인에게서 유미죽 한 그릇을 얻어먹었습니다. 죽을 먹고 나자 온몸에 기운이 도는 것을 느꼈습니다. 그리고 강가의 보리수나무 밑으로 가 편안해진 몸과 마음으로 깊고 고요한 명상에 들었습니다. 유미죽은 부처님을 깨달음에 이르도록 도운 음식입니다. 맑고 지혜를 주는 음식, 바로 선식禪食입니다.

스님 70여 명의 공양 당번을 자청한 뒤 나는 부처님이 드셨던 유미죽을 떠올리며 궁리했습니다. 욕심을 버리게 하고 자비가 담긴 음식, 속을 편하게 하고 머리를 맑게 하고 집중력을 키우는 음식, 부처님 법을 따른 음식을 만들기 위해 모든 지혜를 그러모았습니다. 중앙승가대에서 사회복지학을 전공한 나는 졸업할 때 사찰음식에 관한 논문을 제출했습니다. 복지福祉가 행복을 뜻하듯, 행복한 삶은 무엇보다 식食의 문제를 바르게 푸는 데서 시작하며, 여기에 사찰음식이 바람직한 대안을 제시할 수 있을 거라는 생각이 들었기 때문입니다. 특히 "사찰음식은 선재 스님이 정리해야 한다."는 김응철 교수님, 본각 스님의 당부가 큰 힘이 되었습니다. 그렇게 하나하나 경전에서 근거를 밝히며 논문『사찰음식 문화 연구』가 완성되었지만, 이후 내 삶에 든든한 이정표가 되리라고는 당시에는 생각지도 못했습니다.

사찰음식 문헌 연구에 전력을 다하는 중에도 아이들 돌보는 일은 게을리 할 수 없었습니다. 말썽을 부리던 아이들이 스님들과 함께 절에서 지낸 뒤 말과 행동이 눈에 띄게 달라지자, 학교와 기관에서 아이들 수련교육을 맡아달라는 부탁이 빗발쳤습니다. 정말 하루 24시간이 모자랐습니다. 그러니 잠을 줄일 수밖에 없었고 하루 두세 시간 자는 날이 계속되었습니다. 교육수업 말고도 스님들 공양과 아이들 식사까지 챙기면서도 정작 나는 끼니를 놓치기 일쑤였고, 과식하고 급하게 때우는 일이 잦았습니다. 그러자 언젠가부터 기운이 없고 10분도 못 걸을 만큼 허

약해졌습니다. 향냄새조차 거슬러서 법당에 들어서지도 못했습니다. 어느 날 나도 모르게 푹 주저앉아 버렸고 그 길로 찾아간 병원에서 간경화라는 진단을 받았습니다.

1년을 넘기기 힘들다는 의사의 선고를 받고 돌아온 날, 밤이 깊도록 방에서 꼼짝도 하지 않았습니다. 막막했습니다. 죽음이 두려워서가 아니었습니다. 이대로 수행이 끝나버리는 것인가. 출가할 때 부모님에게 했던 약속은 어떻게 되는 것인가. 약속은커녕 어머니보다 먼저 죽는 불효를 저지르겠구나 싶어 앞이 캄캄했습니다. 며칠이 지난 어느 날 힘없이 누워 있는 중에 문득 『사찰음식문화 연구』 논문이 생각났습니다. 아차, 싶었습니다. 겨우겨우 움직여 논문을 꺼내와 읽기 시작했습니다. 한 문장 한 문장이 논문을 쓸 때와는 전혀 다른 느낌으로 다가왔습니다. 내가 쓰고도 정작 나는 글대로 살지 못했구나, 부처님 법대로 살지 못해 아픈 거구나, 그제야 알게 된 것입니다. 참으로 어리석었습니다. 갑자기 마음이 급해졌습니다.

의사가 나에게 선고한 시간은 1년이었습니다. 그 시간 동안 무엇을 할 수 있을까. 나는 내 몸을 실험 대상으로 삼기로 했습니다. 철저히 부처님 말씀대로 살아보기로 한 것입니다. 경전에는 부처님이 모든 병을 음식으로 치료한다고 쓰여 있었습니다. 부처님은 음식이 곧 약이라고 했습니다. 여기서 약이 되는 음식은 자연 그대로의 음식, 제철 음식, 때에 맞는 음식, 깨끗한 음식 등 부처님 법에 맞는 음식입니다. 그즈음 나를 걱정해주는 분들이 간에 좋다며 온갖 약초와 영양제 등을 권했지만 모두 거절했습니다. 그것들을 먹고 말처럼 단박에 좋아졌다면 나와 같은 환자는 더는 생기지 않았을 테지요. 나는 오직 음식과 일상의 습관을 바꿔보기로 했습니다. 오랫동안 과로와 스트레스, 불규칙한 식사, 수면 부족, 가공식품 섭취로 인해 병이 생겼다면, 그 반대로 생활하면 원래 몸으로 돌아갈 것이라 생각했습니다. 몸이 알아서 스스로 균형을 찾으리라 믿었던 것입니다.

모든 가공식품을 끊었습니다. 건강하지 못한 몸에 무리를 주는 음식도 먹지 않았습니다. 간장과 된장, 고추장을 직접 담가 먹었습니다. 아침은 가볍고 맑게, 점심은 든든하게 먹되 나물을 들기름에 찍어 먹기도 했습니다. 저녁은 아침보다는 많게 점심보다는 적게 먹었고 밤에는 아무 것도 먹지 않았습니다. 간장과 된장 등의 장류와 김치를 먹었고 제철에 난 재료로 만든 음식을 먹었습니다. 충분히 쉬었고 명상과 염불로 마음을 다스렸습니다. 인스턴트 식품은 사탕 한 알도 먹지 않았습니다. 자연식이 아닌 것은 철저히 가렸습니다. 한 번쯤이야, 한 모금쯤이야, 한 끼쯤이야, 이런 생각은 단 한 번도 하지 않았습니다. 그래야 내 몸에서 일어나는 사찰음식의 효과를 제대로 가릴 수 있기 때문이었습니다. 며칠이 흐른 뒤 나는 점점 몸이 가벼워짐을 느꼈습니다. 몸에 나쁜 음식을 먹지 않는 것만으로도 말이지요.

그렇게 모든 걸 다 내려놓았습니다. 만약 죽음이 나에게 예정되어 있다면 그 운명마저 내려놓았습니다. 그러나 딱 하나 걸리는 게 있었습

나는 요리사도 의사도 과학자도 철학자도 아닙니다. 그저 스님이면 족합니다.
이보다 더 높은 가치는 나에게 없습니다. 나의 음식 철학은 처음부터 끝까지 부처님
말씀에서 비롯되기에, 누구에게도 당당하고 떳떳하고 자신 있게 말할 수 있습니다.

니다. 어머니였습니다. 어머니보다 먼저 죽는 그런 불효만은 하지 않겠다는 다짐을 지키지 못할 수 있겠구나 싶었습니다. 어머니는 내가 아프다는 소식을 듣고 가끔 전화로 안부를 물었습니다. 출가 이후 한 번도 나에게 말을 놓지 않았던 어머니는 언제나 이렇게 물었습니다.

"스님, 몸은 어떠십니까?"

그러면 나도 짧게 답했습니다.

"네. 좋아지고 있습니다."

말이 길어지면 단단히 동여맨 마음이 풀어질까, 모녀의 대화는 짧았습니다. 그리고 얼마 뒤 갑작스럽게 어머니가 돌아가셨다는 연락을 받았습니다. '어머니보다 먼저 죽는 불효를 하지 않겠다는 딸의 마음을 아신 것은 아닐까.' 나는 어머니에게 끝까지 나쁜 자식이 되고 말았습니다. 법당에 앉아 흐르는 눈물을 닦지 못한 채 몇날 며칠 '관세음보살님'을 불렀습니다. 아침에도 관세음보살님을 부르고 저녁에도 부르고 생각생각이 떠오를 때마다 관음보살님을 불렀습니다. 그렇게 며칠, 신기하게도 가슴에 막혀 있던 무엇이 스르르 풀어지고 마음이 깨끗해지는 듯했습니다. 마치 비가 오고 난 뒤 하늘처럼. 생과 사를 벗어난 홀가분함이라고 할까요. 그리고 얼마 뒤 병원에 갔더니 의사가 크게 놀라면서 어떻게 된 일이냐고 했습니다. 딱딱하게 굳어버린 간에 항체가 생겼다고, 이런 경우는 천 명 중에 한 명도 안 된다고 했습니다. 순간 환하게 웃는 어머니 모습이 떠올랐습니다.

나의 두 번째 삶은 그렇게 시작되었습니다. 산새 소리도 절집의 나무들도 아이들의 웃음소리도 예전과 다르게 다가왔습니다. 두 번째 삶도 어머니가 준 것이었으니 더욱 귀한 생각이 들었습니다. '어떻게 살아 가야 할까' 나에게 주어진 또 하나의 화두였습니다. 절집의 바쁜 일상에 어긋나지 않게 조심조심 할 일을 하면서도 내내 그 생각을 놓지 않았습니다. 그러는 사이 자연스럽게 내가 몸으로 겪으며 알게 된 사찰음식의 지혜를 사람들에게 전하자는 데 마음이 모아졌습니다. 사찰음식을 통하여 올바르게 살아가는 지혜를 세상에 알리는 '음식 수행자'로 살겠다는 결심이었습니다.

그 뒤 어린이집, 노인대학, 학교 등 어디든 가서 사찰음식에 담긴 지혜를 들려주었습니다. 천주교 성당에서 강연 요청을 해오기도 했습니다. 강의에서 나는 가르치는 것이 아니라 이야기를 하고 싶었습니다. 좋은 것을 한 사람이라도 더 많이 나누고 싶은 마음이었습니다. 1995년 3월, 불교TV에서 사찰음식을 소개해달라는 제안을 받고 방송에 출연하면서 사찰음식의 진가가 세상에 알려지기 시작했습니다. 나는 여느 요리 프로그램과는 다르게 무엇을 어떻게 요리해 먹으라고 하기보다 어떤 마음으로 음식을 만들고 요리재료를 대할 것인가를 말했습니다. 나는 크게 2가지를 강조했습니다.

첫째, 사찰음식에는 나와 남이 둘이 아니라는 '자타불이自他不二'의 진리가 담겨 있다. 세상의 모든 만물은 나와 하나이다. 물도 공기도 나와 연결되어 있다. 우리가 먹는 음식은 물과 공기, 흙의 기운으로 만들어졌으니, 그것들이 병들면 나도 아프게 된다. '이것이 있고 저것이 있다'는 불교의 연기법緣起法이다. 모든 생명이 하나이고 저마다 불성을 가지고 있다는 부처의 눈으로 세상을 바라보면, 어떻게 농사를 지어야 하고 어떤 음식재료를 선택하고, 어떻게 요리하고, 어떤 마음가짐으로 먹어야 하는지 알 수 있다.

둘째 사찰음식은 수행자에게 깨달음에 닿도록 돕는 지혜의 음식이다. 몸과 마음은 둘이 아니다. 건강한 몸에 건강한 기운이 깃든다. 사찰음식은 수행자들이 오랜 세월 몸과 마음의 조화를 이루려 고심한 노력의 결과물이다. 예를 들면 정적靜的인 음식을 먹으면 내면이 충실해지고 반대로 동적動的인 음식을 먹으면 힘이 밖으로 뻗치게 되니, 자연히 채식을 권장하게 되었다. 물론 부처님이 반드시 육식을 금하지 않았다는 점도 기억해야 한다. 육식도 약이 될 때가 있다. 또 적게 먹어라. 편식하지 말라. 자연의 리듬에 맞춰 먹어라, 때 아닌 때 먹지 말아라 등 음식에 관한 자세한 계율은 곧 최선의 수행을 하기 위한 방편이다.

사람들은 공감했습니다. 그것은 수행자만이 아니라 보통 사람들에게도 삶을 잘살 수 있는 지혜였기 때문입니다. 식食은 한마디로 바로 삶입니다. 집안에 어려운 일이 있거나 몸이 아파서, 일이 안 돼서 상담을 하러 온 이들에게 부처님은 먼저 이렇게 물었습니다. "당신은 무엇을 먹고 사십니까?" 무엇을 먹고 살고 있는지만 살펴도 고민의 해결점을 찾을 수 있는 것입니다. 이렇듯 음식은 우리의 삶과 사상, 몸과 마음의 근본입니다. 음식이 넘쳐나는 시대, 그럼에도 몸이 아프고 마음이 병든 사람들이 늘어가는 지금, 음식에 대한 생각만 바로 가진다면 그 많은 문제들이 자연스럽게 해결될 것입니다. 맛있는 것을 먹기 위한 노력이 아니라 어떤 음식을, 어떤 마음가짐으로 먹고, 어떤 삶을 살아갈지가 목표가 되어야 하는 것입니다. 음식은 곧 삶의 문제입니다. 어떻게 살아가느냐는 삶의 방식과 직결됨을 알아야 합니다.

사람들이 좋은 삶을 살도록 돕는 불교 수행자로서 나는 조용하게 움직였습니다. 일반인을 대상으로 한 강연을 주로 해나갔습니다. 사찰음식 사업을 같이 해보자, 김치 공장을 차리자, 사찰음식 전문점을 내보자, 선재라는 브랜드를 만들자 등 끈질긴 제안이 쏟아졌지만 모두 거절했습니다. 그럼에도 이런저런 오해를 받고 견딜 수 없었을 때 모든 것을 접고 산으로 들어가 수행하기로 결심했습니다. 그때 알고 지내던 내과의사 선생이 말했습니다.

"스님, 중생은 아파서 신음하는데 스님 혼자 도 닦으러 가면 부처님이 좋아하실까요?"

그 말은 큰 충격이었습니다. 그리고 그 순간 돌아가신 어머니의 얼굴도 떠올랐습니다. '결심은 한 번이 아니라 늘 새로워져야 하는구나!' 어머니는 그렇게 다시금 내 마음을 붙잡아주었습니다. 깨달음은 한 번에 끝나는 것이 아니라 늘 새롭게, 다시, 순간순간 계속되는 것처럼 말입니다.

나의 강연은 계속 이어졌습니다. 그리고 2권의 책이 출간되었습니다. 한 권은 사찰음식의 철학을 담았고 또 한 권은 사찰음식 레시피를 담았습니다. 이름을 드러내는 것이 싫어 출간을 망설였지만, 사람들의 마음을 직접 전해 받은 귀한 기회였습니다. 책을 읽고 보내온 사람들의 글은 그간의 수행에 대한 더없는 보답이었습니다.

'스님 책을 보며 단순히 목숨을 유지하기 위해서 먹는 것이 아니라, 좀 더 충실하게 삶을 채워 나가고, 행복하게 살기 위해 먹어야 하는구나, 그래서 잘 먹어야 하는 거구나, 하는 생각을 하게 되었습니다. …… 아파서 고통받는 사람들이 사찰음식을 배우고 먹으면서 좀 더 나은 삶을 살게 되는 과정을 생생하게 지켜봤어요. 좋은 음식만큼 인간을 행복하게 해주는 것은 없음을 알았습니다. …… 집에서 음식을 할 때 몸에 좋은 것만 골라 해먹으면 된다고만 생각했는데, 스님 책 읽고 문득 내가 쉬운 길로, 편한 것만 찾는 것은 아닌지 반성했습니다. …… 음식 만드는 내 손을, 내 마음을 돌아보면서 어찌나 부끄러운지요. 자연과 함께 더불어 살아가는 인간 본연의 체질을 깨달았습니다. 작은 변화만으로도 건강과 행복을 찾을 수 있음을 스님이 알려주셨네요. 앞으론 좋은 음식을 찾기보다는 정직한 음식을 찾겠습니다.'

독자들은 나보다 더 잘 꿰뚫고 있었습니다. 음식을 통해 '어떻게 살 것인가' 삶의 문제를 돌아보고 스스로에게 질문을 던지고 있는 것입니다. 참으로 훌륭한 성찰이었습니다.

우리는 흔히 법대로 살자고 합니다. 다툼 중에 많이 쓰는 말이지만, 본래 의미는 참 좋은 말입니다. 불교에서 법法은 바로 부처님 법입니다.

계율을 지키고 자연의 질서에 순응하며 살아가는 것이 부처님 법입니다. 우리는 법대로 살아야 합니다. 한 그릇 음식이 내 앞에 놓이기까지의 모든 과정마다 법답게 생각하고 선택하고 행동해야 합니다. 그리하여 지혜로움과 자비로움을 모두 갖추고 그것을 베풀 줄 알면 우리는 깨달음에 이른 것이라 할 수 있습니다.

나는 요리사도 의사도 과학자도 철학자도 아닙니다. 그저 스님이면 족합니다. 이보다 더 높은 가치는 나에게 없습니다. 얼마 전 대한불교조계종에서 최초로 '사찰음식 명장' 칭호를 받았습니다. 그러나 진정한 사찰음식 명장은 산중 절에서 사찰음식의 정신을 실천하고 그 음식을 드시며 수행하는 스님들입니다. 나에게 명장이란 칭호를 준 것은 산중 스님들이 드시는 사찰음식에 담긴 정신과 의미가 세상 속에서 변질되지 않도록 바르게 전하여, 모든 생명이 평화로운 세상을 만드는 데 힘이 되라는 뜻입니다.

나에게 출가란, 스스로 행복해지기 위해 나선 길입니다. 그리고 그 행복을 나누기 위한 방편이 바로 사찰음식입니다. 부처님 가르침을 토대로 우리 시대에 맞는 음식을 통해 모두가 함께 행복하게 살고 싶습니다. 귀하고 소중한 부처님 말씀 덕분에 내가 대접받고 살기에 늘 감사하고, 부끄럽지 않게 살려고 노력할 것입니다. 나의 음식 철학은 처음부터 끝까지 부처님 말씀에서 비롯되기에, 누구에게도 당당하고 떳떳하고 자신 있게 말할 수 있습니다. 인생의 여러 문제에 힘들어하고 아파하는 이들에게 던진 부처님의 물음을 늘 놓지 않고 산다면 행복의 문은 언제나 우리를 향해 열려 있음을 한 그릇 음식에 담아 드릴 뿐입니다. 그래서 오늘도 만나는 이들마다 마음으로 묻습니다.

"당신은 무엇을 먹고 사십니까?"

1장_____

산다는
것과
먹는다는
것

요리는 세상에서
가장 큰 복을
짓는 일이다

남쪽에서 작은 식당을 하는 분이 있다. 주인이 직접 농사를 지어 거둔 재료로 음식을 만든다. 농약과 비료를 안 주고 키운다. 밥상에는 그렇게 거둔 곡식과 산과 들에서 캐고 거둔 나물로 만든 찬들이 올라온다. 된장, 고추장, 간장도 직접 담는다. 근처에 갈 일이 있으면 꼭 들른다. 스님이 왔다고 특별하게 더 차리는 찬은 없다. 어떤 손님에게나 똑같은 상이다. 주인이 가진 것들을 누구에게든 차별 없이 차려내기 때문이다.

감자 호박 넣고 바특하게 끓인 된장찌개, 몇 가지 나물과 김치, 장아찌 등 간간하고 슴슴하고 담백하다. 냉이의 향긋함에 식당 주인이 안방삼아 돌아다닌 들판이 떠오르고, 동치미의 아삭함에서 겨우내 서리를 맞으며 항아리에서 익어갔을 시간들, 씀바귀의 쌉싸래함에서 언 땅을 파고드는 뿌리의 어둠을 더듬게 된다. 밥상 위에서도 푸릇함을 잃지 않은 쑥겉절이를 입에 넣으니 쑥향이 확 번졌다. 쑥을 캐러 가던 내 어린 날이 또렷하게 떠올랐다. '봄에 쑥은 지천이었다. 여기도 쑥, 저기도

쑥, 그걸 보면 그냥은 못 지나갔다. 그렇게 소쿠리 가득 뜯어 마루에 풀어 놓으면 뜨끈뜨끈한 기운이 푹 일어났다. 하, 이것들도 다 살아있구나 싶은 생각이 드는 순간이었다.' 음식을 먹으면서 잠시나마 그 기원을 생각하고, 내 기억의 실타래를 풀어보는 것도 이 식당 밥상이 주는 즐거움이다.

"봄이면 온 산천에 아까운 나물이 그득하니 부지런히 뜯어놓고, 우리 식구 먹자고 농사짓고 남으니 이런저런 것들 모아서 음식 조금 만들어서 나누는 것뿐이에요. 식당이라고 할 것도 없어요. 우리 집 밥상이랑 똑같으니까."

내 식구 입에 들어갈 먹을거리인 만큼 얼마나 까다롭게 씻고 다듬고 만들었을까. 그런 마음으로 차려낸 밥상은 얼마나 귀한가. 예로부터 다른 사람들에게 밥을 지어주는 것은 복 짓는 일이라고 했다. 밥은 곧 생명이다. 다른 사람의 생명을 이어주는 일이니 참으로 큰 복이다. 복은 '받는' 것이 아니라 '짓는' 것이다. 그렇게 지은 복은 세상을 돌고 돌아 나에게 돌아온다. 설령 돌아오지 않아도 나로 시작하여 세상이 그만큼 좋아졌으니 그것으로 족하다.

농사밖에 지을 줄 모른다고 했지만 식당 주인은 훌륭한 삶을 살고 있다. 훌륭한 삶이란 무엇인가. 이른 아침 거리를 청소하는 환경미화원이 있기에 출근길 사람들은 상쾌한 기분으로 걷는다. 지하철에서 생각에 골똘히 잠기거나 잠시 잠을 청할 수 있는 것도 전동차를 안전하게 운

전하는 분들 덕분이다. 세상에는 수많은 업業이 있다. 그 업을 성실하게 해내는 이들 덕분에 세상은 움직이고 나아간다. 나의 업을 정직하고 성실하게 해내는 것이야말로 훌륭한 삶이다. "맛있게 드세요." 덕담을 얹어 상을 차려내는 식당 주인, 그이의 순박한 웃음이 참 좋다. 음식 만드는 솜씨 하나로 그이도 행복하고, 먹는 이들도 행복하니 세상에 행복이 가득하다.

음식을 만드는 이들은 보살이다. 보살은 다른 사람을 구제하기 위해 노력하는 사람이다. '구제'라는 표현은 '나'보다 다른 사람을 생각하는 마음이다. 보살은 4가지 마음을 가져야 한다고 부처님은 말씀하셨다. 자慈 비悲 희喜 사捨, 사무량심이다. 내가 가진 것을 베푸는 마음, 다른 사람의 슬픔을 나누는 마음, 남이 잘되었을 때 함께 기뻐하는 마음, 이기심을 버리는 마음이다. 먹는 이를 생각하며 정성으로 만든 음식에는 사무량심이 깃들어 있다.

그러나 음식의 진정한 완성은 만드는 사람만이 아니라 그 음식을 먹는 이들의 마음에도 달려있다. 음식에 깃든 정성을 알고 단지 혀로만 먹지 않고 마음으로 헤아려 고마운 마음으로 먹는 것. 그리고 그 음식을 먹고 '훌륭한' 삶을 살려고 노력하는 것, 바로 그것이 '음식'의 완성이다.

어느 해 흉년이 들어 먹을 것이 귀할 때였다. 부처님이 설법을 하러 한 마을에 들렀는데 마침 공양을 대접하기로 한 사람이 약속을 지키지 않았다. 부처님이 사흘째 굶게 되자 한 상인이 말먹이용 보리라도 드시겠냐며 바쳤다. 부랴부랴 말먹이용 보리로 밥을 해서 부처님께 드렸지만, 제자 아난은 눈물을 흘렸다. 천상의 밥을 드셔야 할 부처님이 말이 먹을 보리를 드시다니 너무나 가슴이 아팠던 것이다. 그러자 부처님이 드시던 밥을 조금 떠서 아난에게 먹어보라고 했다. 밥을 입에 넣는 순간 아난은 깜짝 놀랐다. 거칠기 짝이 없는 밥이라 생각했지만 한 번도 먹어본 일이 없는 맛있는 밥이었기 때문이다. 부처님의 덕이 얼마나 넓고 깊은지 거친 밥이 달디 단 밥으로 변해 있었던 것이다.

요리는 만들고 먹는 사람이 만들어가는 가장 빛나는 '이야기'이다. 만든 사람의 정성. 그리고 먹는 사람의 감사. 맛을 넘어 사랑으로 이어져 어우러질 때 한 그릇의 음식은 완성된다. 요즘 사람들이 '집밥'을 찾는 것은 정성을 다해 만든 음식에 대한 그리움이다. 씩씩하게 혼자 살기를 권유하는 세상인 만큼 나를 위한 밥상을 스스로 차리는 일도 중요하다. 더불어 내가 차려낸 밥상에 누군가를 초대한다면 더욱 좋으리라.

오래 전에 우연히 어떤 노스님을 만나 이런 말을 들었다. "스님 손에서 좋은 기운이 나오네요. 손을 이용해서 베풀고 사세요." 그 말이 두고두고 잊히지 않는다. 늘 손을 보게 되면 그 스님의 말이 생각나고 손이 닳을 때까지 베풀며 살자고 다짐하게 된다. 우리 몸에서 가장 귀한 부분이라고 하면 눈이나 심장을 꼽을 것이다. 그렇다면 가장 일을 많이 하는 부분은 손이다. 몸을 꾸미고 공부하고 일하는 손. 그 중 빠질 수 없는 것이 요리하는 손이다. 특히 요리는 나보다 다른 사람들을 위한 일이다. 요리하는 손은 귀하고 아름답고 또 고맙다. 문득 어머니 손이 떠오른다. 새벽부터 밤까지, 식구들보다 먼저 일어나고 마지막에 잠들 때까지 부지런하게 움직였을 어머니 손. 그 손이 해낸 일을 생각하니 눈물겹다. 하지만 어머니는 고달파도 힘들어도 행복하다고 생각했으리라. 내 손을 찬찬히 살펴본다. 어머니의 손을 닮아가고 있는 것일까, 생각하니 부끄럽다. 삶이 힘들고 불안할 때 어머니의 손을 생각하면 겸손해지고 또 힘이 날듯하다.

내 손으로 음식을
만들어보니
삶을 이해하게 되네요

약초 공부 모임에 가는 길이었다. 가로수에 아슬아슬하게 얹힌 까치둥지가 눈에 들어왔다. 이 추운 날 새들은 어디에서 먹이를 구하고 언 몸을 녹일까. 차가운 하늘을 헤매고 다닐 작은 새를 생각하니 불현듯 측은지심惻隱之心이 들었다. 측은지심이란 무엇인가. 바로 불교의 '자비'다. 남의 고통을 내 것처럼 슬퍼하는 마음이다.

　사찰음식은 자비를 깨우는 방편이 되기도 한다. 한 그릇 밥이 내 앞에 놓이기까지의 여정에는 땅, 물, 햇빛과 같은 자연의 힘만 들어 있는 것이 아니다. 농부의 땀과, 그 쌀을 사기 위한 가장의 고단한 노동, 밥을 짓는 어머니의 바지런한 손길이 스며 있다. 그 무형의 수고를 생각하면 한 공기 밥은 그냥 밥이 아니다. '이 음식이 어디에서 왔는고. 내 덕행으로 받기가 부끄럽네……', 공양게가 절로 읊조려지기 마련이다.

　몇 년 전, 강원도의 한 마음치유센터에서 강연 요청을 받았다. 그곳은 마음의 상처를 치유하고 회복하는 곳이었다. 강연을 마친 뒤 한 중

년 여성이 다가와 자신을 알아보겠느냐고 물었다. 아, 여고 동창이었다. 졸업하고 처음 만났으니 삼십 몇 년 만이었다. 그녀는 방송을 통해 내가 스님이 되었음을 알고 있었지만 여기서 만날 줄은 몰랐다고 했다. 갈래머리 여고생을 초로의 여인과 스님으로 만든 세월이 서운하게 느껴진 것도 잠시, 나는 그녀가 녹록치 않게 살아온 이야기를 듣고 마주 잡은 손을 놓지 못했다.

그녀는 오래 전 자동차 사고로 남편과 어린 아들을 잃었다. 그녀도 크게 다쳤다. 그러나 그녀가 운전을 하고 있었기에 원망과 비난이 쏟아졌다. 남편과 아들을 한꺼번에 잃은 슬픔과 죄책감은 누구도 어루만져주지 않았다. '남편과 자식 잡아먹은 년'이라는 시부모들의 모진 말에도 그녀는 눈물만 흘릴 뿐이었다. 그녀에겐 어린 딸이 있었다. '딸아이를 위해 살아야 한다'는 오직 그 생각 때문에 모든 걸 견뎌야 했던 것이다. 그러나 아이가 사춘기가 되면서 모녀 사이는 조금씩 어긋났다. 어릴 때부터 할머니가 엄마에게 쏟아내는 원망을 듣고 자란 탓인지 딸 역시 모든 불행이 엄마 탓이라고 여겼다. 달래고 어르고 때로는 회초리까지 들었지만 딸은 성년이 된 뒤에는 아예 말문을 닫아버렸다. 그즈음 여느 주부와 다르게 직장에 다니면서 아이들 뒷바라지만 해온 지난 삶이 허무했다. 차라리 죽어버리자 싶은 생각이 드는 순간, 그녀는 '내 마음이 많이 망가졌구나' 싶어 스스로 마음치유센터까지 찾기에 이른 것이다. 연신 눈물을 닦는 그녀의 등을 토닥이며 말했다.

"그 세월을 살아내다니 정말 대단합니다. 스님으로서 내가 해줄 수 있는 일이 별로 없어서 미안할 뿐입니다. 조심스럽지만, 따님을 한 번 만나보고 싶네요. 따님에게 혹시 사찰음식을 배워보면 어떻겠느냐고 살짝 권해보세요."

오랜만에 만난 반가운 친구였지만 말을 놓지 않았다. 그러고 나서 한참 뒤, 그 친구에게서 연락이 왔다. 딸이 사찰음식 강의를 신청해 듣고 있다고 했다. 반가운 마음이 앞섰지만 일부러 친구의 딸을 찾아보지는 않았다. 늘 하던 대로 강의하고 또래쯤 되어보이는 수강생들을 볼 때면 잘하고 있겠구나, 생각만 했다. 몇 개월 뒤 다시 전화가 왔다.

"스님, 고마워요. 스님 음식 강의 듣더니 딸아이가 많이 달라졌어요. 생전 나에게 말 한 번 다정하게 안 걸던 애였는데, 나 보고 밖에서 절대 인스턴트 음식을 사 먹지 말라고 하지 뭐예요. 우리 딸이 나를 걱정하며 해준 말은 이번이 처음이에요."

순간 친구의 딸도 참 착한 성품을 가졌구나 싶었다. 그것을 엄마가 지금이라도 알게 되니 고마운 일이었다. 평소 마음속으로만 안쓰럽게 생각하던 엄마, 이제 친구의 딸은 엄마의 말에 귀 기울이며 마음을 표현하고 있었다. 사찰음식은 재료를 다루고 만들고 먹기까지 오롯이 다른 생명의 존재를 느끼게 하고 감사한 마음을 갖게 한다. '나'라는 생명은 유일무이하지만, 다른 생명 없이는 존재하지 못한다. 특별하면서도 아무것도 아닌 존재가 바로 인간인 것이다. 이러한 깨달음에 이르면 어떻게 살아야 할지 삶의 태도에 변화를 가져오기에 이른다.

친구의 딸은 직접 음식을 만들면서 엄마의 손길, 엄마의 슬픔, 엄마의 마음을 헤아리지 않았을까. 쌀을 씻고 밥을 안치면서, 지난날 크게 다투고 난 뒤에도 어김없이 따뜻한 밥을 해서 먹이려던 엄마의 마음을 떠올렸을 것이다. 또 그 밥에 손도 대지 않고 차갑게 엄마를 쏘아보던 자신의 모습도 보았을 것이다. 젊은 나이에 남편과 자식을 잃고, 남은 딸을 위해 살아내야 했던 엄마의 아픈 시간들을 그제야 정면으로 마주 보았을지도 모른다. 그 엄마에게 미안하고 고마운 마음을 담아 딸은 "인스턴트 음식은 그만 드세요."라고 말하고 있는 것이리라. 그렇게 모녀는 조금씩 마음을 열어갔다. 딸은 수료를 하고 이번엔 친구가 나의 사찰음식강의를 듣고 있다. 언젠가 그녀가 나에게 이렇게 말한 적이 있다.

"스님, 예전에는 남편 이야기하려면 눈물부터 솟았는데 이제는 옛날 이야기해도 눈물이 안 나네요."

그리운 음식에는
어머니의 향기가 난다

행자 때 호적등본을 떼러 고향에 내려갔다. 그때는 등본을 떼려면 동네 이장의 도장을 받아야 했기에 이장님 댁부터 찾았다. 머리를 깎았음에도 한눈에 나를 알아본 이장님은 내가 왔다는 전갈을 부모님에게 전했던 모양이다. 도장을 받고 나오는 길, 망설임 끝에 집으로 향하는데 멀리 대문 밖에 나와 계신 아버지의 모습이 보였다. 나를 기다리고 계셨구나, 반가운 마음이 일었다. 그러나 아버지는 내 얼굴을 보자마자 단호하게 말씀하셨다.

"도인이 되겠다고, 부모 가슴 아프게 하고 출가했으면 도인이 되어서 돌아와야지 왜 왔느냐!"

나는 그 자리에서 얼어버리고 말았다. 아무 말도 하지 못했다. 그렇게 대문 안으로는 한 걸음도 들이지 못한 채 그길로 되돌아와야만 했다. 야속하거나 서운한 마음은 없었다. 그러나 훗날 가족들에게서 그날의 뒷이야기를 전해 듣고, 출가한 이래 또 한 번 부모님 가슴을 아프게 해 드렸음을 알고 오래 울었다. 내용은 이랬다.

"그날 스님이 온다는 소식을 듣고 어머니가 밥상을 차리셨어요. 서둘러 밭에서 풋콩을 따와 밥을 안치고, 스님 좋아하는 무채 버무리고 된장찌개 끓여내며 참으로 부산하셨죠. 그러다 밖에서 들려오는 아버지호통 소리에 어머니는 밥 먹고 가란 말은 아예 꺼내지도 못했죠. 그렇게스님이 가버리고 나서 대문가를 서성이다 집 안으로 들어오신 아버지는울고 있는 어머니를 그대로 지나쳐 방으로 들어가셨답니다. 그리고 그방에서 흐느끼는 소리가 한참 흘러나왔고요."

그날 어머니가 나를 기다리며 차린 밥상을 생각하면 아직도 가슴이뜨거워진다. 수행 생활이 힘들고 지칠 때면 그 밥상을 생각했고 잘하자,힘내자 했다.

"스님이 만든 음식에서 어머니의 향이 납니다."

프랑스에 사찰음식을 소개하러 갔을 때 들은 말이다. 재불화가 방혜자 선생, 그리고 그 곁에 서 있던 90세의 한국인 화가. 오랫동안 고향을떠나 살고 있는 두 화가는 사찰음식에서 어머니의 냄새를 느꼈던가 보다. 내 손을 잡고 놓지 않던 방혜자 선생. 그녀는 대학을 졸업한 이후 줄곧 프랑스와 한국을 오가며 활동하고 있다. 어느덧 칠십 후반, 삶의 황혼에 접어든 선생이 기억하는 어머니의 맛은 무엇일까. '빛의 화가'로 잘 알려진 선생은 어릴 때 개울가 조약돌 위에 햇빛이 반짝이는 모습을 보고'저런 것도 그림으로 그릴 수 있을까'라고 생각한 것이 화가의 길을 걷게된 계기라고 했다. 아련하고 부드럽고 따스한 빛으로 가득한 그의 그림은 보고만 있어도 고요해지고 평온해진다. 우리가 기억하는 어머니의 음식은 그 빛을 닮지 않았을까. 어릴 때는 몸을 키우고, 성장한 뒤에는 마음을 키우는 어머니의 음식. 그래서 삶이 힘들고 지칠 때마다 문득문득 어머니의 따뜻한 밥상이 그리워지고 먹고 싶은 것이 아닐까.

　속가의 어머니는 솜씨가 좋았다. 내가 기억하는 어머니의 맛은 밤을 새워 이야기할 수 있을 정도이다. 어머니는 어린 나에게 음식 만드는 일을 옆에서 돕게 했다. 당시에는 어머니에게서 음식을 배우는 일은 아주 자연스러운 일이었다. 그래서 그 맛을 더 잘 기억하고 있는지 모른다. 봄에는 손톱 끝이 검게 물들도록 봄나물을 뜯으러 다녔고 가을에는 도토리를 주우러 다녔다. 청포묵을 만들려고 물에 불린 녹두를 맷돌에 갈 때 어머니는 "너도 해보라."고 했다. 맷돌을 돌릴 때 손바닥에 전해지는 덜그럭거리는 느낌은 마치 어제인 듯 생생하다.
　설을 앞두고 엿을 고는 날, 어머니는 하루 종일 가마솥 옆에 앉아 기다란 주걱으로 저었고, 나는 하릴없이 들락날락하며 가마솥을 들여다 보았다. 어머니가 평소와 다른 음식을 만들 때면 어린 나는 좋아서 가만 있지 못했던 것 같다. 희멀건 물이 걸쭉해지고 거무스레한 윤기가 돌면 어머니는 드디어 몇 숟가락 종지에 떠주었다. 급한 마음에 뜨거운 엿을 한 입 물었다가 입을 데고, 앉아 있는 어머니의 쪽진 머리에도 몇 방울 흘렸다. 어머니는 괜찮다며 저쪽으로 가서 후후 불어가며 먹으라고 했다. 이튿날 아침 밥상에서 엿이 묻은 어머니의 머리카락이 잘려진 것을 보았다.

어머니의 음식은 절제와 기다림, 정성과 지혜가 담겨 있었다.
고추장, 된장, 간장 몇 가지만으로 재료의 맛을 살리고,
계절에 어긋나지 않게 찌고 삶고 데치고 말려 어떻게든 최선의 맛을 내려고 애썼다.

특별한 간식이 없던 겨울에도 어머니는 이런저런 먹을거리를 내왔다. 자작자작 기름에 부친 수수부꾸미를 밖에 내놓아 얼려 두고, 이따금 한두 개씩 숯불에 구워주었다. 겉은 바삭하고 속은 말랑말랑한 그 맛을 어떻게 말로 할까. 그 시절에는 부침 요리가 여간 번거롭지 않았다. 기름도 귀한 데다 가마솥 뚜껑을 프라이팬 삼아 엎어놓고 해야 했기 때문이다. 어머니는 부침 요리를 할 때 수수부꾸미도 넉넉히 해두었다가 얼려 두는데, 아무도 기억 못할 즈음에 수수부꾸미를 노릇노릇 구워 내놓았다. 긴긴 겨울밤, 바삭하고 말랑말랑한 수수부꾸미 한 입 베어 물면 온 식구의 얼굴이 다 환해지곤 했다.

모든 게 부족하고 가난했던 시절, 어머니의 음식은 절제와 기다림, 정성과 지혜가 담겨 있었다. 고추장, 된장, 간장 몇 가지만으로 재료 본연의 맛을 살리고, 계절에 어긋나지 않게 찌고 삶고 데치고 말려 어떻게든 최선의 맛을 오래 유지하려 애썼다. 프랑스 낯선 땅에서 수십 년을 살았어도 기억하는 '어머니의 향기'는 바로 그런 것이리라. 우리 모두가 기억하는 어머니의 맛, 말이다. 두 화가가 사찰음식에서 어머니의 향기가 났다고 하는 것은 당연한 일이다. 당신이 기억하는 어머니의 맛은 무엇인가?

용기, 한 순간
돌이킬 수 있는 삶

오늘은 독일에서 특별한 손님이 오는 날이다. 2008년 한독 수교 기념행사로 독일에서 강연을 한 일이 있다. 그때 독일의 한 대학과 인연을 맺게 되었고, 이듬해 여름방학마다 100~150여 명의 독일 학생들이 찾아와 일주일을 머물며 한국의 다양한 문화를 접하고 경험한다. 그 일정 가운데 사찰음식 체험이 있다.

학생들을 태운 버스가 사찰 가까이에 왔다는 연락을 받고 밖으로 나가 기다렸다. 8월, 한낮의 햇볕은 뜨겁다. 너른 마당엔 그늘 한 점, 바람 한 점 없다. 매미 울음만 가득하다. 여름을 뜨겁게 익게 하는 것은 매미가 아닐까 싶을 만큼 맹렬한 울음이다. 매미는 두 주일 정도 산다. 보름이 일생의 전부다. 우리 인간이 무엇을 이루고 완성하기에는 턱없이 부족한 시간이지만, 매미는 그야말로 온 삶을 살아낸다. 이 정도면 인간의 삶이 부끄러워진다. 인간의 수명은 70~80년. 그 긴 세월동안 우리는 혼신을 다해 살고 있는가. 앞으로는 매미 울음이 시끄럽다고 타박하지 말아야겠다. 매미를 격려하고 박수를 쳐줘도 모자란 일이다. 세상 모든 존재가 그렇게 주어진 환경에 기대며 묵묵히 살아간다. 존재하는 데 최선을 다한다. 매미는 울고 들판의 벼는 자라고 과일들은 익어간다. 그리고 한 번도 본 적 없는 독일 학생들이 사찰음식을 배우기 위해 수천 리 떨어진 먼 곳에서 오고 있다.

버스가 경내로 들어왔다. 차 문이 열리고 잘생긴 선남선녀들이 버스에서 내렸다. 한결같이 신기하다는 듯한 눈빛으로 주위를 둘러본다. 어서 오세요. 반갑습니다, 내가 먼저 인사를 건넸다. 통역을 하는 분이 있었지만 우리는 벌써 통했다. 서로를 향해 웃고 있는 것이다. 먼저 법당으로 올라가 간단한 불교식 예법인 삼배를 가르쳐주었다. 한국의 사찰에 왔으니 예법을 익히는 것도 작은 예의이다.

삼배는 부처님과 스님들에게 3번 절하는 것을 말한다. 학생들은 그동안 살면서 무릎을 꿇고 머리를 바닥에 대는 간절한 인사를 해본 일이 없을 터였다. 낯설고 불편해 보이는 '절'에 어떤 의미가 담겨 있는지 설명해주었다. 삼배는 부처님과 부처님의 가르침, 그리고 부처님의 가르침을 따르는 승가僧伽, 이 세 가지에 대한 예법이다. 여기에는 이들에 대한 존경의 뜻이 담겨 있지만, 탐욕과 성냄, 어리석음을 버리고 무엇에도 집착하지 않고 바른 마음가짐으로 살겠다는 다짐의 의미가 더 크다. 부처님을 숭배하는 것이 아니라 바로 나 자신을 위한 진실한 예법인 것이다. 학생들은 설명을 듣고 고개를 끄덕였다. 그리고 가르쳐준 대로 절을 했다. 긴 다리가 엉켜 어쩔 줄 몰라 하면서도 서로 눈짓으로 격려하며 끝까지 해내니, 미덥기만 했다. 이어 조리 실습실로 자리를 옮겨 사찰음식 강의를 시작했다.

"여러분, 멀리서 오느라 힘드셨지요? 오늘은 무척 더운 날입니다. 인생에는 힘든 시기가 있습니다. 오늘이 바로 그런 시기라고 생각했으면 합니다. 우리가 무언가를 배우는 때는 모두 어려운 시절의 일입니다. 앞으로 살면서 힘들다고 느껴지는 순간이나 위기가 오면 분명 무언가 배울 수 있겠구나 하는 생각으로 마음을 가라앉히고 살펴보세요. 덥고 고단하고 힘든 오늘, 그런 마음으로 내 이야기를 들어주었으면 합니다. 한국에서는 불교에 귀의한 출가자를 스님이라고 하는데 남자스님은 비구, 여자스님은 비구니라고 합니다. 오늘 내 이야기가 지금 당장 가슴에 와 닿지 않을지도 모르지만, 살다가 어느 날 문득 아, 그때 한국의 비구니 스님이 해준 말이 이런 뜻이었구나, 이해하고 떠올릴 수 있는 날이 올 거라 믿습니다."

나는 한국 사찰음식에 담긴 가장 기본적인 철학을 들려주었다. 바로 생명에 대한 존중이다. 우리가 살고 있는 우주는 유정有情과 무정無情으로 나뉜다. 유정은 인간처럼 아픔을 느끼는 생물을 말하고, 무정은 바람, 물, 땅처럼 아픔을 느끼지 못하는 것을 말한다. 이 둘을 더해 '중생衆生'이라 하는데, 다른 말로 하면 '자연'이다. 이들은 하나로 연결되어 있다. 언젠가 한국의 텔레비전 드라마에서 연인에게 "아프냐? 나도 아프다."라고 한 말이 유행한 적이 있다. 이 말은 불교 경전인『유마경維摩經』에 나온다. 아파서 누워 있는 유마에게 문수보살이 물었다. 유마 거사여. 당신은 생사를 초월한 분인데 왜 아픕니까? 그러자 유마가 답했다. 온 우주 안의 생명이 아프니까 나도 아픕니다.

땅이 병들면 식물이 병든다. 동물이 병들고 사람이 병들고 내가 병든다. 식물과 내가 다르지 않고 동물과 내가 다르지 않고 너와 내가 다르지 않다. 그리하여 우리는 서로를 지배하지 않고 보호해주어야 한다. 너를 살리는 일이 곧 나를 살리는 일이다. 세상의 모든 만물은 그렇게 공존共存한다. 동물, 식물, 사람, 흙, 바람까지 모든 중생이 공존한다는 마음으로 자연을 대하고 음식을 바라보고 만들고 먹는 것이 바로 사찰 음식이다. 나는 실습 재료인 감자 한 알을 들어 보이며 물었다.

"지금 여러분 앞에 감자가 놓여 있습니다. 감자는 독일의 주식이기도 하지요? 알다시피 척박한 땅에 물이 없어도 잘 자란답니다. 또 우리 몸에 인슐린 생산을 돕는 칼륨이 풍부해서 감자 수확이 줄면 환자가 늘어난다는 속담이 있습니다. 자, 여러분은 이 감자를 보면 무슨 생각이 드나요? 대개는 좋아한다, 싫어한다, 못생겼다처럼 맛이나 모양을 말합니다. 그 전에 감자가 만들어지기까지의 과정을 생각해보세요. 한 알의 감자에는 흙, 물, 햇볕, 바람, 농부의 손길, 그리고 그밖에도 내가 알지 못하는 것들의 수많은 힘이 보태어진 것입니다. 흙 속 지렁이의 꿈틀거림도 도움이 되었을 것입니다. 그 모든 인연을 생각하면 감자 한 알이 기적이고, 감사한 생각이 절로 일어납니다. 이런 고마운 마음으로 자연을 대하고 음식을 만들고 먹고, 우리는 생명을 이어갑니다. 여기서 끝이 아닙니다. 그렇게 건강한 몸과 맑은 정신으로 다시 세상에 이로움을 주며 살아가자는 것이 바로 사찰음식에 담긴 철학입니다."

학생들 표정이 진지하다. 지금까지 음식을 그저 '맛있다' '맛없다'로만 말해왔는데 감자 한 알을 통해 우주와 음식, 생명과 인연에 대한 이야기로 뻗어 나가니 얼마나 신기하겠는가. 어떤 학생은 자신의 존재가 굉장히 중요하게 느껴진다고 했다. 내가 바라던 반응이었다. 종교를 말하지 않고도 통하는 것. 불교를 이야기하지 않고 불교의 가르침을 전하는 것이다. 이게 가능한 것은 불교가 종교에 갇혀 있지 않은 우주적인 지혜를 다루기 때문이다.

이어진 실습 시간에는 감자전을 만들었다. 강의를 듣고 바라보고 만져보는 감자의 느낌은 분명 이전과는 달랐으리라. 감자를 강판에 갈아 체에 받쳐 물기를 뺀 뒤 소금을 조금 넣은 다음 프라이팬에 부쳐냈다. 수백 년 넘게 감자를 먹어 온 독일이었지만 이런 감자요리는 처음이라고 했다. 다들 뒤집기에서 실패를 거듭했다. 충분이 익은 뒤에 뒤집어야 눌러 붙지 않는다고 설명해주었다. 청년들은 너덜너덜해진 감자를 서툰 젓가락질로 먹으면서, 서양인 특유의 과장된 제스처로 맛있다고 표현했다.

강의 진행과 실습까지 모두 2시간여. 이 짧은 강의를 듣기 위해 청년들은 멀리 독일에서 8시간 넘게 비행기를 타고 왔다. 일주일 동안 빡빡하게 진행되는 일정 속에 2시간의 사찰음식 체험은 별로 생산적이지 못한 일정이라고 할지 모른다. 게다가 이들은 회사를 효율적으로 운영하고 합리적인 생각을 배우는 MBA 학생들이다. 그들은 무엇을 보고 듣기 위해 비싼 경비와 시간을 들여 동양의 작은 나라를 찾아왔을까. 그러나 자신의 삶과 생각을 돌아보는 데 2시간은 충분하다. 때로는 삶을 바꿀 수 있는 계기가 순식간에 일어나기도 하잖은가. 촛불이 어둠을 찰나에 밀어내듯이 말이다. 그 점에서 독일 청년들은 누구보다 효율적이고 가치 있는 삶을 살고 있다고 나는 믿는다.

독일청년들이 돌아가고 난 뒤 조리실을 둘러보았다. 조리대는 깨끗이 청소되어 있었다. 시키지도 않았는데 설거지는 물론 수도꼭지와 수세미를 넣어 두는 철망까지 솔로 싹싹 씻고 깨끗이 정리했다. 흔적 없이 머물다 간 자리를 보면서 독일청년들이 어떤 교육을 받고 자랐고, 또 어떻게 살아가는지 짐작이 갔다. 진정한 가치와 효율적인 경제성이란 물질과 시간에만 치우치지 않은, 모두를 위한 이로움이란 걸 새삼 되짚어 본다.

아, 냉이 냄새!
세상에서
가장 좋은 향수

한낮 햇볕이 따갑다. 마당에 나리꽃이 한창이다. 봄꽃 진 지가 얼마 안 된 것 같은데 금세 여름꽃이 만발하다. 나리꽃의 붉은색은 어디에서 나왔을까. 햇빛을 쬐고 물을 빨아들이고 흙의 기운을 받았을 뿐인데 말이다. 저리 붉고 화려한 꽃도 때가 되면 지고 흔적 없이 사라지겠지, 생각하니 무연히 마음이 허해진다.

일요일 법회가 끝나고 여느 때 같으면 늦도록 머물며 한담을 청했을 손님들이 그날따라 일찍 돌아갔다. 모처럼 한가하다. 잠시 눈을 붙이려 누웠다. 왠지 마음이 편하지 않다. 마침 전화가 와서 받았더니 뜻밖에도 지인의 부음이었다. '늘 잘 지내고 있어요, 스님은 어떠세요' 하고 간간히 소식을 전하던 분이었다.

그녀와의 인연은 12년 전에 시작되었다. 암 환자인 그녀는 여러 인연을 동원해 나와 연락이 닿았고, 이런 부탁을 해왔다. 사찰음식을 배운 수강생들 가운데 암에 좋은 음식을 만들어 줄 사람을 연결해달라는 것이었다. 나는 안 된다고 했다. 대신 직접 와서 음식을 배우라고 했다. 자신의 몸에 맞는 음식이 무엇이고 또 어떻게 해 먹어야 하는지 스스로 알고 공부하고 해 먹어야 몸에 약이 된다고 했다. 그랬는데도 자신은 도저히 시간을 낼 수 없다고 했다. 마무리할 논문이 있고 진행 중인 프로젝트도 있고 더구나 학기 중이라 수업을 빠질 수 없다고 했다. 한가하게 음식을 만들 수 없다는 말에서는 그녀가 음식을 어떻게 생각하는지 알수 있었다. 이런저런 이야기를 나누다 보니 그녀가 학계에서 꽤 촉망받는 인재라는 것을 눈치챌 수 있었다. 하지만 아무리 바빠도 목숨보다 더중요한 일은 없는 법이다. 내가 말했다.

"지금 당신 몸보다 더 중요한 게 무엇입니까? 논문보다 자식보다 남편보다 더 중요한 건 당신 자신입니다. 음식을 만들어 먹는 일은 한가한 시간에 하는 것이 아닙니다. 그 시간은 오롯이 나를 위한 시간입니다."

얼마 뒤 그녀가 나를 찾아왔다. 총총한 눈빛에 야무지고 똑똑한 인상이었다. 내 말이 너무 야속했냐고 묻자 그녀는 스님이 아픈 사람에게 그리 말씀하신 까닭이 분명 있을 거라고 생각했다고 한다. 그래서 사찰음식을 배워보겠다는 마음을 냈다고 했다. 그러고는 자신의 소신(?)을 덧붙였다.

"스님. 사실 저에겐 요리할 시간이 없어요. 그 시간에 해야 할 일이 많습니다. 지금은 아이 때문에 어쩔 수 없지만, 나중에 아이가 성장해서 엄마 손이 필요 없게 되면 주방을 없애 버릴 생각이에요."

부엌을 없애 버린다는 말에 깜짝 놀랐다. 주어진 시간을 오직 공부와 연구에 쓰고 싶은 그녀에게 음식을 만드는 일은 비생산적인 일이었다. 천재들은 한 가지에 집중하는 성향이 짙다고 하는데 그녀 역시 천재 성향이 있는 것인가 싶었다. 부엌을 없앨 계획을 갖고 있는 그녀가 과연 사찰음식 강의를 끝까지 들을 수 있을지 나는 걱정스러웠다.

그녀는 항암치료를 8번 받는 중에도 사찰음식 수업에 빠지지 않았다. 한눈에 무척 힘들어 보이는 날에도 끝까지 자리를 지켰다. 지난날, 그녀가 어떻게 공부하고 연구하며 살아왔는지 알 것 같았다. 그리고 차츰 사찰음식에 담긴 철학을 이해하고 조금씩 달라지기 시작했다. 음식이 단지 생명을 연장하기 위해 먹는 게 아니라는 것. 하나의 음식이 우리에게 오기까지는 우주의 모든 생명이 작동한 결과라는 것. 그리하여 음식 자체가 하나의 생명임을 깨닫고, 이를 통해 깨끗한 몸과 맑은 정신으로 살아가는 데 비로소 '나'라는 존재의 의미가 있다는 것을 알아갔다.

그러나 머리로 깨치는 논리보다 몸이 먼저 아는 법이다. 자연의 섭리에 맞는 음식을 먹으면서 그녀는 몸의 변화를 직접 느꼈다. 피곤하고 무겁던 몸이 가벼워지고 무엇보다 항암치료에도 체력이 쉽게 떨어지지 않았다. 몸이 좋아진 것도 반가운 일이지만 그녀가 모든 일에 감탄하고 감사하는 모습이 참으로 보기 좋았다. 냉이를 다듬으면서 그녀는 중얼거렸다.

"스님, 냉이를 이렇게 자세히 본 건 처음이에요. 추운 겨울을 버티

느라 뿌리가 길어졌다는 스님 말씀도 인상적이에요. 그리고 아, 냉이 향이 정말 좋아요. 어떤 향수보다 좋아요."

사찰음식을 배우면서 그녀는 건강해진 몸과 더불어 삶에 대한 겸손함과 생명의 감동을 안고 갔다. 암을 완전히 떨쳐버린 것은 아니었지만 더 이상 번지지 않았고, 일상생활을 충분히 견딜만하다고 했다. 음식을 통해 스스로 삶을 조율할 줄 알게 된 것이다. 그 뒤 박사학위도 따고 교수가 되어 학생들을 가르쳤다. 그 세월이 12년이었다. 그녀를 마지막으로 본 것은 1년 전이다. 갑작스레 찾아온 그녀에게 나는 공양간에 있는 대로 이것저것 찬을 만들어 식사를 대접했다. 한결 편안해진 그녀의 얼굴에 안도가 되었다. 밥상을 마주하고 이런저런 대화를 나누었다.

"스님 밥을 먹으면 너무 편안해요. 먹고 난 뒤에도 안심이 되고 몸이 막 좋아지는 것을 느껴요. 그래서 몸이 좀 힘들다 싶으면 스님 밥이 생각나요. 제 몸이 스님 밥을 기억하나 봐요."

"그럼 언제든 찾아오세요. 나는 늘 여기 있으니까요."

"네. 스님은 건강이 어떠세요?"

"괜찮아요. 그러고 보니 나도 환자군요. 우리 서로 병을 가지고 있지만, 이렇게 조용히 유지하면서 살아요. 오늘처럼 가끔 얼굴도 보여주면서요."

"네. 스님. 요즘엔 남편하고 서로 요리해주는 재미로 지내요. 내가 요리한 음식을 남편이 맛있게 먹고 있는 모습을 보면 너무 즐겁고 좋아요. 남편도 나한테 좋은 음식을 해준다고 궁리하는 모습이 또 좋아서 웃고……. 서로에게 음식을 만들어주는 게 얼마나 큰 기쁨인지, 스님 만나기 전에는 몰랐던 일이에요. 스님, 고맙습니다."

장례식장에서 만난 그녀의 남편은 자책하고 있었다. 아내 몸속에 남아 있던 암세포를 완전히 없애기 위해 다시 시작한 항암치료가 아내를 죽음에 이르게 한 것인지도 모른다고 했다. 그러나 아내는 그렇게 생각하지 않을 것이다. 최선을 다해 지켜주려 한 남편의 따뜻한 마음을 고스란히 안고 떠났을 것이다.

아침에 일어나 마당을 지나가는데 어제 피었던 꽃이 땅에 떨어진 것을 보았다. 꽃은 졌지만 어제 아름답게 핀 꽃의 아름다움은 내 마음에 남았다. 그녀의 수줍고 따뜻한 미소가 여전히 내 마음에 있는 것처럼.

꽃에서 씨앗으로,
할머니에게서
손자로

가을이다. 보리사의 가을도 깊어간다. 붉고 노란 단풍 빛깔이 짙어진
다. 일찍 떨어진 낙엽이 바람에 뒹군다. 봄바람에 흩어지던 꽃비가 어
제 일인 듯싶은데 어느새 단풍 들었으니 또 금방 가지마다 흰 눈이 소
복해질 것이다. 그리고 새봄이 되면 '나 여기 있다!' 하며 연둣빛 새잎
이 돋아날 터이다. 작은 마당에서 바라보는 사계절의 변화는 나에게 매
번 새로운 감동과 깨달음을 준다. 빈 가지에 잎이 돋고 열심히 광합성
을 해서 양분을 만들어 꽃을 피우고, 다시 씨앗을 맺고 사라지는 이 아
름다운 순환은 인간의 삶을 닮았다. 한 세대에서 다음 세대로, 또 그 다
음 세대로 이어지는 인간의 삶. 그렇게 미래는 나아가고 세상은 이어지
고 희망은 커진다.

옛날에는 할머니할아버지의 존재만으로도 집안에 큰 버팀목이 되
었다. 요즘 세상은 다르다. 빠르게 변하는 사회 문화적 환경 속에서 조
부모라고 해서 가만히 있으면 안 된다. 조부모도 교육을 받아야 하고 실

제 그런 강의를 하는 곳도 많다. 옛날 3대가 한 집에서 모여 살면서 자연스럽게 익히고 전해지던 생활 관습과 지혜들을 이제는 따로 배워야 한다. 단지 손자들을 보듬어주고 안아주고 지켜봐주는 것만으로 부족한 것이다. 우유 먹이기, 목욕시키기, 놀아주기, 응급치료와 같은 생활 전반에 걸친 지식뿐만 아니라 책 읽어주기, 꾸중하는 법까지……. 조목조목 나눈 교육 내용을 훑어보니 요즘 조부모들은 늙어서도 편하게 다리 뻗고 살지 못하겠구나 싶어 웃음이 났다.

주위에는 자식 걱정하느라 잠시도 마음을 놓지 못하는 분들이 많다. 자녀가 결혼한 뒤에도 노심초사다. 어머니의 마음에는 언제나 자라지 않는 어린아이, 엄마의 손이 필요한 아이를 품고 살아가기 때문이다. 그러나 자녀에게 정말 필요한 것은 물질이나 노동력 같은 현실적인 뒷바라지가 아닐지도 모른다. 부모 세대가 몸으로 겪으며 터득한 경험과 지혜, 삶의 태도를 전해주어야 한다. 인생의 값진 통찰이야말로 무엇과도 바꿀 수 없다. 자식에게 전해줄 수 있는 최고의 부富이다. 젊은이와 노년 세대가 갈등하고 충돌하는 것은 이러한 과정이 없거나 서툴러서다. 나는 이랬는데 너도 이렇게 살라는 강요가 아니라 좀 더 부드럽게 전할 수만 있다면 두 세대의 소통은 쉽지 않을까.

얼마 전, 평소 조금 알고 지내던 분이 나를 만나고 싶어 했다. 그분을 처음 만난 것은 공직자인 남편을 따라 여러 나라를 옮겨 다니며 살다가 한국으로 돌아온 지 얼마 되지 않았을 즈음이었다. 그때 그분은 전국의 사찰을 다니면서 순례를 하고 있었는데 나에게 들려준 말이 무척 인상적이었다.

"스님, 요즘 전국 사찰을 돌면서 108배를 하고 있습니다. 계기가 된 일이 있어요. 남편 일 때문에 대구 동화사에 갔는데 그곳에서 난생 처음으로 108배를 하게 되었어요. 남들은 천 배 3천 배를 한다지만 저에겐 108배도 큰 도전이었습니다. 정말 혼신을 다했어요. 다리가 후들거리고 온 몸에 땀이 줄줄 흘렀죠. 그렇게 이를 악물고 108배를 끝까지 해냈는데 정말 깜짝 놀랐어요. 바람이 너무도 시원하게 느껴지고 법당 안의 모든 게 전과는 다르게 다가왔거든요. 부처님도, 탱화도 새롭게 보였어요. 나 자신 어딘가 좀 달라진 것 같았어요. 그렇게 동화사를 내려가는데 주위의 산도, 나무도, 연못도 새롭게 느껴지고 모든 풍경이 또렷하게 눈에 들어오더군요. 예전에는 그냥 동화사였어요. 그런데 동화사에서 108배를 했더니 '나의 동화사'가 되었어요. 그 뒤로 나의 해인사, 나의 법주사……, 나의 사찰을 만들어 가고 있습니다."

'나의 사찰'이 된 것은 그분이 몸과 마음을 다해 기도하면서 특별한 의미가 부여되었기 때문이다. 언제나 같은 일, 비슷한 관계, 어제와 똑같이 흘러가는 일상들, 사는 게 재미없다고 심드렁해하는 이들에게 나는 종종 그분의 이야기를 들려준다. 그 말 속에 삶을 재미있고 의미 있게 살아가는 힌트가 담겨 있다. 그분은 기도를 통해 지금까지의 같은 경험에서 벗어났다. '기도'라는 나의 의지가 들어감으로써 달라진 것이다.

'나의 의지'가 들어간 삶이 얼마나 중요한지 알 수 있는 일이다.

그분이 나를 다시 만나려고 했던 이유는 며느리에게 태교에 관한 글을 써서 주고 싶다면서, 특별히 임산부에게 좋은 음식에 대한 이야기를 들려달라고 했다. 아들이 결혼하여 새 식구를 맞았는데, 며느리를 보니 자신의 신혼 시절이 떠오르더란다. 낯선 시댁 식구들 틈에서 어렵고 조심스럽기만 하던 때, 임신까지 해서 당황했을 즈음 시어머니가 큰 힘이 되어주었던 기억이었다. 그분은 말없이 이것저것 챙겨주며 손을 잡아주던 시어머니 덕분에 편안한 마음으로 임신 기간을 보냈고 무사히 아이를 낳았다. 태교에 대한 글을 써서 전해주기로 마음먹은 데는 시어머니에게서 받은 따뜻한 손길을 자신의 며느리에게도 전해주고 싶어서였다.

"스님, 집에 새 식구가 들어왔으니 행복도 하나 더 늘어난 것 같아요. 며느리도 우리 집에 와서 행복이 더 늘어났기를 바랍니다. 이런 행복한 인연으로 아이가 태어나면, 그 아이가 우리 가족만이 아니라 세상에 행복과 기쁨을 주는 사람으로 자랐으면 좋겠습니다. 그러려면 어떻게 해야 할까? 할머니인 내가 할 수 있는 일은 없을까? 고민 끝에 며느리에게 나의 바람을 글로 전해야겠다고 생각했습니다."

윗세대에서 받은 지혜를 다음 세대에게 전하려는 그 마음이 참 좋았기에 나는 내심 몇 마디 거들어주어야겠다고 생각했다. 아이를 낳는 것은 한 집안에도 좋은 일이지만, 자연과 세상을 위해서 더없이 좋은 일이다. 부모와 가족은 아이가 세상에 긍정적인 영향력을 퍼뜨리고 행복과 기쁨을 늘이는 사람으로 성장하도록 도와야 한다. 이는 아이가 태어나기 전 부모의 결혼과 함께 시작해야 한다. 그분은 태교에 좋은 불교의 지혜와 사찰음식을 듣고 싶어 했지만, 그런 마음이라면 이미 충분하다 싶었다.

"불교적인 지혜나 태교 음식도 중요하지만, 그 전에 가족 모두에게 어머니의 생각을 나눠보세요. 아들, 남편, 며느리 모인 자리에서 가족 모두가 행복하려면 서로 어떻게 해야 하는지, 그리고 그런 분위기 속에서 아이가 태어나기를 바라는 마음을 전하는 거지요. 다들 가족끼리 이런 이야기를 나누는 것을 어색해하는데, 내 식구가 행복하기를 바라는 마음을 감추는 게 더 이상하지 않나요? 그리고 말로 그치지 않고 조용한 행동으로 전하는 것도 중요해요. 말은 뜻을 전할 수는 있지만 감동을 주지는 못하거든요."

마침 그분이 사찰에서 108배를 하고 했으니, 108배 기도에 온 가족이 행복하고 그 안에서 행복한 아이가 태어나기 바라는 마음을 담아보면 어떻겠느냐고 했다. 불교에서는 모든 것이 연결되어 있으며, 홀로 떨어져 존재할 수 없다고 본다. 한 사람의 기도는 마음을 평화롭게 하고 새로운 시선으로 바라보게 한다. 일상과 과거를 돌아보게 된다. 마음속에 깨어난 겸손과 사랑은 곧 부드러운 말과 다정한 눈빛으로 세상을 바라보게 한다. 이러한 좋은 기운은 소리 없이 주위에 퍼진다. 어머니가 말없이 보여주는 기도와 정성은 식구들에게도 전해진다. 한 집안에서 아이는 어머니에게서가 아니라 가족에게서 태어난다고 보아야 한다. 한 인간, 아름다운 영혼의 시작은 바로 가족의 행복과 정성에서 그 씨앗이 뿌려지는 것이다.

그분은 젊은 날의 임신과 출산의 경험을 자녀에게 전하고 싶어 했다. 그 속에는 부모가 어떻게 살아왔고 어떤 일을 겪었으며 어떤 후회와 실패를 했는지, 삶을 바라보는 지혜와 태도가 담겨 있다. 그분 또한 할머니가 되는 준비를 통해 스스로 수행하는 기회를 만들어 가는 셈이다. 노년의 세대가 '늙음'에 머무르지 않고 나아가는 방법은 다음 세대에게 삶의 통찰을 전달하고 충고해주는 것에 있다. 어쩌면 표현에 서툰 노년 세대에게는 지혜롭고 부드러운 전달 방식에 대한 고민이 더 필요한지도 모른다. 그분이 '태교'를 선택한 것처럼. 요리를 잘 하는 분이라면 요리 하는 법, 장사에서 성공한 분은 장사 잘하는 법, 대인관계가 좋은 분은 사람들과 잘 지내는 법 등을 자식 세대에게 전하는 것이다.

사는 동안 우리가 보고도 보지 못하는 것,
헛것에 가려 욕심에 가려 보지 못하는 것은 얼마나 많은가.

꽃을 보는
마음으로 살다

보리사 법당에서 공양간까지는 열댓 걸음이면 닿는 거리이다. 그 좁은 마당에 수십 종이 넘는 꽃이 봄여름가을 철따라 번갈아 핀다. 깽깽이, 좀작살, 으아리, 목백일홍……, 겨울에 피는 눈꽃까지 보리사 마당은 사철 꽃밭이다. 여름이 한창인 지금은 비비추, 원추리, 수국이 피었다. 지난겨울 두더지가 백합 구근을 깡그리 먹어버려서 올봄에 다시 사다 심었다. 세월이 어떻게 흐르나 했더니 어느새 봉오리가 부풀고 어느 아침 활짝 꽃을 피웠다. 내가 곁을 지나갈 때마다 다홍색 백합이 긴 허리를 살랑살랑 흔든다.

꽃이 피고 비가 오고 눈이 오는 계절의 순환을 작은 꽃밭에서도 고스란히 느낀다. 수행자가 이런저런 바깥의 변화에 마음이 동해서는 안 될 일이다. 그러나 아름다운 꽃을 보고 절로 눈이 환해지고 밝아지는 이 무구無垢한 감정이야말로 여래如來의 마음이다. 그렇게 나는 여래의 마음으로 산다.

보리사는 사찰음식을 배우려는 손님들로 복닥거릴 때가 많다. 한 번은 여러 사람이 마당에서 기념사진을 찍는데 뒤로, 조금 더 뒤로, 하다가 꽃밭으로 발이 넘어가는 걸 보았다. 내가 어, 어, 조심해요! 하고 소리쳤지만 늦었다. 노란 괭이밥이 신발 뒤축에 짓이겨졌다. 손님은 내 얼굴과 자신의 발을 번갈아보고 어쩔 줄 몰라 하며 말한다.

"에고, 죄송해요. 왜 하필 여기 꽃이……, 안 보였어요."

그 모습을 보니 살면서 발 밑, 주위를 둘러보는 일이 중요하지 싶었다. 내 생각과는 다르게 의도하지 않은 곳으로 가버리기도 하는 것이다.

강의 시간에 늦었다고 채근하는 조교 선생을 잠시 기다리게 하고는, 마당에서 보리사초 열댓 가닥을 뽑았다. 보리를 닮아 보리사초이다. 줄기와 잎이 구분되지 않고 쓱 훑어낼 때 전해지는 약간 까끌거리면서도 부드러운 느낌이 썩 좋다. 이것저것 섞이지 않은 진초록빛깔도 좋고, 마디마디 달린 손톱 끝보다 작은 연미색 꽃은 어지간한 눈썰미 아니면 볼 수 없으니 혼자만 아는 기쁨이라 설렌다. 해마다 여름이면 두어 번 보리사초를 꺾어다 강의실 보조 테이블에 꽂아놓는데 오늘이 그날이다. 보리사초를 꺾으며 말한다. '미안하다. 몇 송이만 꺾을게. 너희를 보여주고 싶은 이들이 있다.' 차에 오르자 조교 선생들이 내 손에 쥐어진 보리사초를 보더니 아휴, 못 말려, 하는 눈길로 쳐다본다.

일원동 법룡사 사찰음식 강의실에 도착하자마자 작은 항아리에 물을 담아 보리사초를 비스듬히 꽂아두었다. 지하 강의실에는 한 오라기 햇빛도 들지 않아 무거운 기운이 가득 차 있다. 오래 있으면 마음이 짓

눌리고 답답하다. 그래서 조리실 바로 옆에 차를 마실 수 있는 작은 공간을 마련했다. 한쪽 벽을 덮을 만큼 큰 소나무 사진을 걸어두고, 가끔씩 싱싱한 들꽃을 꺾어다 놓는다. 그런데 수강생들 가운데 보리사초를 발견한 이들은 얼마나 될까. 볼품없는 모양새에 웬 푸성귀를 담가놓았나 싶을 것이다. 이쯤 되면 내가 말할 수밖에 없다.

"여러분, 저기 저 꽃이 보이나요?"

어디요, 어디. 다들 어리둥절해한다. 그러고는 풀 무더기를 말하는 것이냐는 듯 그쪽으로 시선이 몰린다.

"네. 저 꽃의 이름은 보리사초예요. 보리를 닮았지요. 꽃도 피었어요. 너무 작아서 보이지 않지만 자세히 들여다보면 꽃잎과 꽃술까지 보입니다. 소박하고 담백해서 내가 참 좋아하는 꽃입니다. 여름이면 길섶이나 들에서 볼 수 있지만 눈여겨보지 않으면 잘 모르지요. 집으로 가기 전에 한 번 보고 만져도 보세요."

꽃은 변함없이 그 자리에 있다. 다만 우리가 보지 못했을 뿐이다. 꽃을 보고 살기를 바라는 내 마음. 그러거나 말거나 꽃은 아랑곳하지 않고 피고 질뿐이다. 사는 동안 우리가 보고도 보지 못하는 것, 헛것에 가려 욕심에 가려 보지 못하는 것은 얼마나 많은가. 이런 것들을 보지 못하고 놓치고 살아간다면 억울하지 않겠는가. 좋은 삶은 세상에 존재하는 것들을 충분히 보고 느끼고 사랑하며 살아가는 것이다. 열심히 보고 느끼고 사랑하고 공부하는 삶. 결국, 수행이란 마음의 눈을 뜨는 것이리라.

한 기자가 인터뷰하러 나를 만나러 왔다. 기다리는 동안 절집 구석구석을 돌아다녔는가 보다. 나를 보더니 반갑게 말했다.

"스님 절에는 풀밭이 참 좋습니다."

"네? 우리 절엔 풀밭은 없습니다."

"?"

절 옆 넓은 뜰을 보고 하는 말이었다. 풀밭처럼 보이지만 이것은 수국, 저것은 원추리……, 민들레, 머위, 돌나물, 쑥, 씀바귀 등 자세히 들여다보면 모두 저마다 이름이 있고 웬만하면 먹을 수 있는 것들이다. 인터뷰는 잊고 기자를 데리고 이 꽃 저 꽃, 살피며 이름을 알려주었다. 이제 그는 쓸데없는 잡초밭으로만 보지 않으리라.

사람과 사람,
서로 아름답게
물들어야 한다

아는 분에게서 공양을 대접받았다. '공양 한 번 모시겠다'며 오랫동안 청한 자리였다. 내가 스님이라는 이유만으로 극진하게 대해주는 분들은 늘 조심스럽다. "스님, 언제 공양 한 번 대접할 기회를 주세요."라는 청을 받으면 나는 다음에요, 하며 미루다가 어느 순간 스님이 뭐라고 하는 마음에 허락하는 경우가 종종 있는 것이다. 새삼 또 부끄러워진다. 더구나 오늘처럼 값비싼 공양에는 마음이 가볍지 않다.

정갈해 보이는 요리들이 차례대로 나왔다. 주 요리는 채소찜과 잡곡밥이었다. 채소찜은 단호박, 배추, 팽이버섯을 양념에 버무려 쪄냈고, 잡곡밥은 쌀과 현미, 흑미, 콩을 섞어 지었다. 그런데 한 입 먹어보니 배추는 너무 푹 익고 호박은 설컹거렸다. 채소마다 무르기가 달라 익는 순서를 달리 해야 하는데 한꺼번에 넣고 익혔기 때문이다. 같은 채소니까 괜찮다고 여겼을 것이다. 더구나 지금은 겨울이다. 막 수확한 가을 호박은 수분이 많아 잘 익지만 저장 호박은 막 수확한 때보다 단단해져 더 오래 익혀야 한다. 소화가 잘 안 되는 잡곡밥에 설컹거리는 채소찜을 곁들여 먹으려니 평소보다 배는 꼭꼭 씹어 먹어야 했다.

"스님, 입맛에 맞으시는지요?"

아, 뭐라고 할까. 그냥 스님도 아니고 '음식 만드는 스님이 드실 공양'이니 얼마나 고심해서 메뉴를 골랐겠는가. "네. 잘 먹었습니다. 고맙습니다."라고 말한 뒤에 몇 마디 더 보탰다. 요리하기 전에 먼저 재료의 성질을 정확히 알아야 한다는 것. 그리고 때를 알고 누가 먹느냐, 그 사람의 몸 상태까지 두루 살펴야 한다는 내용이었다. 공양을 대접한 그분도 나에게서 사찰음식을 배우기에 꼭 알았으면 하는 욕심이 앞선 것이다. 하지만 결과적으로 잘못을 지적한 셈이 되었다. 먹는 사람은 맛보다 정성을 더 생각해야 할 때가 있다.

돌아오는 길에 속이 불편했다. 절에 도착해 들어서는데 사방이 캄캄했다. 정전인 듯했다. 공양간을 맡아주시는 보살님을 불렀다. 저만치 떨어진 곳에서 인기척이 들려왔다.

"네. 스님. 저 여기 있어요."

"정전이에요?"

"아니에요."

또 무슨 일이 일어났구나 싶었다. 연세가 지긋한 그분은 가끔 프라이팬을 태우는 등 소소한 사건을 일으켜 놀라게 한다. 프라이팬 바닥보다 가스 불을 크게 올리지 말라는 당부에도 번번이 잊기에 새 프라이팬을 사다 주방 서랍에 조용히 넣어 두기도 했다. 아니나 다를까 이번 정전도 너무 열심히 해서 생긴 탓이다.

"두부를 만들려고 콩을 믹서에 갈고 있는데 갑자기 전기가 나갔어요."

믹서가 과부하 되어 전기가 나가버렸다는 말이다. 낮에 절을 나설 때 함지에 담가놓은 그 많은 콩을 쉬지 않고 갈아댔으니 두꺼비집 퓨즈가 끊어져버린 것이다. '믹서는 중간 중간 쉬었다 돌려야 했는데……' 나는 속으로만 생각하고 더 말하지 않았다. 그분 마음이 지금 어떻겠는가. 세상 나이로 당신보다 적고, 게다가 음식 좀 한다는 스님 공양을 맡고 있으니 늘 조심스러웠을 것이다. 잘하려다 그르친 일이니 황당했을 테고 그렇게 조마조마한 마음으로 어둠 속에서 내가 돌아오길 기다렸을 것이다.

나는 법당으로 가 부처님 전에 삼배를 올렸다. 그러고는 눈을 감고 앉아 있었다. 잠시 잊고 있던 속이 답답했다. 바깥에서 식사하고 오는 날이면 속이 좋지 않다. 그때마다 김칫국물이나 동치미국물을 몇 숟갈 먹으면 금세 편안해졌다. 김치의 효소 덕분이다. 아픈 속을 다스리는 오래된 나만의 비법이다. 그분에게 동치미국물 한 대접 부탁하려다가 그만두었다. 보살님도 이래저래 오늘 하루 힘들었을 텐데 더듬거리며 오가다가 다치기라도 하면 큰일이다. 나는 천천히 공양간으로 갔다. 냉장고에서 동치미통을 꺼내 한 국자 떴다. 어둠 속에서 동치미국물을 들이키며 생각했다. '오늘 나는 내가 만난 이들의 마음을 얼마나 헤아렸는가. 재료의 성질을 제대로 알아야 최선의 요리를 만들어낼 수 있는 것처럼 사람을 대할 때도 상대의 마음을 헤아려야 한다.' 세상 만물의 일은 무엇과 무엇의 만남에서 이루어지는 법. 사람과 사람 사이의 갈등을 부드럽게 만드는, 그러니까 소화를 돕는 김치 효소와 같은 역할을 해주는 것은 작은 배려의 마음이리라.

제빵 사업을 시작한 분이 찾아와 자신이 만든 빵을 맛 좀 봐달라고 했다. 그러고 나서 선재 스님이 추천한 빵이라고 홍보하고 싶다고 했다. 특정 상품을 추천하는 일은 승려 신분에 맞지 않는 일이라서 거절했지만 그는 부지런히 찾아왔다. 주위에서 그 사람이 오지 못하도록 하라고 했지만 나는 그러지 않았다. 그가 어떤 목적으로 나에게 다가왔더라도, 나의 말을 듣고 더 좋은 먹을거리를 만들려고 노력한다면 그것으로도 충분하다고 생각했다. 나쁜 속내를 가진 이라도 나를 만남으로써 70%의 나쁜 마음이 50%로 줄어든다면 그 만남은 값어치가 있다. 사람과 사람의 만남은, 서로에게 좋은 영향을 주도록 노력해야 한다. 사람과 사람, 사람과 자연, 사람과 동물, 모든 것이 만나 서로 좋은 영향을 주고받는다면 얼마나 아름다운 일인가. 참으로 아름다운 물듦이다!

좋은 사람, 나쁜 사람의 기준을 생각해본다. 나에게 보탬이 되고 이익이 되면 좋은 사람이고, 나에게 별 보탬이 되지 않고 내 말도 받아주지 않는 이라면 나쁜 사람이라고 생각하기 마련이다. 그러나 좋은 만남이란 나를 만나 상대가 좋은 영향을 받는다는 것. 그것이 가장 중요한 것이 아니겠는가.

음식과 삶은
기다림으로
완성된다

사찰음식을 배우러 오는 이들에게는 저마다 사연이 있다. 나를 바라보
는 눈빛에서 그 사연들을 마음으로 느끼곤 한다. 자녀를 건강하게 키우
고 싶어서, 부모님이 아파서, 환자를 진료하는 데 도움이 되려고, 아내
를 돕고 싶어서 등, 한결같이 다른 사람을 보살피기 위해서다. 그 마음
이 참으로 귀하고 소중하기에 나는 내가 아는 것을 하나라도 더 가르쳐
주려 애를 쓴다.

20여 년 전 여주에서 사찰음식을 강의할 때 한 내과의사가 찾아왔
다. 젊고 유능하고 촉망받는 의사가 서울에서 먼 거리를 마다않고 달려
온 이유는 무엇일까. 그는 환자들이 식단만 바꿔도 병세가 금방 좋아지
는 것을 보고, 직접 요리법을 배워 환자들에게 알려주고 싶다고 했다.
진찰과 약 처방으로 이미 의사의 본분은 다한 것일 텐데, 나는 환자 편
에서 생각하는 그가 미덥고 고마웠다. 그는 말했다.

"스님의 강의를 듣고 나니 부처님께서 음식은 약이라고 하신 말씀

에 깊이 공감했습니다. 요리보다 음식의 중요성을 환자들에게 일러줘야겠습니다. 병이 나기 전에 스스로 몸을 지키도록 돕는 게 의사인 제가 할 일이지요."

나는 '스스로 몸을 지킨다'는 그의 말에 놀랐다. 스스로 아는 것, 바로 '자각自覺'이다. 자각이 없다면 어떤 일도 일어나지 않는다. 그 무엇도 바꾸지 못한다. 스스로 문제를 인식하고 해결법을 찾고 행동으로 옮길 때 비로소 변화될 수 있다. 아무리 훌륭한 의사라도 환자 자신이 왜 몸이 아프고 왜 좋은 음식을 먹어야 하는지 알지 못하면 완전한 회복은 어렵다. 환자 스스로 제 몸을 지키도록 도와주고 싶다는 젊은 의사는, 달을 가리키는 내 손가락이 아니라 둥근 달을 정확히 보고 있었던 셈이다.

사찰음식의 궁극적 목표는 나와 남이 둘이 아니라는 '자타불이自他不二'의 진리를 스스로 깨우치도록 돕는 데 있다. 세상의 모든 만물은 나와 하나이다. 물도 공기도 나와 연결되어 있다. 우리가 먹는 음식은 물과 공기와 흙의 기운으로 만들어졌으니, 그것들이 병들면 나도 아픈 것이다. 사람들은 처음에는 몸의 건강을 위해 사찰음식을 배우지만 '이것이 있고 저것이 있다'는 불교의 연기법緣起法을 깨닫게 되면서 차츰 건강한 마음을 갖기에 이른다. 이를 통해 자기 삶이 바뀌고 가족과 이웃, 주위 사람들마저 변하게 만든다. 한 사람의 자각이 세상을 바꾸는 것이니, 이 또한 연기가 아니고 무엇이랴.

어느 해 한 가족이 나를 찾아왔다. 암에 걸린 젊은 여인과 시어머니, 남편, 그리고 어린 두 아이였다. 어머니는 나를 보자마자 "스님, 제 며늘아기를 살려주세요." 하면서 눈물을 쏟았다. 남편의 표정은 어두웠고, 아이들은 제 엄마의 팔을 하나씩 붙잡고 주물렀다. 나는 남편 곁에 겨우 기대어 앉아 있는 아이엄마에게 말했다.

"혹시 지금 힘들면 누워서 제 이야기를 들어도 됩니다."

"아니에요. 스님도 계시고 어머님도 계신데 제가 어떻게……."

"저는 괜찮습니다."

내 말에 시어머니가 얼른 말을 이었다.

"스님, 며늘아기가 너무 착하답니다."

며느리가 암 판정을 받은 뒤 시어머니가 한 달, 친정어머니가 한 달씩 번갈아가며 간호와 살림을 맡고 있었다. 그녀는 두 어머니에게 늘 죄송하다고 했다. 내가 말했다.

"힘들면 언제든 누우세요. 가족 중의 한 사람이 아프면 온 가족이 노력을 해야 해요. 정말 미안한 일은 두 어머니보다 먼저 세상을 떠나는 일이에요. 체면을 내려놓으세요. 그동안 많은 시간을 가족에게 할애했다면 아픈 동안에는 나 자신을 제일 중요하게 여기도록 하세요. 내가 사는 것이 아이와 남편, 어머니를 위한 길입니다. 움직일 힘이 조금이라도 남아 있다면 요리도 직접 하세요. 어머니가 몸에 좋다고 만들어오는 음식도 살펴서 드세요. 먹기 싫은 것은 먹지 마세요. 어머니의 수고가 미안하다고 억지로 먹지는 마세요. 나에게 맞는 음식을 먹어야 에너지가 생깁니다. 내가 먹어야 할 것이 무엇인지 스스로 공부하고 골라 드세요.

병이 찾아온 것은 어쩔 수 없는 일이지만 이제부터 그 병을 어떻게 받아들일 것이냐에 따라 일상이 달라집니다. 병을 너무 무서워하지 마세요. 병이 죽음에 이르게 할 거라 생각하지만 아직은 일어나지 않은 일이에요. 우선, 하루라도 빨리 이 병에서 벗어나겠다는 생각은 버리세요. 조바심이 병을 더 깊게 할 수도 있어요."

요즘 사람들은 기다리지 못한다. 아픈 것은 더더욱 참지 못한다. 병에 걸리면 하루라도 빨리, 완벽하게 낫기를 바란다. 그러나 하루아침에 깨끗하게 병을 낫게 하는 단방약은 없다. 깊은 병일수록 더욱 그렇다. 병이 나를 찾아왔을 때, 병원 치료와 함께 바른 음식, 몸에 맞는 음식을 찾아서 먹으려는 노력, 마음가짐이 있어야 한다. 그것이 가장 효율적인, 반드시 해야 할 치료법이다.

얼마 뒤 가족이 다시 나를 찾아왔다. 아이엄마의 얼굴에 조금 화색이 돌았다. 남편도 여유가 있어 보였다. 지난번엔 묻는 말에 대답만 하던 아이엄마가 먼저 말했다.

"스님 말씀을 듣고 집에 가서 생각해보니 제가 아직 오지도 않은 내일을 걱정하고 있었구나, 깨달았습니다. 그동안 스님 말씀대로, 천천히 내 힘으로 낫겠다고 생각하니 마음이 차분해졌습니다. 힘들어도 몇몇 음식은 직접 요리해서 먹었습니다. 그랬더니 입맛도 돌아오고 힘이 났습니다. 제가 주방에서 요리를 하니까 아이들이 신이 나서 까불더군요. 아이들을 보니 아, 내가 살아야겠구나, 싶었습니다. 스님, 저는 살아야겠습니다."

병원에서 암이라는 선고를 받았을 때는 온통 절망뿐이었는데, 조금 생각을 달리 하니 어마어마한 삶의 힘을 얻게 된 것이다. 엄마아빠가 밝아지자 아이들도 달라졌다. 긴장한 얼굴로 주위 눈치만 살피던 두 아이는 연구소 안을 이리저리 뛰어다녔다. 내가 말했다.

"병을 밀어내려고만 하지 마세요. 병도 인연입니다. 하루아침에 병이 싹 낫기를 조바심내지 말고 당장은 이 정도 유지하면서 좋아지기를 기다리겠다는 마음으로 치료를 받으세요. 무엇보다 나의 병으로 인해 가족의 사랑이 더 단단해지는 그런 계기가 되도록 하세요. 나에게 가장 소중한 삶은 아름다운 과거도, 희망찬 미래도 아닌 바로 지금이에요. 오늘의 삶을 사랑하도록 하세요."

부부는 서로를 마주 보았다. 그 눈빛이 참 정겨웠다. 내가 해준 것은 말 몇 마디뿐이었다. 어떻게 살 것인가에 대한 답은 스스로 찾아내고 움직여야 한다. 자각이 없다면 부처님, 하느님 말씀도 한낱 종잇장에 불과하다. 오직 스스로 배우고자 하는 앎의 정신, 스스로 깨우치겠다는 자각만이 삶을 바꿀 수 있다.

먹을거리로 삶을
궁리하다

사찰음식을 널리 알리는 방법을 찾아보자며 여러 분야의 인사들이 모이는 자리가 마련되었다. 나도 초대받았다. 사찰음식 강의 때문에 겨우 시간을 맞춰 나갔다. 나는 지난가을에 만들어둔 산초차를 들고 나갔다. 마침 점심시간이어서 집주인이 나에게 와서 조그만 소리로 물었다. 점심 식사로 솔잎을 깔아 돼지고기를 쪄놓았는데, 스님께서 허락하면 먹겠다고 했다. 스님인 내가 마음에 걸렸던 모양이었다. 이왕 준비한 음식이니 맛있게 드시라고 했다. 식사가 끝나고 사찰음식에 관한 생각들을 꺼내놓는데 사찰음식 전문점을 열어야 한다, 사찰음식 가짓수를 늘여야 한다, 외국인에게도 사찰음식을 맛보게 해야 한다는 이야기가 먼저 나왔다. 순간 중요한 것을 놓치고 있다는 생각이 들었다. 왜, 지금, 우리에게 사찰음식이 필요한지, 사찰음식의 철학과 정신에 대한 이해가 없었던 것이다.

내가 이야기할 차례가 되었다. 나는 먼저 산초차를 따듯하게 우려 와인 잔에 따라 돌렸다. 그런데 한 모금씩 맛을 보더니 얼른 잔을 내려놓고 더 이상 손대지 않았다. 모두가 그랬다. 산초의 독특한 향 때문이다. 산초차를 처음 먹어보는 이들은 대개 비슷한 반응을 보인다. 내가 산초차를 한 모금 마시고 말했다.

"여러분께 드린 것은 산초차입니다. 산사의 스님들이 즐겨 마시는 차입니다. 산초山椒는 '산에 자라는 향기로운 나무'라는 뜻입니다. 향이 참 독특하지요? 산초는 우리나라 허브입니다. 고춧가루를 대신해서 썼지요. 항암에도 좋고 항균력이 강해 에이즈에도 탁월한 효과를 보인다고 합니다. 예전에는 외과적 시술이 필요할 때 짓찧어서 마취제 대용으로 썼습니다. 물고기 잡을 때 산초 우린 물을 강물에 풀면 물고기가 기절한 채 동동 뜨고 그것을 건지면 되었지요. 신기하게도 기절한 물고기를 맑은 물에 풀어놓으면 다시 푸르르 살아 움직였습니다. 그래서 어린 물고기까지 잡아 씨를 말리기 때문에 산초 낚시는 금지되었습니다. 또 산초의 에너지는 육식의 서너 배가 넘어, 오래 전부터 채식을 하는 스님들이 에너지 보충을 하려고 즐겨 먹었습니다. 산초의 효과를 잘 알고 있는 일본 사람들이 우리나라 산초를 모두 수입해가는 바람에 요즘 일반 사람들은 산초를 쉽게 접할 수 없습니다."

그러자 사람들이 옆으로 밀어두었던 찻잔을 당겨 한 모금씩 먹어 본다. 산초가 좋다는 말을 듣고 나니, 분명 조금 전 먹어 본 산초 맛과 다르고 거북함도 덜했으리라. 바로 이것이다. 산초에 대해 자세하게 알고 보면 그 맛조차 달라지고 먹어볼 용기가 생기는 것이다. 내가 다시 말했다.

"혹 여러분은 사찰음식을 한식, 중식, 일식, 중식처럼 음식의 종류로 생각하는 것은 아닌지요? 밥만 먹으면 지겨우니 초밥도 먹고 자장면도 먹고 사찰음식도 먹는 정도로 생각하는 것은 아닌지요? 그렇다면 다시 생각해야 합니다. 사찰음식은 이것도 먹고 저것도 먹다 잠시 쉬어가는 맛이 아닙니다. 유행을 좇아가는 맛이 아닙니다. 사찰음식은 맛으로 먹기 전에 삶을 돌아보고 생명의 가치를 헤아려 보고 온전한 '나'를 만들어가는 수행의 방편입니다."

현대의 음식은 날로 화려하고 맛이 진해진다. 그러나 살기가 좋아진 요즘에도 산중 스님들이 먹는 음식은 여전히 소박하다. 장아찌와 된장국, 나물 그리고 계절마다 한두 가지 찬이 더해질 뿐이다. 산사에서 공양을 한 끼라도 먹어본 사람이라면 알 것이다. 두세 가지 나물에 고추장, 된장이 전부이다. 어떤 이들은 심심하고 투박하지만 먹고 나서 찬물 한 사발 들이켜면 오히려 그 맛이 너무나 개운하다고 하는 이도 있다. 사찰음식의 맛은 근본적으로 무無의 맛이다. 맛이 '없다'는 것이 아니다. 식재료마다 갖고 있는 불성佛性, 고유한 맛이다. 단순하게 맛있다, 맛없다로 규정할 수 없다. 그 점에서 '평등한 맛'이라고 할 수 있다. 사찰음식은 '나'의 불성을 깨우치듯 음식 본연의 맛을 살리되, 오신채(마늘, 파, 달래, 부추, 홍거)를 넣지 않는다. 다섯 가지는 자극적이어서 마음을 흩트려 수행을 방해하기 때문이다. 식재료의 풍미를 살리는 정도로 간장, 된장, 고추장, 참기름, 들기름과 같은 최소한의 양념만 더하기에 사찰음식은 '요리하지 않는 음식'이라고도 한다.

사실 가난한 시절에는 사찰음식과 보통 사람들이 먹는 음식이 크게 다르지 않았다. 세월이 흘러 생활이 풍족해지고 여유로워지자, 음식에 맛을 더하려고 각종 화학 조미료, 인공 감미료, 첨가물이 발달했다. 또 가공식품이 등장하면서 사람들은 점점 조미료와 인공 첨가물이 더해진 맵고 달고 짜고 기름진 음식 맛에 길들여졌다. 그 결과 몸과 마음이 아프고 삶이 힘들고 고통스러운 사람들이 늘어갔다. 왜 그럴까. 원인을 찾던 사람들이 사찰음식에서 답을 찾았다. 스님들은 무엇을 먹기에 맑은 얼굴에 평안한 마음을 가지고 사는가. 그렇다면 사찰음식의 철학과 가치를 먼저 공부해야 한다. 사찰음식의 맛으로 세상 사람들에게 다가갈 것이 아니라 사찰음식의 정신에 대한 가르침과 지혜를 먼저 나눠야만 생각이 바뀌고 입맛이 바뀌고 그러고 나서야 진정한 사찰음식의 맛을 알게 되는 것이다.

20년 간 같은 자리에서 사찰음식 강연을 해온 나는 먼저 1시간은 사찰음식의 철학을 중심으로 수업하고, 나머지 1시간 동안 실습을 한다. 요리만 배우는 줄 알고 온 이들이지만, 수업을 듣고 오히려 실습보다 이론 시간을 더 늘여달라고 청한다. '맛'에 대한 공부는 혀로 하는 것이 아니라 마음, 정신으로 공부해야 한다. 혀는 참으로 간사해서 자극적인 쪽을 선호하고 발달한다. 혀의 맛을 바꿔주는 것은 공부다. 입맛을 바꾸는 데도 끝없는 자기 설득과 공부가 필요한 것이다. 산초차에 대해 자세하게 설명해주자 모두들 먹어볼 용기를 낸 것처럼 말이다.

불교에서 업業은 습관이다. 전생에 지은 죄업을 말하는 것이 아니다. 오늘의 나는 어제의 생각과 행동이 쌓여 만들어진 것이다. 입맛도 습관이다. 쌓이고 쌓여 나의 몸과 정신을 만들어간다. 잘못된 입맛을 바꿀 수 있는 것은 스스로의 생각과 행동이다. 어떤 입맛을 갖고 어떤 음식을 먹고 있는가를 생각하면 나의 미래가 조금은 그려질 것이다.

이제 맛으로 먹는 시대는 지났다. 얼마나 맛있는 음식이 많은가? 얼마나 요리사가 많은가? 얼마나 다양한 재료가 넘쳐나는가? 그러나 그만큼 우리는 행복해지고 건강해졌는지, 생각해보자. 부처님은 말씀하셨다. "먹는 얘기를 아무리 많이 해도 결코 배가 부르지 않는 것처럼 머리로만 수행하고 몸으로 실천하지 않는 것은 소용없는 일이다."

늘 부끄러워할 것이
있는 것처럼 살다

1990년대 초 일이다. 내가 방송에 나와 사찰음식을 강의하면서 이름이 알려질 무렵이었다. 낯모르는 사람이 내 이름을 따서 식당을 열었다는 소문이 돌았다. 소식을 들은 은사스님이 나를 불러 앉혀놓고 자초지종은 묻지도 않은 채 "당장 가사장삼 벗어 놓고 절에서 나가라."고 호령했다. 엄동설한에 어디 갈 데도 없었다. 그보다 말할 기회조차 주지 않고 나가라고만 하니 답답한 노릇이었다. 도반 스님들이 나서서 잘못된 소문이라고, 이름을 도용당한 것이라며 매달렸지만 은사스님은 더 크게 진노했고, 나가라는 말을 끝내 거두지 않았다. 나는 은사스님의 말씀을 따라야 했다. 그날 절에서 나온 뒤 한동안 스님을 뵙지 못했다. '나는 아무 잘못이 없다, 섭섭하고 야속하다.' 오직 그 생각만 가득했다.

그러나 시간이 흐른 어느 날이었다. 문득 은사스님의 마음이 이런 것일까, 어렴풋이 깨닫게 되었다. 스님은 제자가 절 밖에서 속인들과 어울리며 마음을 다칠까, 속세에 휘둘릴까, 노심초사하던 차에 식당을 차렸다는 소문까지 들으니, 사실 여부와 관계없이 속이 크게 상하셨을 것이다. 혹 유명세에 내가 마음이 흔들리거나, 수행자의 본분을 잃어버리는 것은 아닌지 걱정하신 나머지 그렇게 모질게 호통을 치셨던 것이다. '스스로를 경계하라'는 속 깊은 경책이었다. 은사스님의 크고 깊은 마음을 뒤늦게 안 나는 눈시울을 붉혔다.

부처님의 제자 가섭존자 이야기가 생각난다. 부잣집 아들로 태어나 귀하게 자란 가섭의 출가를 허락하면서 부처님은 이렇게 말했다. "가섭이여, 너는 높은 가문에 태어나서 자존심이 큰 사람이다. 그래서 나이가 많은 이거나 적은 이거나 중간이거나 같이 지내는 대중에게 크게 부끄러워할 것이 있는 것처럼 수행해야 한다."

부잣집 자식으로 대접만 받고 살았던 가섭이 먼저 자신부터 내려놓아야 수행을 잘할 수 있음을 에둘러 말씀하신 것이다. 몸가짐 마음가짐을 매사에 조심하면서, 스스로 낮추고 또 낮추라는 가르침이었다. 바로 겸손이다.

사찰음식을 강의해온 지 어느덧 20년이다. 강남 능인선원에서 5년, 그리고 일원동 비구니회관에서 15년이다. 20년 동안 한 번도 거르지 않고 수업을 했다. 해외 사찰음식 홍보차 며칠 빠졌을 때는 수강생들에게 양해를 구하고 나중에 보충하는 시간을 가졌다. 도반스님 절 행사에도 가지 못했다. 다른 일은 챙기지 못할 때가 많았고 사찰음식 강의에만 마음을 쓰려고 했다. 무슨 직職을 만들어 이름만 걸어 달라고 해도 허락하지 않았다. 사업 제안도 쏟아졌다. 이런저런 제안서를 든 사람들이 드나

하루하루의 수행이 바느질 한 땀 한 땀처럼 놓일 뿐이다.
누구든 바르게 최선을 다한 하루가 쌓여서 꽃이 되고 빛이 된다.

들었다. 불교의 가르침을 더 많은 사람들에게 전하려면 스님이 움직여서 사찰음식을 사업으로 확장해야 한다는 제안도 있었다. 하지만 깨진 사금파리도 반짝이는 법, 반짝인다고 모두가 진짜는 아니다. 아무리 목적이 좋더라도 지금 내 본분에 어긋나는 것이라면 나에게 맞지 않는 일이었다.

나는 이 모두를 거절했다. 오로지 대중大衆을 상대로 한 사찰음식 강의만 하자는 원칙을 지키고자 했다. 그래서였는지 이런저런 뒷말이 들려왔다. 아닌 게 아니라 순 거절만 했으니 충분히 그럴 만했다. 그때마다 나는 몹시 부끄러웠다. 소문의 당사자라는 이유만으로 내 부끄러움은 당연했다. 그런 날이면 법당에서 더 열심히 기도를 했다. 그런 말이 돌도록 빌미를 주지는 않았는지, 그리고 오해를 받았을 때 잠시나마 마음속에 솟구쳤던 화를 다스리고 반성했다.

이제 나는 세상 나이로 환갑이다. 수행자에게 환갑은 아무런 의미가 없다. 하루하루의 수행이 바느질 한 땀처럼 놓일 뿐이다. 누구든 바르게 최선을 다한 하루가 쌓여서 꽃이 되고 빛이 된다. 그런 믿음으로 20년을 계속해 온 강의이다. 새삼 60이라는 꽉 찬 숫자가 지나온 시간을 돌아보게 했다. 이 생각 저 생각 끝에 한 달만 강의를 쉬기로 했다. 세상 개념으로 치면 휴식년, 아니 휴식월이다. 이를 주위에 알리고 동의를 구했다. 그러고는 양평에서 새해 1월, 1달 동안 혼자 지낼 계획을 세웠다. 눈이 내려 길이 얼면 차가 올라오지 못하고 오도 가도 못하기에 미리 김치도 담가놓고 불도 넣어 아궁이도 점검해보고 먹을거리도 준비했다. 나중에 읽어야지 미뤄둔 책도 옮겨놓고, 이참에 기도도 실컷 해볼 참이었다. 설레고 좋았다.

그런데 1월이 다가올수록 마음이 불편했다. 수강생들에게 한 달만 쉬겠다고 했을 때 아쉬워하는 눈빛이 자꾸 떠올랐다. '스님, 저는 수업 막 듣기 시작했는데요.' '아픈 식구 때문에 듣게 된 거라서 마음이 급한데요'라는 말도 들었다. 과연 쉬는 것이 맞는 것인지 갈등이 일었다. 수강생들의 문자가 이어졌다. 한 달 뒤에는 정말 오시는 것이냐, 기다리면 되느냐 등. 다시 한 번 '쉼'의 의미를 생각했다. 지금까지 해왔는데 한 달의 휴식이 가진 의미는 무엇인가.

새벽 예불을 마치고 기도를 올렸다. 천천히 내 안의 생각들이 정리되었다. 문득 이런 생각이 들었다. '이런 일로 기도할 수 있다니, 얼마나 다행인가.' 결론은 다시 강의를 이어가는 것이었다. 오히려 20년간 잘해왔다고 자만하는 마음이 내 안에 있었음을 발견했다. 절을 나가라던 은사스님의 호통, 부끄러워할 것이 있는 것처럼 수행해야 한다는 부처님의 말이 찬물을 끼얹은 듯 나를 놀라게 했다. 12월 24일, 수업이 끝나고 말했다.

"여러분, 한 달 휴강한다고 했던 말은 없던 것으로 하지요. 저는 쉬지 않겠습니다. 1월에도 수업은 계속됩니다. 그리고 내일은 성탄절이네요. 나라에서 쉬라고 했지만 여러분이 원하시면 수업을 하겠습니다. 만약 원하지 않으면 저도 내일은 성당에 가서 아기 예수 생일을 축하하려고 합니다."

박수가 터져 나왔다.

"스님, 메리 크리스마스~!"

우리 모두 선물을 받은 듯했다. 한 달의 휴식을 상상하는 것만으로 나는 이미 충분히 쉰 것 같았다.

습관은 들이기도
어렵고 버리기도
어렵다

12월 한 달 동안 수업에서 실습할 요리를 고르고 요리법을 적었다. 미역죽, 무채 두부찜, 취나물 된장찌개, 파래전, 시금치무침……. 주로 해초류와 여름에 말려둔 나물류, 무 그리고 단백질 보충에 좋은 두부를 넣은 요리다. 따뜻한 남쪽 땅에 자라는 시금치무침도 넣었다. 날씨가 추울 때는 사람들이 꼼짝하기 싫어해서 운동량이 부족한데, 바다 속에서 끊임없이 움직이는 해초류는 우리 몸속에 동적動的인 에너지를 심어준다. 따끈한 미역국을 한 숟갈 입에 넣으면 흐늘흐늘 춤을 추는 미역이 떠오르고 그러면 굳은 몸이 풀리고 부드러워지는 것 같다.

사실 나의 요리법은 별게 없다. 아주 단순하다. 재료 네댓 가지와 다섯 단계를 넘지 않는 순서가 전부다. 처음 강의를 들으러 온 이들에게 요리법을 나눠주면 놀란다. 달랑 종이 한 장뿐이냐는 것이다. 보통 요리법은 재료의 정확한 분량과 조리 시간, 조리과정이 자세하게 적혀 있다. 누구라도 따라할 수 있게 했다. 그러나 요리법이 절대적인 맛을 보장하지는 않는다. 재료의 상태와 계절에 따라 달라지고, 더욱이 사람 입맛은 천차만별이다. 열 사람이 느끼는 맛은 열 가지이다. 요리책대로 따라 해도 만족스러운 적이 없지 않은가. 맛은 재료의 신선도와 계절 그리고 무엇보다 그 사람의 미각과 요리를 먹는 순간의 마음 상태에 따라 달라지는 것이다.

시금치나물을 배우는 날이었다. 그날 처음으로 수업을 들으러 온 분을 소개하고 수업에 들어갔다. 여느 때처럼 이론 수업을 먼저 하고 실습을 할 예정이었다. 마침 전날 신안의 한 섬에 사는 후배 스님이 시금치 한 상자를 보내주었다. 갓 캔 시금치가 하도 싱싱해서, 내 생각이 났다는 것이다. 산에 사는 도반들은 철마다 감이며 옥수수, 감자 등 내 생각이 났다며 올려 보내곤 한다. 맛있는 것을 보고 떠오르는 사람이 있고, 또 내가 그 사람이라는 것은 얼마나 기분 좋은 일인가.

택배 상자를 여니 눈이 시리도록 파란 시금치가 얼키설키 쏟아졌다. 남쪽 바닷가, 겨울 들판에서 눈보라를 맞으며 자라는 겨울시금치는 잎이 두껍고 뾰족하고 거칠다. 거친 해풍을 맞아서인데, 두꺼운 잎에 단맛이 쌓인다. 뿌리가 빨간 것은 모래가 많은 흙에서 자랐기 때문이다. 날이 갑자기 추워지면 시금치 밑동에 가까운 부분이 노래지기도 한다. 시든 잎이 아니니 먹어도 된다. 언 땅에 뿌리를 내리고 겨울바람에 납작 엎드려 더디게 자라는, 참을성 많은 채소가 겨울시금치이다.

1년 중 12~2월이 시금치가 제일 맛있고 달고 고소한 달이다. 그런데 이 맛을 어떻게 살릴까? 우선 시금치를 깨끗이 씻는다. 어떤 이들은 어차피 한 번 데쳐 물에 헹구므로 씻을 필요가 없다고 하는데, 이는 잘못이다. 먼지와 각종 이물질에서 나온 나쁜 기운이 시금치에 배어들 수 있기 때문이다. 물이 팔팔 끓으면 시금치를 넣고 삶아지면 찬물을 붓고 바로 건져 채반에 펼친 뒤 마당이나 베란다에 내놓는다. 2~3분 뒤 뜨거운 김이 나가고 물이 빠지면 집간장, 들기름을 넣고 조물조물 무쳐낸다. 여름시금치와 겨울시금치가 조리법이 다르다. 날이 추운 겨울에는 굳이 찬물에 헹굴 필요가 없다. 오히려 단맛이 빠진다. 물에 오래 담가 두지 않는 것도 중요하다.

실습시간, 단 몇 분 만에 시금치무침을 해서 맛을 보게 했더니 다들 깜짝 놀란다. 시금치가 이렇게 맛있고 고소한지 몰랐다고 했다. 난생 처음 먹어보는 맛이라는 호들갑을 부리기까지 했다. '만날 밥상에 올라오는 시금치나물이 이런 맛이라니!'

레시피를 생각할 때는 재료에 대한 근본적인 성질을 살펴야 한다. 맛은 근본을 살리는 데 숨어 있다. 재료의 성질과 다른 재료와의 조화, 계절을 안다면 요리의 반 이상은 끝난 것이다. 어느 날, 수업이 끝나고 잠시 앉아 있으려니 누군가 문을 두드린다. 열린 문 사이로 오십은 넘어 보이는 분이 고개를 내민다. 얼마 전부터 수업을 듣게 되었다며 할 말이 있다고 했다.

"스님, 저는 조그만 식당을 남편하고 같이 하고 있어요. 10년은 더 되었어요. 먹고 살려고 하고 있지만 언젠가부터 정말 내가 음식 솜씨가 있는 것인가 싶은 생각이 들었답니다. 그러다가 스님의 글을 읽고 음식을 다시 배워야겠다는 생각이 들었어요. 저는 늘 하던 대로 하니까 배울 필요가 없다 생각했는데 왠지 그게 아닌 것 같았거든요. 그런데 선재 스님에게 음식을 배우러 간다고 했더니 남편이 말렸어요. 여태 장사 잘 해왔는데 새삼스레 왜 그러냐는 거지요. 그렇지만 답답한 마음이 가시지 않아서 스님 강의를 듣게 되었어요."

참으로 용기 있는 분이었다. 늘 하던 대로, 익숙한 대로 살아가는 것은 쉬운 일이다. 습習이 몸에 배면 무감각하게 그대로 따르기 쉽다. 좋은 습관 들이기 어렵고 나쁜 습관 버리기 힘든 게 인지상정이다. 특히 잘못된 습은 겉으로 드러나지 않는다. 음식도 자신의 경험한 대로 만들고 먹기 마련이고 그것은 평생을 가고 그러다 큰 병을 얻기도 한다. 식당을 운영하는 이분은 자신이 해오던 일을 의심하고 바꿔보려 했으니 대단한 분이라는 말이다. 그런데 이어지는 말에 나는 또 한 번 감동을 했다.

"그런데 스님, 지난주 첫 수업 때 시금치나물 레시피를 받아들고 아이쿠, 내가 잘못 왔구나 싶었어요. 남편이 뭐 배웠느냐고 물을 텐데, 시금치나물이라고 하면 고작 그거 배우러 서울까지 간 거냐고 통박을 놓을 게 분명하다 싶었거든요. 에휴 어쩌나, 포기하는 마음으로 스님 강의 듣는데 음식에 대해서 한 번도 생각지 못했던 이야기를 해주시니 놀랐어요. 그리고 시금치무침을 만들어서 먹어보니. 정말 맛있었어요. 난생처음 느끼는 맛이었어요. 엊그제 저녁에 집에 들어갈 때 시금치 한 단사서 스님이 가르쳐주신 대로 시금치를 무쳐보았는데 남편이 먹어보더니 맛있대요. 어릴 때 먹어본 그 맛이라고 해요. 그 순간 왜 감사한 마음이 들던지요. 요리에는 자신 있었는데 어쩌면 제대로 아는 것이 아닐지도 모르겠다는 생각이 들었어요."

아이고, 내가 다 감사한 일이었다. 시금치나물 한 접시가 그녀의 식당 인생을 돌아보게 한 지도 모른다. 수업에 한 번도 빠지지 않고 열심히 다녔던 그녀. 새로울 것 없는 요리를 새롭게 다시 배우면서 그녀는 매번 신기해하며 감동 받았다. 습관처럼 만들어 손님들에게 습관처럼 차려낸 밥과 반찬들. 그러나 이제는 손님들의 건강과 삶을 생각하는 진짜 요리사가 된 것이다. 식당 여주인에서 진짜 요리사로. 삶의 의미가 한층 깊어진 것이리라.

원래 타고나는
입맛은 없다

나는 사찰음식 강의 때 앞치마 대신 법복을 입는다. '모든 생명은 하나'
라는 부처님의 가르침[法]을 놓지 않고, 재료 하나하나에 마음을 기울이
기 위해서다. 가끔 스님은 왜 앞치마를 하지 않느냐고 묻는 이들이 있기
에, 이제는 첫 강의 때 '법복 앞치마'의 의미를 들려준다. 더불어 수강생
들에게는 '앞치마를 법복으로 생각하고 입으라'는 당부도 잊지 않는다.

　　고3 자녀를 둔 분이 입시를 위해 3천 배 기도를 올렸다면서, 이렇
게 말한 적이 있다. "평소 3천 배는 엄두도 못 냈는데, 아이를 생각하니
저절로 하게 되더라고요. 스님은 자식이 없으니 이런 걱정 없으시겠어
요?" 나는 웃으면서 답했다. "나는 온 동네 아이들 입시 걱정을 해야 합
니다." 모든 아이들이 내 자식처럼 느껴진다는 말이다. '스님'의 일이란,
남 걱정을 전문으로 하는 것이다. 특히 요즘 아이들이 무엇을 먹고 자라
는지 살펴보면 가슴이 철렁할 때가 많다. 아이들에게 좋아하는 음식이
뭐냐고 물으면 한결같이 달고 기름지고 맵고 자극적인 음식 이름을 댄
다. 왜 아이들은 순하고 맑은 음식은 '맛없다' 여기고, 달고 기름지고 자

극적인 음식은 '맛있다'고 느낄까. 가끔 엄마들에게 제철 채소 반찬을 아이들 밥상에 올리라고 하면 "우리 아이는 원래 안 먹어요."라고 답한다. 과연 아이들의 입맛은 '원래' 그런 것일까. 아토피로 고생하는 한 아이의 엄마도 "애가 워낙 매운 걸 좋아해요. 닭발을 얼마나 좋아하는지……." 그런데 아이가 처음부터 닭발을 좋아했던 것일까.

지난주에는 안국동 한국사찰음식문화체험관에서 유치원, 초등학생과 엄마들을 모아 '미각 교실'을 열었다. '좋은 음식, 맛있는 음식 만드는 법'을 배우러 온 아이들은 한껏 들떠 소란스럽기까지 했다. 나는 아이들에게 합장을 가르쳐주며 말했다. "두 손을 모으는 것은 우주의 좋은 기운을 담아 나 자신과 주위를 비춘다는 뜻이 담겨 있습니다."

아이들이 그대로 따랐다. 두 손을 오므려 마주하고 눈을 감았다. 언제 그랬냐는 듯 진지해진 아이들. 바로 이것이었다. 바르게 설명해주면 그대로 따르는 마음이야말로 아이들의 본래 심성이다. 그 본성을 모르는 어른들은 '우리 아이는 원래 안 먹어요. 단 걸 좋아하고 고기만 먹어요' 하면서 아이들의 입맛을 그렇게 길들이는 것이다. 처음부터 음식에 대한 이해와 다양한 맛을 맛보게 하지 않고, 그저 '맛있다'고 하는 음식을 별생각 없이 아이들에게 먹이는 것이다. 아이들은 부모가 생각하는 것처럼 태어날 때부터 튀긴 닭을 좋아하고 매운 맛을 좋아한 것은 아니다.

아이가 자라 어른이 되는 것은 아니다. 아이들은 불완전한 존재가 아니라는 말이다. 요즘 아이들은 자아가 강하다. 그대로 인정해주어야 한다. 강요하기보다 이해시켜야 한다. 지레 아이들이 부모 말을 듣지 않는다고 단정하지 말아야 한다. 이해와 설득은 아이를 다치지 않게, 가장 빠르게 소통하는 대화의 조건이다. 음식의 맛도 아이들에게 가르쳐주어야 한다.

그날 실습한 요리는 우엉당근주먹밥이다. 우엉과 당근은 아이들이 유독 싫어하는 채소다. 나는 내 팔 길이만 한 우엉 뿌리를 들어 보이며 말했다.

"얘는 우엉인데, 우리가 먹는 부분은 바로 이 뿌리예요. 햇빛과 빗물을 먹고 땅 속 깊숙이 자란답니다. 딱딱한 땅을 뚫고 어둠 속에서 자라려면 참을성이 있어야겠지요? 스님이 조금 전에 '자연과 나는 하나'라고 말했는데 기억하지요? 그러니까 우엉을 먹으면 우리도 우엉을 닮게 된답니다. 우엉처럼 인내심이 길러지는 거죠. 자, 이제 이 우엉이 무엇으로 보이나요?"

왁자한 대답 속에 누군가 "지팡이요!"라고 말했다. 맞다. 지팡이. 노인의 발이 되어주고 삶의 버팀목이 되는 지혜의 물건! 좋은 답이라고 칭찬해주었더니 아이가 어깨를 으쓱한다.

"맞아요. 우엉은 지팡이처럼 우리를 씩씩하게, 지혜롭게 해준답니다. 자, 이제 두 눈을 꼭 감고 나눠준 우엉 조각을 꼭꼭 씹어보세요."

아이들은 용감하게 우엉을 입에 넣었다. 어떤 맛이 나느냐고 물었더니 풀때기 맛, 나무 맛, 흙맛……이란다. 그 가운데 단맛이 난다고 한 아이의 목소리가 들렸다. 풀이나 나무, 잡초를 먹어보지 않았을 아이들, 마음으로 떠올린 맛일 것이다. 단맛이라고 말한 아이의 미각이야말로 우리가 기대한 대답이었다. 아이들 반응이 너무나 훌륭했다.

"자. 그럼 지금부터는 우엉이 이렇게 기다랗게 자랄 수 있도록 도와준 땅과 물, 바람, 햇볕, 농부의 손을 생각해봐요."

아이들은 실눈을 뜬 채 웃음을 참지 못해 키득거렸다.

이어진 실습시간. 우엉과 당근, 버섯을 잘게 썰어 볶아놓고, 거기에 한 김 식힌 밥과 들기름과 통깨를 넣어 주먹밥을 만들었다. 아이들에게 직접 만들게 했더니 밥알을 흘리고 얼굴에 묻히고 난리도 아니었다. 그런 중에 한 아이가 주먹밥을 손에 쥐고 와 나에게 먹어보라고 했다. 내가 받아먹으면서 맛있다는 듯 눈을 크게 뜨고 과장된 표정을 지었더니 아이가 의기양양하게 말했다.

"맛있죠? 내가 만들었어요. 내가 음식에 이렇게 소질이 있는 줄 몰랐어요."

시종일관 까르르 와하하 웃음 속에 진행된 미각 교실이 끝나고, 엄마들의 뒷담이 귀에 들려왔다.

"우리 애가 우엉을 저렇게 잘 먹는지 오늘 처음 알았어요."

뭇 중생들에게 묻고 대답하고 이야기를 나누면서 깨달음을 설한 부처님의 가피가 오롯이 전해지는 순간이었다. 타고나는 입맛은 없다. 바로 거기에서 우리 아이의 입맛, 아이들의 식생활을 돌아봐야 할 것이다.

아플 때 나를
돌아보게 하소서

6개월 만에 하는 정기검진을 마치고 돌아가는 길이다. 20년 넘게 다니는 병원이다. 유료주차장 관리인이 주차비를 받지 않겠다는 듯 그냥 가라고 손짓하며 인사한다. 지난번에 마실 거리를 사드렸더니 그 인사인가 보다. 선善한 마음은 이렇게 이어진다. 흐뭇하다.

오늘 진찰 결과도 좋다. '좋다'라고 하면 사람들은 다 나은 것으로 받아들인다. 23년 전 간이 좋지 않아 1년밖에 살지 못한다는 의사의 선고를 받은 이래 나의 병은 그대로 '멈춤'이다. 지금도 사진을 찍어 보면 흔적이 보인다. 아팠던 흔적이지만 나에게는 조심해야 한다는 신호이자 경고이다. 삶의 바로미터이다. 6개월마다 내가 아팠음을 확인하고, 그동안 잘 살았구나, 안심하며 마음을 다시 한 번 모아보는 것이다.

23년 전 시한부 선고를 받던 순간, 나는 '완전하게 혼자'가 된 기분이었다. 부모님, 은사스님, 도반스님, 내가 아는 모든 사람들, 하물며 마당에 핀 꽃들도 낯설었다. 나에게 닥친 고통을 혼자 감당해야 하는 생경한 감정에 당황스러웠다. 홀로 빈 방에 누워 여러 날 묵언하면서, 몸이 원하는 대로 따라갔다. 아침에 눈이 떠지면 일어나 밥을 해 먹었고 힘들면 눕고 또 눈이 떠지고 기운이 좀 나면 밭에 나가 일했다. 예불도 힘들면 누운 채로 염불을 했다. 죽으면 내가 왔던 그곳, 자연으로 돌아가는 것이므로 삶에 대한 집착은 없었다. 편안했다. 그러나 아직은 살아 있었다. 그래서 한편으로는 '앞으로 어떻게 살아야 할 것인가', 남은 삶에 대한 생각이 깊어졌다. 그러다 보니 병에 걸리기 전 내가 어떻게 살았는지 돌아보게 되었다.

출가한 지 13년이 흘렀을 때 일이다. 출가하면서 내가 맡은 소임은 절에서 운영하는 청소년 수련원에서 아이들의 마음공부를 지도하는 것이었다. 평범한 아이들도 있었지만, 문제아로 낙인찍혀 학교와 가정에서 소외받는 아이들도 더러 있었다. 그 아이들이 절에서 먹고 자고 스님들과 이야기하면서 조금씩 달라졌다. 가출을 밥 먹듯이 하고 나쁜 짓만 골라 하다 소년원까지 다녀온 한 아이가 집으로 돌아가면서 이런 소감문을 적어놓았다.

"힘들어서 몇 번이고 돌아가고 싶었다. 부모님과 스님 때문에 억지로 참았다. 1080배를 할 때는 정말 힘들었지만 끝까지 해보고 싶었다. 다 하고 나니 시원했다. 어떻게 살아야 할지는 모르겠지만 이렇게 살아서는 안 되겠다는 생각이 들었다."

글을 읽고 뭉클거리는 가슴을 한동안 진정시키지 못했다. 학교로 돌아간 아이는 얼마 뒤 장학금을 받았다는 소식을 전해왔다. 장학금을 받아서가 아니라 아이가 스스로 자기 삶을 돌볼 수 있게 된 것 같아 기뻤다. 이 일이 도교육청에 알려지고, 도에서 주관하는 청소년 수련회를 아예 우리 절에서 맡아달라고 했다.

그즈음부터 내 몸을 돌보는 데 소홀했다. 늘 아이들을 먼저 챙기다 보니 끼니를 거르기 일쑤였다. 공양 시간을 놓치면 뒤늦게 먹고 과식을 하기도 했다. 욕을 입에 달고 거친 행동을 일삼는 아이들 때문에 조마조마한 마음을 놓을 수가 없었다. 절 살림과 승가대 공부에도 소홀할 수 없었으니 하루 서너 시간 자기도 어려웠다. 그리고 어느 날 쓰러져 일어나지 못했다.

나를 찾아온 병은 나와 인연이 있어서다. 인연은 인과因果다. 하나의 원인이 아니라 수많은 것들이 얽히고설켜 사건이 일어난다. 병도 한가지 이유가 아니라 수많은 요인들이 서로 영향을 주고받으면서 내 몸안에서 만들어지는 어떤 변화이다. 그래서 병에 걸렸을 때 누구 탓을 한다거나 무엇 때문이라고 단정하며 원망하는 것은 어리석은 일이다. 세상 모든 것이 마찬가지다. 우주 만물은 서로 끝없이 영향을 주고받는다. 오늘 나에게 일어난 행운이 꼭 내가 잘해서만도 아니며 불행 역시 반드시 내가 잘못 산 결과가 아니다. 우리는 모든 것이 연결되어 있는 인드라망의 그물 속에 있을 뿐이다. 그 속에서 나에게 일어난 일들을 어떻게 맞이할 것인지가 중요하다. 삶의 태도를 만들어가는 일, 우리가 살아가는 삶의 목적은 그것이다.

병원 천장을 바라보며 나는 생각했다. 나에게 이 병이 왜 찾아왔을까. 속가의 아버지와 형제들이 간이 좋지 않았다. 어려서부터 몸이 약했다. 그래서 다른 사람보다 조금 더 몸을 돌봐야 했음에도 불규칙하게 식사하고 잠도 잘 자지 못했다. 무엇이든 내 손을 거쳐야 한다는 고집스런 마음도 영향을 주었을 것이다. 지난 삶을 돌아보니 내가 아픈 것은 당연한 결과였다. 하필 내가 이런 병에 걸렸을까, 마음에 남아 있던 조그만 원망이 사라지는 순간이었다. 누구보다 열심히 수행하며 살고 있다는 자부심이 오만이었다는 사실도 알았다. 자부심이란 얼마나 가벼운가. 삶은 살얼음을 걷듯 조심스럽고 겸손해야 하는 것임을 그제야 깨달았다.

병이 우리를 고통스럽게 하는 것은 분명하다. 단지 그것만일까. 만약 고통에만 빠져 지낸다면 진짜 병에 걸린 것일 뿐이다. 그러나 병을 통해 자기를 돌아보고 삶을 반성하고 주위 사람들을 살핀다면 우리는 삶을 한 단계 성숙시킬 수 있는 아주 특별한 기회를 맞게 된다. 병으로서가 아니라 기회로서의 삶을 생각한다면, 우리 마음속에 건강을 되찾아줄 또 한 명의 든든한 의사를 갖게 되는 셈이다. 우연히 이런 글을 보게 되었다.

아플 때 나를 돌아보게 하소서.
내 몸의 소리를 듣게 하소서.
내가 아픈 것은 세상이 아픈 것임을 깨닫고
그 아픔의 근원을 응시할 수 있게 하소서.

우주인 생명이 내는 소리에 귀를 열게 하소서.
이웃의 아픔이 곧 내 아픔임을 깨닫게 하소서.
늘 안부를 묻고 살피는 서로가 되게 하소서.
이웃이 아플 때 아픈 내 몸 쓰다듬은 듯 손 내밀어 잡게 하소서.
하나의 생명으로서 그 본성처럼 늘 서로 돕고 늘 서로 나누며
그것을 통해 더불어 하나 됨 속에서 기뻐할 수 있게 하소서.
한 생명 한 생명이 빛날 수 있게 하소서.

　나와 세상을 하나로 잇는 병과의 만남. 병의 긍정적 치유의 힘이 고스란히 담겨 있는 글이다. 나는 병을 통해 사찰음식을 새롭게 만났다. 삶을 바꾸는 소중한 기회를 만들었다. 그래서 가끔은 내가 아픈 것이 귀하게 느껴지기도 한다. 어떤 병이든 그것을 완벽하게 치료하고 낫게 하는 약은 없다. 그래서 완벽한 건강도 없다. 『보왕삼매론寶王三昧論』에 '누구든 병 없기를 바라지 말라'는 가르침이 있지만, 나아가 병을 통해 삶을 바라보아야 한다. 내가 가진 병에서 삶의 진정한 가치와 의미를 깨닫는 기회로 삼아야 한다.

　그래서 병과 함께 살아가는 나의 이야기는 오늘도 계속되고 있다.

가장 소박하고
가장 화려한
밥상에도 빠지지
않는 음식

'가장 받아 보고 싶은 밥상은 무엇입니까?'라는 물음에 어느 분이 이렇게 답하는 것을 들었다.

"더운 여름날, 찬물에 밥을 말아 김치랑 먹는 거요. 어릴 때 학교 마치고 십 리 길을 걸어 집에 오면 어머니가 얼른 밥상을 차려주셨지요. 찌그덕찌그덕 펌프질로 길어 올린 시원한 물 한 대접에 김치 한 종지가 다였어요. 쪽마루에 앉아 밥을 물에 말아 한 숟갈 떠 그 위에 김치를 죽죽 찢어 올려 먹었는데 그 맛은 정말 잊을 수가 없습니다. 그 여름날 풍경을 떠올리면 언제나 군침이 돌아요. 세월이 지나 반백이 된 지금도 가슴이 뭉클하고 입맛을 다시게 되지요."

'세상에서 가장 맛있는 음식을 꼽으라면 어떤 음식인가요?' 비슷한 질문을 많은 사람들에게 던져보지만, 산해진미로 가득 차려진 밥상이나 이름난 요리사가 만든 음식 따위를 꼽은 사람은 거의 없다. 답은 비슷하

김이 모락모락 나는 밥과 국, 그리고 시원한 김치 한 종지로도 훌륭한 밥상을 차릴 수 있다.
누군가에게서 그런 밥상을 받으려 하기보다 스스로 나를 위해 차려봄은 어떠한가.

다. 바로 어머니가 차려주신 밥상이다. 그 밥상 위에 김치가 놓여 있다. 김치는 가장 소박한 밥상, 가장 화려한 밥상에도 빠지지 않는다. 김치 하나 만으로도 완전한 밥상이고 아무리 훌륭한 밥상이라도 김치가 빠지면 허전한 것이다. 한국인의 유전자 속에 대대로 전해지는 맛, 김치는 아무리 세월이 흐르고 입맛이 변해도 언제나 한결같은 추억 속의 음식이자, 머릿속 깊숙이 각인된 본류의 맛이다. 마치 연어가 고향으로 회귀할 때 기억하는 강물의 냄새와 비슷하다고 할까.

우리가 기억하는 어머니의 밥상은 사실 저마다 다른 맛이다. 같은 김치라도 어머니 손맛이 다르고 집집마다 다른 방법으로 만들기 때문이다. 그래서 김장철에는 한 집씩 돌아가면서 김장을 하고 김치를 나눠 먹었다. 이건 누구네 김치라고 하면서 이어지는 이야기로 밥상은 지루할 틈이 없었다. 이렇듯 우리 삶에 필수였던 김치이지만, 요즘에는 직접 담가 먹는 집이 많지 않다. 왜 김치를 담가 먹지 않느냐고 하면, 집에서 밥 먹는 일이 적어서, 아이들이 잘 안 먹어서, 김치를 담글 줄 몰라서, 또 보관하기 어려워서라고 답한다. 대신 슈퍼마켓에서 사먹는다. 똑같은 양념으로 계량화하여 만든 김치이다. 봄, 여름, 가을, 겨울, 계절의 특징이 없는 사철 똑같은 맛이다. 그나마 아예 김치를 먹지 않는 이들도 있다. 한국 사람이 김치 맛을 모른다는 것은 어쩌면 삶의 즐거운 맛 하나를 잃어버리는 것은 아닐는지. 가끔 김치를 직접 담가 먹는 젊은 엄마들을 만나면 고마운 마음부터 든다. 우리 김치 맛이 이어져가고 있다는 반가움 때문이다.

김치는 발효 음식이다. 어떤 음식도 김치와 함께 먹으면 소화가 잘
되어 속을 편안하게 한다. 나에게서 김치 담그는 법을 배운 프랑스인 주
방장은 스파게티를 먹을 때 꼭 김치를 곁들인다고 한다. 한국인의 주식
인 쌀은 소화가 잘 되지 않는다. 그래서 발효된 김치를 함께 먹는 것이
다. 다들 알고 있지만, 김치는 과학적인 음식이다. 음식은 기본적으로
각 재료의 특징이 무엇인지 살펴서 부족함을 채우는 방법으로 만든다.
그게 진짜 요리다. 김치의 주재료인 배추는 잎이 커서 수분이 많다. 익
히면 부드러워지고 장 속의 찌꺼기들을 바깥으로 빠르게 내보낸다. 수
분이 많다는 것은 기운이 냉하다는 뜻이다. 그래서 성질이 따듯한 무와
고춧가루를 넣어 버무린다.

사찰의 김치는 하나의 음식이기 이전에 절집에서 1,700여 년을 내
려온 문화다. 오랜 시간을 내려오면서 시대에 맞게 변하기도 했지만 본
질은 바뀌지 않았다. 사찰의 김치는 파 마늘 달래 부추 홍거 등 오신채
를 일절 넣지 않고 생강과 소금으로 양념한다. 발효를 돕는 찹쌀풀 대신
보리밥, 감자, 호박 삶은 물을 넣는다. 젓갈 대신 간장이나 된장으로 맛
을 낸다. 늦은 봄까지 먹을 김치에는 소금을 넉넉히 넣고 다른 양념 없
이 고춧가루만 조금 넣는다. 배추김치가 좋다고 해서 1년 열두 달 해먹
을 수 있는 것은 아니다. 봄에는 돌나물과 미나리, 여름에는 얼갈이 등
계절에 따라 거둔 재료들로 김치를 담가 먹는 게 좋다. 무, 배추, 열무 외
에 철에 따라 고들빼기, 무청, 갓, 상추대궁, 시금치, 고구마순, 연근, 우
엉, 고추 등이 김치 재료로 쓰이며 제피잎이나 제피가루를 넣어 김치를

담기도 한다.

　김치가 음식이라면 김장은 문화이다. 늦가을 찬바람이 불기 시작하면 슬슬 김장에 대한 이야기가 오르내린다. 김장은 겨울에 먹을 김치를 한꺼번에 많은 양을 담는 것이다. 집집마다 돌아가면서 품앗이로 김치를 담는 동안 마을은 잔칫집 분위기에 들떠 있다. 한 집씩 반나절 만에 김장은 끝나지만 사실 준비 기간은 1년이다. 보통 집에서는 봄에 멸치나 새우 등 해산물로 젓갈을 담고, 초여름에는 질 좋은 소금을 사두고, 초가을에는 고추를 말려 가루를 빻아놓는다. 사계절의 수고와 맛이 김장에 집약되는 것이다. 지역마다 기후에 따라, 집집마다 김장에 넣는 재료와 담는 방법이 조금씩 달랐고, 이는 어머니에게서 며느리로 그 집안에 대대로 전해졌다. 그리하여 집집마다 다른 김치 맛이 탄생했다.

　사찰의 김장은 늦여름, 배추 씨를 뿌리면서 시작되었다. 새싹이 돋으면 노스님이 소쿠리 하나씩 안겨주며 싹이 많아도 적어도 안 된다며 솎아내라고 했다. 솎아낸 싹은 나물로 해 먹었다. 배춧잎이 제법 자라면 젓가락으로 배추벌레를 잡아 풀어주는 일도 큰일이었다. 겨우 한 골을 지났을 뿐인데 대접에 파란 애벌레가 그득했다. 찬바람이 불기 시작하면 배춧잎을 하나하나 걷어 올려 봉긋하게 묶어주었다. 그래야 속이 차고 얼지 않았다. 이 일도 시작하면 허리 한 번 펴기 힘든 고된 일이었다.
　11월 초순 무렵, 드디어 공사公事에서 김장 울력 날이 결정되면 사찰의 모든 대중들이 김장 채비에 들어간다. 소임은 정해져 있다. 밭에서 무와 배추를 뽑고, 한쪽에서는 김치 독을 묻을 구덩이를 파놓는다. 양념을 준비하는 스님들이 있고, 배추를 씻어 소금에 절이는 스님, 또 다른 스님들은 배춧잎과 무청을 시래기로 엮었다. 노스님들도 자잘한 일손을 거들면서, 배추 씻은 물은 밭에다 뿌리라고 당부했다. 혹 물에 씻겨 나온 벌레들까지 살피라는 것이다. 사찰의 김장은 기르고 거두고 씻고 담기까지의 모든 과정이 수행이었다. 그래서 겨울 초입, 김장 울력을 무사히 마친 날 밤에는 육신을 누르는 피곤함도 시원하기만 해서 금방 깊은 잠에 들었다. 땅속에서 익어가는 배추처럼 스님들도 수행도 그렇게 익어갔다.

먹을 것이 넘치는 세상이지만 사람들은 먹을 게 없다고 말한다. 그것은 정성이 담긴 밥상에 대한 그리움을 에둘러 표현한 것이 아닐까. 마음을 낸다면 김이 모락모락 나는 밥과 국, 그리고 시원한 김치 한 종지로도 훌륭한 밥상을 차려낼 수 있다. 누군가에게서 그런 밥상을 받으려하기보다 스스로 나를 위해, 그리고 타인을 위해 그런 밥상을 차려내는 사람이기를 기도하면서 생각해보자. 지금 나는 어떤 밥상을 마주하고 있는가.

나는 충분히
행복한 사람이다

나의 수업을 들은 교육생들이 사찰음식조리사자격증 시험을 치르고 난 이튿날이었다. 네댓 명이 모여 시험 뒷담이 한창이다. 조리 시험으로 제시된 음식이 구절판이었나 보다. 채소마다 어떤 크기로 썰어야 하는지 식초 물에 얼마나 담가야 하는지 이야기가 오갔다. 그중 한 사람이 나에게 묻는다.

"그젯밤 꿈에 스님이 나왔어요. 한창 시험을 보는데 전깃불이 나간 거예요. 그때 갑자기 스님이 나타나더니 의자를 놓고 올라가 전구를 갈아주시는 거예요. 정말 어찌나 날렵하시던지……. 혹 저희 시험 잘 보라고 기도하신 거예요?"

다들 신기한 일이라고 입을 모았다. 나는 미소만 지을 뿐이었다. 수행자에게 기도는 '조용한 일상'이다. 멈춰있는 듯 보이지만 가까이 가 보면 천천히 흐르는 강물처럼 기도는 소리 없이 이뤄진다. 나와 같이 몇 년을 공부한 이들이 시험을 치르는데 기도는 내가 할 수 있는 작은 예의가 아니겠는가.

기도는 내 수행의 한 방편이다. 기도 내용은 늘 비슷하다. 주위 사람들이 욕심 없이 지혜로운 마음을 가지고 살기를, 힘든 일이 있으면 잘 이겨내기를 바라는 것. 가끔 지인들에게 나쁜 일이 있거나 우환이 있으면 내 기도가 부족한 것은 아닌지 돌아보게 된다. 어디 수행자뿐일까. 누구든 자신에게 다가오는 '만남'은 최선이 되도록 노력해야 한다. 평범한 사람들이 할 수 있는 최고의 수행은 자신이 만난 사람들과 좋은 영향을 주고받으며, 자신이 서 있는 그 자리를 '조금이라도 나아지게 하는 것'에 있다.

내 곁에는 나를 돕는 분들이 많다. 사찰음식의 가치를 한 사람에게라도 더 전하려 애쓰는 수고와 정성은 고맙기만 하다. 그들 중에 J조교와의 인연은 특별하다. 10여 년 전 그녀가 사찰음식을 배우겠다고 찾아왔다. 순전히 어머니의 권유였다. 어머니는 전통음식전문가로 솜씨가 알려진 분이었다. 그 가운데서도 폐백음식은 평생 몇 번 먹지 못하는 귀한 음식인 만큼 화려하고 특별하다. 음식 하나하나에 여러 가지 상징과 의미가 담겨 있고, 오감을 자극하는 그야말로 눈과 입으로 먹는 맛있는 음식이다. 어머니는 어릴 때부터 화려한 음식을 보고 먹고 자란 딸에게 일상에서 건강하게 먹는 요리법을 알려주고 싶다고 했다. 그런 어머니의 바람에도 불구하고 그녀는 얼마간 수업을 듣다가 슬그머니 나오지 않았다. 짐작컨대 그녀에게 사찰음식은 흰 종이처럼 밋밋하고 멋없는 음식이었을 것이다.

그리고 수년이 흐른 어느 날, 수강생들 사이에서 낯익은 얼굴이 보였다. 말없이 사라졌던 그녀였다. 그녀는 그 사이 나이도 들고 결혼도 했다. 체중이 늘고 얼굴빛이 좋아 보이지 않아 마음에 걸렸지만, 반가운 마음이 먼저였다. 이번에는 수업에 빠지지 않고 잘 다녔다. 실습 때 직접 만든 음식도 남기지 않고 먹었다. 살펴보니 어머니를 닮아 솜씨가 좋았다. 칼질이 고르고 야무졌다. 음식재료를 아까워하는 모습도 좋았다. 수업을 마치고 몇몇이 남아 잔설거지를 하는 동안 그녀를 불러 물었다. 사찰음식을 다시 배워보니 어떠냐고. 그녀가 수줍게 웃으며 답했다.

"스님, 예전에 배울 때는 맛으로만 이해하려 했던 것 같아요. 당연히 머리로는 좋은 줄 알아도 입과 혀가 먼저였거든요. 제가 오랫동안 엄마의 전통음식을 많이 보고 먹었잖아요. 화려하고 달고 기름진 음식에 비하면 스님 음식은 너무 단순하고 예쁘지도 않고 맛도 없었죠. 이런 걸 왜 먹나 싶었어요. 그런데 저에겐 시간이 필요했던 것 같아요. 사람에게 음식이 어떤 의미여야 하는지에 대한 공부 말이에요. 처음 왔을 때 좀 참고 기다리며 다녔다면 이렇게 몸이 안 좋아지지는 않았을 텐데요."

그녀는 맛으로만 음식을 골라 먹어 체중이 늘고 몸 여기저기도 아프고 그러다 보니 짜증이 많아지고 주위 관계마저 삐걱거렸다고 했다. 이렇게 살아서는 안 되겠다 싶었는데 문득 내가 떠올랐다고 했다. 그녀가 사찰음식을 다시 배우자 마음먹은 결정적인 이유는 건강 때문이지만, 크게 보면 삶을 바꾸겠다는 의지가 아니었을까. 지금, 여기에서, 벗어나 바꿔 보려는 의지. 이 또한 불교에서 말하는 발심發心이라고 할 수 있다. 이런 절실한 마음이 있어야 삶은 발전하고 나아질 수 있다. 또 이런 마음이 일어났을 때 붙들어야 한다. 놓친다면 삶은 원하지 않는 곳으로 흘러갈 수도 있다.

어느 날 무말랭이를 배우는 날이었다. 실습 전에 주의점을 알려주었다. 무말랭이는 반드시 햇빛에서 말린 것이되, 물에 오래 담가 불리기보다 먼지를 떨어낸다는 느낌으로 가볍게 씻는다, 잠시 놓아두면 무말랭이에 묻은 물기만으로 충분히 부드러워지고 꼬들꼬들해진다 등. 그리고 양념을 하기 전에 물에 오래 불린 것과 바로 씻은 무말랭이를 비교해서 맛보도록 했다. 먹어보고는 모두 놀랐다. 잠깐 씻어 불린 무말랭이가 훨씬 달고 맛있었는데, 그 맛의 차이가 너무 컸기 때문이다. 실습한 반찬으로 점심을 먹는 시간에 그녀가 말했다.

"스님, 무말랭이가 설탕을 넣은 것처럼 달아요. 다른 사람들에게도 이 무말랭이 맛을 느끼게 해주고 싶은 생각이 들어요. 다들 막연하게 사찰음식이 좋은 줄로 알지만, 이 무말랭이 맛을 본다면 진심으로 사찰음식을 좋아하게 될 거 같아요."

그런 인연으로 만난 그녀는 내 곁에서 사찰음식을 전하는 데 큰 힘을 보태고 있다. 강연을 준비하고 강의 레시피를 정하고 장을 보는 일까지 나의 그림자처럼 해낸다. 가끔 주위에서 '사찰음식을 하는 스님 곁에는 공부도 많이 하고 사회에서 알아주는 그런 사람이 있어야 사찰음식의 위상이 높아진다'는 충고를 한다. 그때마다 단호하게 말해주곤 한다.

"사찰음식을 알리는 일은 내 명예 때문에 하는 것이 아닙니다. 아픈 사람이 더 이상 아프지 않게 하고 마음이 아픈 이들을 보듬어주고 싶어서입니다. 내 곁에 있는 아픈 이들이 건강해지고 삶이 좋아지는 것을 보고 싶을 뿐입니다."

어떤 분이 나에게 하는 말이, 자기는 절대 스님은 되고 싶지 않단다. 사람들이 스님에게 힘들고 아픈 이야기만 털어놓으니, 만약 자기라면 머리가 터지고 말 거라는 것이다. 나는 '그게 스님이 해야 할 일입니다' 속으로 생각한다. 정말이지 나는 그럴 수 있어서 행복한 사람이다. 나쁜 먹을거리와 식습관으로 몸과 마음이 아픈 이들이 나의 강의를 듣고 사찰음식을 만난다면, 그래서 온전한 삶의 길을 다시 찾을 수 있다면 나는 아무것도 바랄 게 없다. 충분하다.

스님, 세상이 다
주지는 않나 봐요

"때를 거르지 마라."

흔히 멀리 있는 자식에게 부모들이 당부하는 말이다. 끼니를 거르지 말라는 것이다. 아침점심저녁 제때 밥을 먹어야 몸의 순환과 기운을 잃지 않는다. 그래야 공부도 잘하고 일도 잘하고 다른 사람과도 잘 지낼 수 있다. '잘 한다'는 '집중한다'는 뜻이다. 몸의 에너지가 잘 돌면 마음이 흐트러지지 않고 말과 행동이 부드러워진다. 하는 일마다 술술 잘 풀린다고 느껴질 때야말로 몸과 마음이 가장 편안한 상태가 아닌가.

경전에는 아침점심저녁에 먹어야 할 음식이 다르고, 계절과 절기마다 먹어야 할 음식이 따로 있으며 몸의 상태에 따라 음식을 조절하라고 쓰여 있다. 또 아침은 몸이 깨어나는 시간이니 죽과 같은 맑은 음식을 먹고, 점심은 활동량에 따라 칼로리가 높은 음식을 충분히 먹고, 저녁은 위에 부담이 덜 가도록 가볍게 먹어야 한다고 쓰여 있다.

때를 알고, 때에 맞게 먹고, 때를 따른다는 것은 자연의 운율에 맞춰 살아간다는 뜻이다. 세월이 흐른 지금도 나는 어릴 때 "때를 거르지

"세상에 혹하지 마세요."
순간 정신이 번쩍 들었다.
다른 사람이 좋다고 하는 말에 늘 솔깃하여
안 해본 게 없는 그녀는 이제 가장 가까운
부엌에서 답을 찾아보기로 했다.

마라."고 하신 어머니의 목소리를 듣는다. 또 부처님 법을 배우면서 그 말이 얼마나 지혜롭고 귀한지 깨달았다. '때에 맞춰 먹으라'는 뜻은 '지금 이 순간을 살라'는 부처님의 가르침과 닿아 있다. 때마다 먹는 음식의 에너지가 우리 몸에 차곡차곡 쌓이듯, 순간순간이 모여 일생을 이룬다. 매 순간 '나는 지금 이렇게 살고 있구나', 자각해야 진정한 기쁨과 행복을 느낄 수 있게 되는 것이다.

사찰음식 강의에는 멀리 지방에서 오는 분들이 꽤 있다. 새벽 고속버스를 타고 올라와 고작 2시간 강의를 듣고, 온 길을 거슬러 내려가면 밤이 이슥해서야 집에 도착한다. 그렇게 일주일에 한 번 1년 여, 쉽지 않은 여정이다. 하루는 수업을 마치고 멀리 남쪽 끝에서 강의를 들으러 오는 분과 우연히 동행을 하게 되었다. 수더분한 외모에 사투리가 정겨운 분이었다. 그분은 젊어서 고생은 했지만 지금은 남편의 사업이 자리를 잡았다 했고, 딸 둘 아들 하나인데 세 자녀 모두 좋은 대학을 졸업했단다. 게다가 성품이 온순하고 예의가 발라 주위의 부러움을 많이 받는단다.

"스님, 강의 있는 날에는 새벽에 남편이 터미널까지 데려다주고 집에 들어올 때는 택시를 보냅니다. 참 다정한 사람이에요. 아들은 제가 선재 스님 강의 듣는다고 얼마나 좋아하는지 몰라요. 유명한 스님이니까 엄마 아픈 데 좋은 음식을 많이 알려주실 거라고 해요. 스님 강의 듣고 가는 날이면 이것저것 묻는 게 많아요."

그분은 특별한 원인 없이 20년 넘게 몸 여기저기가 아프다고 했다.

처음 아팠을 때가 언제였느냐고 물었더니 첫 아이를 낳은 뒤부터라고 했다. 시부모와 한집에 살고 있어서 마음 편하게 누워 있지 못했는데, 저녁 찬거리를 걱정하다가 시래기를 주우러 밭에 나갔단다. 겨울바람이 꽤 차가웠다. 그렇게 1시간여, 갓 몸을 푼 산모가 걷기에는 춥고 먼 거리였다. 집에 들어서자마자 손에 쥔 시래기를 내려놓고 조금만 누웠다 일어나자 했다. 하지만 잠깐 눈을 붙이고 일어나려 했지만 도저히 일어날 수가 없었다. 그녀는 그때 몸에 든 한기와 통증이 지금까지 계속되고 있다고 했다.

그동안 전국의 이름난 의사, 한의사는 다 찾아다니며 좋다는 약은 다 먹었고, 심지어 무속인까지 찾아갔을 정도였다. 주인 없는 무덤에 제사를 지내주면 좋다는 말을 듣고 한밤중에 제물을 싸들고 산으로 올라간 일도 있다고 했다. 그러던 어느 날 어떤 할머니에게서 "세상에 혹하지 마세요."라는 말을 들었다고 했다. 순간 정신이 번쩍 들었다. 다른 사람 말에 솔깃해 안 해본 게 없는 그동안의 세월이 부질없음을 깨달은 것이다. 그리고 그녀는 가장 가까운 곳에서 답을 찾아보고자 했다. 바로 음식이었다. 음식에서 답을 찾을 수 있을 거라는 마지막 믿음으로 그녀는 나의 강의를 듣기 시작한 것이다. 내가 처음 그녀를 보았을 때 과연 지방에서 서울까지 그 먼거리를 어떻게 다닐지 조금 염려가 되었다. 하지만 지금은 한눈에도 안색이 좋아지고 몸놀림도 가볍게 느껴졌다. 차 안에서 지난 이야기를 들려주는 그녀의 목소리가 씩씩했다.

"스님, 세상이 다 주지는 않나 봐요. 제 몸 아픈 것만 빼면 참 완벽한 삶인데요."

"네. 그러네요. 하지만 내가 보기에 보살님은 이미 다 가졌네요. 성실한 남편과 착하고 똑똑한 자녀들, 모두 아내와 엄마의 몸이 건강해지도록 애를 쓰고 있잖아요. 또 보살님은 거기서 행복함을 느끼고 있고요. 어쩌면 보살님은 아파서 행복한 거죠."

내 말에 그분은 환하게 웃었다. 불행과 행복은 따로 있지 않다. 불행은 지금 이 순간을 살지 못하는 데 있으며, 지금 이 순간에 우리가 보고 느끼고 듣고 맛봐야 할 것들을 충분히 누리는 데 행복이 있다.

봄은 만물이 소생하는 계절이다. 온 산천에 생명의 기운이 꿈틀거린다. 사람도 마찬가지이다. 몸의 에너지가 잘 순환하도록 봄에는 쑥과 냉이 같은 봄나물을 먹어야 한다. 어디선가 푸릇한 나물 향이 풍기는 듯해 마음이 설렌다. 인간으로 태어난 우리들. 자연 속의 한 존재로서 올바른 기쁨과 행복을 느끼고 누리는 데 최선을 다해야 한다. 그럼으로써 이웃한 생명과 내 주위를 밝게 비출 수 있으리라.

몸을 공부하면
삶을 관리할 수
있다

그녀가 나를 찾아온 것은 갑상선암이 재발했을 때였다. 암을 처음 진단받고 치료에 좋다는 식이와 운동을 꾸준히 하던 중에 재발이 되었으니 그 마음이 어땠을까. 가끔 한 번씩 마음이 느슨해져 보통 사람처럼 먹고 운동도 거르고 했는데 혹 그 탓은 아닌지 이런저런 자책이 그녀를 더 힘들게 하는 듯했다. 재발 후 수술을 받고 몸을 추슬렀을 즈음 그녀는 나를 찾아와 사찰음식을 배우겠다고 했다. 그녀의 나이 고작 서른 중반이었다. 유치원에 다니는 아이가 있었다. 강의가 끝나면 사람들이 모두 돌아가기를 기다렸다가 슬그머니 내 곁으로 왔다. 그동안 병의 진행 상황을 이야기하고 그날 배운 요리법이나 이것저것 궁금한 것을 물었다. 그날도 병원에 다녀온 결과를 들려주었는데, 동전만 한 장식이 달린 목걸이를 만지작거리며 말하는 것이 눈에 띄었다.

"목걸이는 안 하면 좋겠는데요."

"아, 이거요? 수술 흉터 가리려고 한 거예요."

"상처에 쇠붙이가 닿는 건 별로 안 좋아요. 바람이 통해야죠. 기를 막으면 안 되어요. 나한테 면손수건이 있는데 그걸 목에 두르면 좋을 거예요."

그런데 가방을 열어보니 수건이 없었다. 아침에 챙긴다는 걸 깜박 잊은 것이다.

"아이고, 안 챙겨 왔네. 다음 수업에 잊지 않고 가져올 테니, 나보고 꼭 손수건 달라 해요."

그 말을 하는데 그녀의 눈에 눈물이 그득하다. 손등으로 눈물을 훔치는 사이 그녀의 등 뒤로 사내아이가 들어오려다 멈칫하더니 저만치 뛰어가 버리는 게 보였다. 제 엄마가 우는 걸 눈치 채고 피한 것이다.

"울지 말아요. 엄마 우니까 아이가 가버렸네요. 아이가 아프면 엄마도 아픈 것처럼 엄마가 아프면 아이도 똑같이 아픈 거예요."

그녀는 눈이 빨개진 채 애써 웃어 보였다.

"네. 스님. …… 저, 병원에서 괜찮다고 했어요. 매번 긴장해서 조마조마한 마음으로 병원에 가는데, 스님 강의 듣고 나서는 마음이 한결 가벼워요. 이젠 내가 내 몸을 아니까 그런 것 같아요."

알면 두렵지 않다. 두려움은 보이지 않을 때 커진다. 아픈 몸에 대해 막연한 두려움을 갖기 전에 내 몸의 상태와 변화를 정확히 알려고 한다면, 그 대처 방법도 적극적으로 찾아보려는 의지가 생긴다. 담대해지는 것이다. 몸을 아는 것은 삶에서 매우 중요하다. 몸에 대해 진지하게 생각해본 이들은 얼마나 될까. 건강하다, 건강하지 못하다. 예쁘다 밉다. 키가 크다 작다, 뚱뚱하다 말랐다……. 몸에 대한 생각들이 고작 몇 개의 형용사나 상태를 나타내는 말로 떠오른다면 우리는 자신의 몸은 물론 '몸'에 대해 진지하게 생각해보지 않았다는 뜻이다. 과연 몸은 무엇인가.

부처님이 깨달음을 얻기 전, 당시 수행자들은 육체를 모든 번뇌의 원인이라고 보았다. 번뇌를 끊어 내기 위해 육신을 극한의 고행으로 밀어 붙이며 거기서 정신적 안락을 구하려 했다. 부처님도 처음에는 고행의 수행법을 따랐다. 그러나 그 끝은 처참하고 피폐해진 몸만 남았을 뿐이다. 부처님은 고행이 깨달음에 이르는 올바른 방법이 아니라는 것을 알고, 마침내 고행을 그만두겠다고 했다. 굉장한 선언이었다. 당시 누구나 따르고 그렇다고 믿었던 생각을 뒤엎는 것이었기 때문이다. 부처님은 따뜻한 유미죽을 먹고 기력을 회복한 후 편안해진 상태에서 비로소 깊은 명상에 들어 깨달음에 이르렀다.

부처님은 우리 몸을 벗어나야 할 대상이 아니라 깨달음의 주체로 보았다. 몸을 떠난 깨달음은 없다고 생각했다.『염처경念處經』에서 부처님은 사념처관四念處觀, 4가지를 정직하게 바로 보면, 청정淸淨한 마음을 얻고 슬픔과 비탄을 극복하고, 걱정과 고통이 사라지며, 진리를 얻고 열반으로 이를 수 있다고 했다. 4가지는 다음과 같다. 첫째 몸을 바로 보고 둘째 느낌(감각, 감정)을 바로 보고 셋째 마음을 바로 보고 넷째 법法(모든 현상)을 바로 보는 것이다. 이 중에서 부처님은 가장 먼저 자신의 육체부터 바로 보라고 했다. 또 이어지는 느낌과 마음, 현상도 모두 몸을 통한 것들이다. 인간의 몸이 번뇌의 원인이기도 하지만 깨달음에 닿을 수 있는 길도 그 몸에 있다.

수행자가 사념처관 명상을 통해 깨달음을 구한 것처럼, 보통 사람들은 사념처경의 의미를 바로 새기는 것만으로 건강한 몸과 마음을 유지하며 좋은 삶을 살 수 있다. 몸을 위해 살지 말고, 몸을 통해 좋은 삶을 살아가겠다고 생각하는 것이다. 잘못된 미의 기준으로 몸을 바라보고 판단하거나, 즐거움과 쾌락을 좇으며 몸을 함부로 쓴다면 삶은 틀림없이 나쁜 쪽으로 흘러가버린다.

사찰음식은 수행자들이 최선의 수행을 할 수 있도록 오랜 세월 수많은 이들의 지혜를 모아 완성되었다. 인간의 몸이 자연의 일부이며, 자연과 생명의 윤리에 어긋나지 않도록 몸을 맑게 만드는 음식이 곧 사찰음식이다. 몸을 떠난 마음은 온전하지 않다. 몸을 바로 알면 평소 내 몸과 감정, 마음을 시시때때로 돌아보면 건강한 몸과 마음을 유지할 수 있다.

내 몸은 내 것이면서 또 내 것이 아니다. 나무 한 그루, 꽃 한 송이처럼 자연의 일부로 더불어 살아간다. 다른 생명을 다치게 하지 않고 유익되게 하는 것이 내 몸의 불성을 살리는 길이다. 부처님이 깨달음의 방편으로 삼았듯, 바르고 올곧게 자비로운 태도로 살아가야 한다. 탐욕과 욕심, 어리석음으로 가득한 몸이 아니라 받들고 섬기는 몸. 언제가 사라질 몸이라고 낭비하는 것이 아니라 불성을 최대한 유지하며 살아가는 것. 그것을 우리 삶의 목적으로 삼아야 한다.

요즘 인문학 열풍이 불고 있다. 인문학이란 스스로 생각하는 힘이다. 나와 타자와 세상에 대해 사유하고 질문하고 답을 찾아가는 길, 그 여정에는 '몸'에 대한 공부도 빠트리지 말아야 한다. 특히 아이들은 학교와 부모들이 스스로 몸에 대해 주체적으로 생각할 수 있도록 토대를 다져주어야 한다. 성인이 된 뒤에도 나이가 들어가면서 변화되고 달라지는 몸에 대한 생각들을 새롭게 바라보고 정리해야 한다.

내 몸에 깃든 생명의 기운, 모든 생명이 하나로 이어져 있는 진리를 깨달아야만 어떻게 살 것인가를 스스로 터득해나갈 수 있다.

'나'에서 시작한 사랑이 가족에게 넘치고 다시 타인에게로 넘친다.
그게 진정한 사랑이다. 마치 위에서 내려오는 물이 차례로 불어나듯이.

바르게 알고
노력하는 것이
진정한 최선이다

몇 년 전부터 여름방학마다 초등학교에서 급식 영양사로 일하는 분들을 대상으로 사찰음식 수업을 진행한다. 사찰음식을 기반으로 아이들 건강과 입맛에 맞는 급식 개발이 목적이다. 식단만 만드는 줄 알았던 영양사들은 사찰음식 수업을 듣고 '음식'에 대한 생각을 바꾸게 되었다고 입을 모았다. 그 가운데 몇 분의 이야기는 우리 아이들의 먹을거리가 얼마나 중요한지, 그리고 단 한 사람이라도 나서면 얼마나 많은 것이 달라지는지 실감하게 했다.

50대 중반인 그녀는 초등학교 영양사로 정년퇴직을 하고, 얼마 전 2년 동안 계약직으로 근무하게 되었다. 평생 가족을 위해 일했으니 이제 자신을 위해 살 결심을 세웠다. 앞으로 2년 동안 영양사로 일하면서 받은 월급은 오롯이 자신을 위해 쓰자며 여행 계획도 짜두었다. 그런데 정작 다시 학교에 나와 일을 시작하니 조금도 즐겁지 않고 힘만 들었다. 남편과 아이를 생각하며 직장에 다니던 때의 그 절실함이 사라졌기 때문이다. 게다가 세월이 변하여 자신이 만든 음식을 아이들이 잘 먹지 않고, 젊은 영양사 선생님이 해준 음식을 더 좋아하니 문득 자신이 잘못하고 있는 것은 아닌지 그래서 아이들에게 미안하기까지 했다.

그런 즈음에 사찰음식 강의를 듣게 되었다. 강의 첫날 그녀는 깜짝 놀랐다. '음식은 단순히 생명을 살리는 영양 덩어리가 아니다. 몸의 건강뿐만 아니라 마음의 건강도 좌우한다. 정성이 담겨 있어야 제대로 된 음식이다. 정성이 무엇인가. 바로 철학이다. 자연을 해치지 않고 거둔 바른 먹을거리로 처음부터 끝까지 바르게 만드는 마음이다. 바른 음식을 먹어야 건강한 몸, 건강한 마음(성품)을 갖게 된다. 여러분 모두는 음식을 통해 아이들 마음을 바꿔주고 키워주는 중요한 사람이다.' 그녀는 강의를 들으며 그동안 아이들에게 음식을 만들어주는 일이 얼마나 귀한 일인지 알았다. 그녀는 환한 표정으로 나에게 말을 건넸다.

"스님, 신기합니다. 나의 노후를 위해 일할 뿐이라고 생각했을 때는 일이 즐겁지 않았는데, 앞으로 아이들에게 좋은 음식을 해줄 수 있다고 생각하니 남은 2년이 정말 기대됩니다. 영양사로서의 내 삶을 다시 돌아보았습니다."

사람이 행하고 만들어가는 일의 끝은 결국 이타적인 동기에서 끝맺음 되어야 한다. 그것이 곧 일의 기쁨, 삶의 기쁨이란 것을 그녀는 에둘러 말하고 있었다.

돈가스 소스를 잘 만든다고 했던 젊은 영양사도 생각난다. 그녀는 자신이 직접 개발한 돈가스 소스를 아이들이 무척 좋아한다고 믿었다.

돈가스가 나오는 날이면 아이들 대부분이 음식을 남기지 않았다. 어떤 아이는 엄마 음식보다 급식이 훨씬 맛있다고 했고, 또 어떤 아이는 학교에서 먹었던 돈가스 소스를 엄마에게 똑같이 만들어 달라고 졸랐다고 했다. 아이들의 칭찬에 뿌듯했다. 그런데 사찰음식 강의를 듣고 난 뒤 그녀는 부끄럽다고 했다.

"스님, 저는 아이들이 잘 먹고 잘 자면 쑥쑥 큰다고 생각했어요. 그래서 아이들이 밥을 남기지 않도록 주로 튀기거나 달고 짠 반찬을 만들었던 것 같아요. 아이들의 식판이 깨끗이 비워지면 내가 잘 하고 있구나, 뿌듯하기까지 했어요. 그런데 이제는 아이들이 잘 먹는 음식을 해줄 게 아니라 정말 좋은 음식을 잘 먹도록 해주는 게 더 중요함을 알았어요. 언젠가 우리 초등학교를 졸업한 아이가 중학생이 되어 만났는데 건강을 해칠 만큼 살이 많이 쪘더라고요. 지금 생각하니 내가 만들어준 음식이 영향을 주었을 수도 있겠구나, 싶어 미안한 마음이 들어요. 저는 최선을 다했을 뿐인데……. 그동안 단순한 생각으로 음식을 만들었던 것 같아요."

"네. 지금이라도 바로 잡으면 됩니다. 바르게 알고 노력하는 것이 진정 최선을 다하는 것이겠지요."

아이들의 입맛은 어른들이 만들어주는 것임을 새삼 확인하는 순간이었다. 최선이라는 말은 듣기에 참 좋은 말이지만 의미를 잘 살펴야 한다. 무엇에, 어떤 방법으로 최선을 다하느냐에 따라 진짜 노력과 헛된 노력이 구분된다. 부처님은 가장 큰 죄는 무지無知라고 했다. 잘못된 길을 최선을 다해 달려가는 것처럼 어리석은 일도 없으리라.

또 한 영양사는 결혼 전 영양사로 일할 때는 아이들 입맛에 맞춰 달라는 대로 음식을 해주었다고 했다. 고기, 과자, 튀김 등. 그런데 결혼해서 아이를 낳고 키우다 보니 그동안 아이들에게 몸에 안 좋은 음식을 많이 만들어주었구나, 아찔하더란다. 그래서 지금은 내 아이가 먹을 음식이라 생각하고 만든다고 했다.

'나'에서 시작한 사랑이 가족에게 넘치고 다시 타인에게로 넘친다. 그게 진정한 사랑이다. 마치 위에서 내려오는 물이 불어나듯이. 영양사 한 사람이 올바른 음식에 대해 깨우치니, 그 학교 아이들은 이제 건강한 음식을 더 많이 먹을 수 있게 되었다. 한 사람의 힘은 이토록 놀랍다. 영양사 한 분이 웃으면서 물었다.

"스님은 아이도 안 낳았는데 어떻게 그렇게 잘 아시나요?"

"나는 엄마의 마음은 잘 모릅니다. 그러나 부처님께 공양하는 마음으로, 아이들을 부처님이라 생각하고 음식을 만듭니다. 부처님께서도 이런 마음으로 중생을 살피시고 음식을 약이라 하셨고, 또 좋은 음식이자 약이 되는 자연을 배려하셨지요."

맛은 마음과
마음을 이어준다

지난겨울 어느 날, 페데리코 하인스만에게서 전화가 왔다. 그는 영국인 요리사이다. 우리나라 굴지의 H호텔에서 일할 때 사찰김치를 배우고 싶다고 나를 찾아왔다. 그 뒤부터 우리의 인연이 이어지고 있다. 지금은 일본으로 건너가 호텔 요리사로 일하는 그는 아내와 함께 잠시 한국에 왔다가 내 생각이 났다며 만나러 오겠다고 했다. 절에 오면 따듯한 밥 한 끼 대접해야 할 터인데, 며칠째 눈이 내려 장을 보지 못한 게 마음에 걸렸다. 그런데 마침 전화기 너머로 그가 이렇게 물었다.

"스님 드릴 선물 사가지고 갈게요. 무슨 선물이 좋은가요?"

"아, 그럼……, 시장에서 무 한 덩이만 사 오실래요?"

"네? 무요?"

무를 넣은 떡국을 끓일 생각이었다. 따듯한 떡국 한 그릇은 추운 날 먹기에 참 좋은 음식이다. 얼핏 무와 떡의 조합은 어울리지 않아 보인다. 쌀을 가루 내 뭉쳐 만든 떡은 에너지가 응집되어 있다. 소화가 잘 되지 않는다는 말이다. 그래서 소화가 잘 되도록 무를 넣는다. 무에 들어 있는 효소가 떡의 응집된 에너지를 풀어내 소화와 흡수를 도와주어 속을 편안하게 해준다. 가난한 시절, 설날 떡국에 들어있던 무는 꼭 양을 늘리기 위한 것만은 아니었던 셈이다. 또 미끄러운 떡이 후루룩 넘어가지 않도록 무가 잡아주는 역할을 한다.

이윽고 하인스만 부부가 도착했다. 평소 추위를 많이 탄다는 그의 아내를 위해 오가피차를 준비했다. 여느 오가피차와 다르게, 말린 오가피를 갈아 뜨거운 물을 붓고 거품기로 살짝 거품을 내 말차처럼 마시게 했다. 그러고는 몸에 열을 내고 에너지를 주는 열매 가운데 최고로 치는 것이 두 가지인데, 땅속에서는 삼蔘이요 땅 위에는 오가피라고 말해주었다. 한 모금 마시고 나서 부부는 눈을 동그랗게 뜨며 웃었다. 이렇게 좋은 음식을 막 내줘도 되느냐는 듯이.

떡국을 끓이려고 일어서자 하인스만이 따라왔다. 그가 사 온 겨울 무 한 덩이가 탐스러웠다. 무는 깨끗이 씻어 나박나박 썰었다. 적당한 온도로 팬이 달궈지자 들기름을 둘러 불려놓은 다시마와 무를 넣고 볶았다. 무가 투명하게 익을 때쯤 뜨거운 물을 자작하게 붓고 뚜껑을 덮었다. (이때 찬물을 부으면 온도가 내려가면서 들기름이 무에 배어들지 않고 동동 뜨니, 꼭 뜨거운 물을 부어야 한다.) 국물이 뽀얗게 우러나온 것을 확인하고 이번엔 뜨거운 물을 넉넉히 붓고 집간장으로 간을 맞추었다. 그 다음 팔팔 끓는 국물에 떡살을 넣고 부드러워질 때까지 끓였다.

떡국을 끓이는 내내 옆을 지키면서 궁금한 것을 물어보는 하인스만. 그는 한국 음식을 무척 좋아하고 한국 문화를 아끼는 사람이다. 스스로 전생에 한국 사람이었던 것 같다고 할 정도이다. 처음 만났을 때 그는 한국의 사찰음식을 접하고 충격을 받았다. 서양의 요리사는 먹음직스럽고 보기 좋게 만들려고 애쓰는데, 사찰음식은 '자연'과 '책임'을 강조한다는 점에서 달랐다는 것이다. 지난해 사찰음식 연구회 비구니스님들과 만나 음식에 관한 이야기를 나눴을 때도 그는 스님들이 사찰음식을 널리 알리고 지켜달라고 간곡하게 부탁하며, '요리'에 대한 자신의 생각을 들려주었다.

"음식은 언어와 같다고 생각합니다. 말은 잘못 내뱉으면 남을 해칠 수 있잖아요. 음식도 남을 해칠 수도 있고 편안하게 해줄 수도 있어요. 선재 스님이 '요리는 자연과 사람의 중간자'라고 하셨는데, 스님 말에 충분히 공감합니다. 말하자면 음식은 인간의 가디언(Guardian, 보호자, 파수꾼)이란 것이지요. 나는 맛의 가디언이고, 내가 만든 음식을 먹으러 오는 사람들의 가디언이면서, 또 자연의 가디언입니다. 그동안 인류 역사는 살아남으려고 음식을 획득하는 투쟁이었지만, 이제 우리는 음식이 우리 몸에 어떻게 영향을 끼치고, 음식이 되는 자연을 우리가 어떻게 관리해 나갈지 물어야 할 때입니다. 그런 점에서 사찰음식이 가장 정확한 답을 주리라 생각합니다."

내가 하인스만을 대단하다고 여긴 것은, 알고 배운 것을 행동으로 바로 옮긴다는 점이었다. 앎과 행이 함께 가는 사람이었다. 사찰음식을 통해 아침식사의 중요성을 알게 된 그는 자신이 일하는 호텔에서 최고의 아침식사를 제공하고자 그 방법을 궁리했다. 한 달 동안 호텔에서 아침을 먹는 손님을 유심히 살펴보니, 모두 조금 먹다가 일어서더란다. 음식이 입에 맞지 않기 때문이라고 생각한 그는 평범한 한국 '아줌마'를 수소문했다. 호텔에 묵는 사람은 어떤 음식보다 '집밥'이 그리울 테고, 아침식사는 전 세계 공통적으로 편안하고 순하고 단순한 음식을 먹는 만큼, 한국의 아침식사라면 세계인에게도 통하지 않을까, 한국의 아침식사를 잘 차려낼 사람은 보통의 엄마, 그러니까 '아줌마'라는 데 생각이 닿은 것이다. 매일 아침에 내로라하는 셰프들이 '아줌마'의 지휘를 받으며 음식을 만들었다. 따뜻한 채소 죽과 슴슴한 된장국이나 북엇국 그리고 소소한 나물반찬 몇 가지 등, 특별한 요리는 아니었지만 7개월 뒤 아시아에 있는 H호텔 중 아침식사가 최고인 호텔로 뽑혔다. 그는 먹는 이를 배려하고 존중하고 헤아리는 마음을 한 그릇 요리에 담아내는 진정한 요리사, '가디언'이었다.

하인스만과 그의 아내는 떡국을 처음 먹어본다고 했다. 육류를 많이 먹는 외국인들은 찰기가 있는 떡의 질감을 좋아하지 않는 편이라고 말하자, 그가 이렇게 응수했다.

"음식은 그 나라의 문화를 먹는 것이라고 생각합니다."

떡국 먹기에 도전해보겠다는 뜻이다. 우리가 다른 나라 음식에 거부감을 느끼는 것은 경험해보지 못한 맛이기 때문이다. 하지만 그 나라의 문화와 삶이 담긴 음식으로, 한 번 맛보겠다고 생각하면 먹어볼 용기가 생긴다. 더불어 그곳 사람의 이야기가 어우러지는 맛이라면 오래 기억에 남을 것이다. 하인스만이 한국에서 처음 먹어보았다는 참기름 맛처럼. 그는 참기름의 독특한 향과 맛을 떠올리면 자연스럽게 한국이 함께 떠오른다고 했다. 그렇다. 맛이란, 마음으로 먹는 것이다. 오늘 이 한 그릇의 떡국이 하인스만 부부에게는 어떤 맛으로 기억될까. 적어도 나는 앞으로 떡국을 먹을 때면 낯선 영국인 부부와의 추억이 하나 더 추가될 듯하다.

유리창 밖으로 하얀 눈발이 희끗희끗 날리기 시작했다. 송이송이 내려와 온 세상을 평등하게 덮어주는 눈처럼, 음식 앞에서는 모든 사람이 평등하기를 기도했다. 이 추운 날, 세상의 뭇 생명들이 따뜻한 곳에서 따뜻한 음식으로 몸과 마음을 덥히기를.

어린 시절의 맛이
인생에 힘이 된다

나의 어린 시절은 모두가 가난했다. 앞집도 뒷집도 옆집도 가난했다. 다 같이 가난했으므로 가난이 드러나지 않았고, 그래서 다 같이 견딜 수 있었는지 모른다. 가난의 잣대는 몇 끼니를 먹느냐로 가늠되었다. '밥술이라도 먹을 수 있는 집'이란 말을 한 번쯤 들어보았을 것이다. 그러나 내 집의 가난이 다른 집의 근심이 되기를 바라지 않았고, 형편이 조금 나은 처지라면 기꺼이 나눴다. 먹을거리 앞에서 서로가 부끄럽지 않기를 이심전심 바랐다. 그래서 쌀이 떨어지면 빈 가마솥에 맹물이라도 끓여, 혹시나 이웃이 연기 나지 않는 내 집 굴뚝을 보고 '저 집은 쌀이 떨어졌나 보다, 어떡하나' 마음 쓰지 않도록 했다. 또 이웃집을 방문할 일이 있으면 식사 때를 피했다. 그러나 면식 있는 사람이 내 집 앞을 지나가면 반드시 불러 물 한 대접이라도 마시고 가게 했다. 가난 때문에 오히려 인간에 대한 예의와 배려가 돋보였던 때였다. 가난은 적게 가진 것이 아니라 나누지 못하는 곤궁한 마음이라는 것을 그 시절 사람들은 알고 있었던 것이다.

그나마 우리집 형편은 다른 집보다 조금 나아서 끼니를 못 먹을 정도는 아니었다. 또 수라간 궁녀였다가 개화기 때 궁을 나온 외할머니와 솜씨 좋은 어머니 덕분에 특별한 음식도 자주 맛볼 수 있었다. 특별함이란 구하기 어렵거나 비싼 재료라는 뜻이 아니다. 어머니만의 손맛과 솜씨, 그것이었다. 어머니는 날마다 먹는 된장찌개도 붉은고추, 파란고추 어슷하게 썰어 넣어 눈으로 보는 즐거움까지 생각했다. 한 가지 재료라도 볶음이나 무침에 그치지 않고 때에 따라 여러 가지 방법으로 조리했다. 이를테면 무 하나로 무국, 무조림, 무장아찌, 무전, 무밥, 동치미 등, 매번 다른 요리를 만들어 밥상에 올렸다.

추운 겨울에는 언 배추를 푹 익혀 달고 맛있는 배추된장국을 만들고, 언 콩으로 밥을 지었는데 그 맛이 달고 부드러워 이가 좋지 않은 할머니도 맛있게 드셨다. 도토리묵도 설렁설렁 무치지 않고 고춧가루가 들어가면 '거랑맞다' 해서 식초와 간장, 깨소금만으로 맛을 살렸다. 도시락도 예외는 아니었다. 콩조림, 무말랭이, 감자볶음, 깻잎장아찌, 우엉조림……. 그 시절 도시락 반찬이야 다들 비슷했다. 자식 수대로 하루 서너 개씩 도시락을 싸야 했던 그 시절. 그러나 그 도시락에는 어머니의 희망과 기다림, 정성이 깃들어 있었다.

그나마 여름에는 깻잎 같은 푸성귀와 감자가 있어 다행이었다. 깻잎을 똑똑 따내 고춧가루를 푼 집간장을 켜켜이 끼얹어 살짝 쪄낸 깻잎장아찌는 짭짤하게 바로 먹을 수 있었다. 가을에는 무, 가지, 호박 같은 채소를 썰어 햇빛에 말리거나, 된장과 고추장 항아리 속에 박아두느라 어머니 손이 쉴 틈이 없었다. 바람이 선선해지면 할머니가 방 윗목에 시루를 갖다놓고 콩나물을 길렀다. 시루에 물을 끼얹을 때 쪼르륵 떨어지는 물소리는 어린 나를 아득한 잠으로 이끌었다. 시루를 덮은 검은 천이 불룩해질 만큼 콩나물이 자라면 한 줌씩 뽑아 국을 끓이고 나물을 만들었다. 참기름, 집간장을 넣고 조물조물 무친 콩나물무침은 단골 도시락 반찬이었다.

소풍이나 운동회 날에는 좀 더 특별한 도시락을 먹었다. 바로 삶은 달걀이었다. 어머니는 이날의 도시락을 준비하려고 달걀을 모았다. 반찬은 평소처럼 장아찌나 멸치볶음, 감자조림 같은 것들이었지만 이날만큼은 쌀밥이었다. 그리고 밥 한쪽에 삶은 달걀을 무명실로 잘라 흰자와 노른자가 보이도록 담았다. 무명실은 어머니만의 비법이었다. 칼로 자르면 노른자 부위가 얼크러지지만, 실로 자르면 단면이 반질반질 매끄러웠던 것이다. 마지막으로 그 위에 빨간 실고추와 통깨, 집간장을 살짝 올렸는데 그 색감이 고와서 먹기 아까울 정도였다. 친구들은 삶은 달걀을 껍질째 싸왔기에 내 도시락은 단연 돋보였다. 생각해보면 소풍날의 설레고 우쭐한 기분은 멋스러운 도시락 때문이었던 듯하다.

모든 게 부족하고 가난했던 시절, 식구들의 세끼 밥상을 차리느라 우리 어머니들은 참으로 고단했다. 찌고 삶고 데치고 절이고 햇빛에 말리며 어떻게든 오래 두고 먹으려고 애를 썼던 어머니. 한 가지 재료로

146

열 가지 반찬을 만들어냈던 어머니, 그러면서도 정갈하고 보기에도 좋은 음식을 만들려고 했던 어머니……. 우리 어머니들이 음식을 통해 가르쳐준 것은 가난 혹은 삶에서 만나는 이런 저런 어려움과 난관에 지지 않는 마음이었다. 중요한 것은 가난이 아니라 어떤 상황에서건 '삶을 아름답게 가꾸어가려는 태도'라는 것을 몸소 보여준 것이다. 그것이 우리가 살아가는 이유이자 삶의 멋이라는 것을 가르쳐주었다.

어머니의 음식을 먹고 자란 나는 음식으로 불법佛法과 삶의 지혜를 전하는 수행자가 되었다. 요즘 젊은 엄마들에게 우리 어머니처럼 음식을 똑같이 만들라고는 하지 못한다. 너무나 바쁘고 너무나 할 일이 많은 시대이기 때문이다. 그러나 내 어머니가 주어진 환경과 재료들로 최선의 음식과 맛과 멋을 만들어냈듯이 요즘의 어머니도 '바쁜 시간과 가공식품의 홍수' 속에서 아이들을 지켜낼 수 있는 지혜를 발휘할 것이라 믿는다. 왜냐하면 바로 우리 모두 '어머니'라는 사실은 변함이 없기 때문이다.

음식의 홍수 속에서
무엇을 어떻게
먹을까

⌣

_____내가 자주 먹는 음식을 따져보면 삶을 알 수 있다

아픈 사람들이 나를 찾아오면, 제일 먼저 평소 즐겨 먹는 음식을 종이에 적어보라고 말한다. 종이에는 육류 위주의 음식과 가공식품, 탄산음료, 여기에 남성들은 술이 빠지지 않고 적혀 있다. 맛으로 보면 짠맛, 매운 맛, 단맛에 집중되어 있다. 종이에 적은 것을 다시 보여주면 대부분 놀라면서 멋쩍어한다. 생각 없이 먹고 살았구나 싶은 것이다. 단지 음식의 좋고 나쁨이 아니라 그 음식을 선택하는 '나'의 욕심과 게으름이 드러나기 때문이다.

음식은 곧 내가 살아온 모습이다. 오늘 내가 먹는 음식이 내일의 나를 만든다. 젊은 여성들은 살을 빼기 위해 식단 다이어리를 열심히 쓴다. 짧은 시일 안에 살을 빼려는 결의에 찬 식단이다. 꼼꼼하게 칼로리까지 계산한다. 그러나 건강한 몸을 '천천히' 만들겠다는 마음이 먼저여야 한다. 왠지 몸이 무겁고, 괜스레 짜증이 나고, 기분이 가라앉고, 주위 사람과도 삐걱거린다면 음식 일기를 써보라. 또 점심 메뉴를 고를 때 '이걸 먹을까, 저걸 먹을까' 고민스러운 순간에는 머릿속으로 요즘 먹은 음식들을 떠올려 보라. 무엇을 먹어야 할지 자연스럽게 메뉴가 골라질 것이다.

인내를 꼭꼭 씹어 먹다

〈한겨레21〉기자가 '씹어 먹기'에 대해 묻기에 이렇게 답한 일이 있다. "치아 갯수만큼 씹으라는 말 있지요? 위가 안 좋은 사람은 더 여러 번 씹어야 해요. 입 안의 음식이 침과 섞여 죽이 된 뒤에도 두어 번 더 씹으면 좋아요. 대충 씹어 삼키면 위에서 흡수가 잘 되지 않아요. 부처님 말씀에도 잘 씹으면 병이 없다고 나와 있어요. 불교의 요리법 중 하나인 경연輕軟은 섬유질이 많아 단단한 음식을 부드럽게 하는 것으로, 단단한 음식을 부드럽게 해서 먹는 것이 몸에 좋다는 뜻입니다."

중국의 홍자성이란 사람이 쓴 『채근담菜根譚』은 어록 모음집으로 풀이하면, 먹을 수 있는 뿌리 같은 이야기라는 뜻이다. 송나라 학자 왕신민이 "사람이 항상 나물 뿌리를 씹을 수 있다면 세상 모든 일을 다 이룰 수 있다.(人常能咬菜根卽百事可成)"라고 한 데서 비롯한다. 주자는 "지금 세상 사람들을 보매, 채근을 씹을 줄 모름으로 말미암아, 자기 마음을 어지르는 이들이 많기에 이르렀으니, 가히 경계하지 않을 수 있으랴."고까지 했다고 한다. 급하게 먹을 때 '꿀꺽 삼키다'는 표현을 쓰지만, 음식은 꿀꺽 삼켜서는 안 된다. 오래 씹는 것, 씹는다는 행위에는 기다림, 인내가 들어 있다. 오래 씹으면서 인내와 절제, 겸손의 자세가 몸에 배는 것이다.

요리, 좋은 삶을 살아가는 능력

예전에는 스님들이 번갈아가면서 음식을 만드는 공양주를 했다. 공부와 노동을 분리해서 생각하지 않았기에 음식을 만들면서도 충분히 수행력을 높일 수 있었다. 재료를 준비하고 썻고 다듬으며 웃자라는 생각과 거친 행동을 다듬고, 날카로운 칼로 썰고 자르면서 정신을 모으고, 뜨거운 불을 조절하며 하심(下心, 겸손)하고, 음식이 익기를 기다렸다. 무엇보다 일이 되려면 시간과 정성이 필요함을 깨우치며, 음식을 만드는 과정 속에서 도道가 몸에 배도록 했다. 요리는 보통 사람들에게도 필요한 삶의 중요한 능력이다. 그러나 모두들 요리하기를 꺼리는 세상이 되었다. 맛있는 것은 좋지만 직접 요리하는 것은 번거롭다. 일이 바빠서, 시간이 없어서 바깥 음식을 사 먹거나 가공식품으로 '간단히' 해결하기도 한다. 결혼하는 딸을 두고 어머니들은 "우리 딸은 공부만 하느라 음식을 할 줄 몰라요."라고 말한다. 그때마다 나는 '자랑이 아닙니다'라고 대꾸하면서, 이제부터라도 음식을 배우게 하라고 부탁한다. 음식은 누구나 만들 줄 알아야 한다. 남성도, 청소년도 모두 음식을 만들 줄 알아야 한다. 그것은 삶을 살아가는 매우 중요한 능력이다. 요리를 하지 않는다면 그만큼 삶을 살아가는 중요한 능력과 지혜, 즐거움, 기쁨을 잃어버리는 것과 같다.

보양식보다 나쁜 음식을 먹지 않는 게 중요하다

음식에 대한 정보가 쏟아진다. 나도 잘 모르는 음식 정보를 사람들은 기가 막히게 알고 묻는다. 나는 어머니할머니에게서 음식을 배웠고, 경전과 노스님들, 그리고 절에서 공양주를 하며 자연스럽게 터득했다. 약초에 대한 공부도 나름대로 정확하게 정리하고 싶어서 시작했을 뿐이다. 몸 어디에 좋다고 하면 금방 입소문이 나고 그 작물은 동이 난다. 좋은 음식도 지나치면 독이 된다. 좋은 음식만 골라 먹겠다는 태도도 우리가 버려야 할 욕심이다.

중요한 것은, 몸에 좋은 음식을 먹는 것보다 나쁜 음식을 먹지 않는 것이다. 아무리 약효가 좋은 음식이라도 나쁜 음식을 끊지 않는다면 아무런 효과가 없다. 숲속에서 담배를 피우는 것처럼 말이다. 나쁜 음식은 우리가 잘 알고 있듯 인스턴트 음식, 가공식품, 첨가제를 넣은 음식, 신선하지 않은 음식 등이다. 우리에게는 나쁜 음식을 먹지 않으려는 '편식'이 필요하다. 몸에 좋지 않은 음식을 먹은 날에는 김치 같은 발효 식품, 채소 등을 평소보다 더 먹어서 균형을 맞춰주려는 노력이 필요하다.

───────── 유기농 식품을 먹는 것은 유기농적인 삶으로 살겠다는 것이다

주위에 유기농 식품을 먹는 분들이 많아지고 있다. 아이를 키우는 엄마들은 먹을거리부터 옷, 비누 등 뭐든 유기농을 찾는다. 가끔은 이분들이 어떤 마음으로 유기농을 선택하는지 알고 싶다. 물론 나와 내 아이의 건강을 위해 유기농 식품을 선택한 것이지만, 그분들에게 좀 더 생각의 폭을 넓혀 보라고 이야기해주고 싶다. 먹을 것에서만 그치지 않고 삶의 태도, 살아가는 방식에도 유기농적이어야 한다. 농부가 유기농 농사를 짓는 것은 스스로 행복해지려고 선택한 일이다. 자신이 키운 농작물을 먹는 사람들이 건강해지기 바라는, 행복한 농사다. 유기농 식품을 먹는 이들도 다른 존재, 다른 생명들이 행복할 수 있는 일들을 고민하면서 실천해야 한다.

예전에 유기농 농산물을 직거래하는 생협 관계자와 만난 일이 있었다. "저희 잘하고 있지요?"라고 묻기에 "잘못하고 있다."고 답했다. 먹을거리를 넘어서 유기농적인 삶에 대한 대안을 제시하는 노력이 부족하다는 생각을 피력한 것이다. 나만 깨끗한 음식을 먹고 살겠다는 것은 그야말로 또 하나의 이기주의가 아닌가. 적게 먹고, 적게 소비하고, 느리게 살고, 다른 사람에게 친절하고, 생명을 소중히 여기는 태도 등 '유기농적 인간'이 되도록 스스로를 돌보는 일이 더 중요하다.

───────── 우리집 냉장고는 밤 10시에 문을 닫습니다, 단호한 결심을 세워라

소식의 미덕은 현대인이라면 누구나 알고 있다. 인간이 하루 세 끼를 꼬박꼬박 먹기 시작한 것도 채 100년이 안 된다. 추위와 배고픔 속에서 인간의 몸은 그에 맞게 맞춰졌다. 세 끼를 먹고, 또 먹을거리가 풍성해지면서 오히려 각종 병에 시달리기 시작했다. 더구나 늦은 밤까지 먹는 야식 습관은 현대인의 건강을 위협하고 있다. 요즘은 야식 먹는 것을 재미로 알고 당연하게 여기는 분위기이다. 경전에는 밤에는 귀신이 먹는 시

간이라고 나와 있다. 머리를 풀어 헤치고 무서운 표정을 짓는 그 귀신이
아니다. 먹지 말아야 할 시간에 먹으니 꿈자리가 뒤숭숭하고 이튿날 몸
이 무겁고 기분이 가라앉는다. 즉 귀신이란 나쁜 기운을 빗댄 말이다.
밤늦게까지 일하는 이들은 어느 정도 야식을 먹어도 괜찮지만 이때도
위에 부담 없는 음식을 가볍게 먹는 것이 좋다. 야식 습관을 바꾸는 일
은 쉬운 일은 아니다. 그러나 내 몸의 '귀신'을 쫓아내려면 단호해져야
한다. 냉장고에 이렇게 써붙이는 것은 어떤가. '우리집 냉장고는 밤 10
시에 문을 닫습니다.' 티베트엔 이런 속담이 있다. "절반만 먹고 두 배로
걷고 세 배로 웃고 끝없이 사랑하는 것, 이것이 오래도록 행복하게 사는
비결이다."

깨끗한 조리, 깨끗한 상차림으로 충분하다

신문 잡지에서 인터뷰를 하고 나면 대개 사찰음식 사진을 찍는다. 그런
데 멋있고 맛있게 보이려고 수저를 엇갈리게 놓는다거나, 물엿이나 기
름을 발라 윤기가 돌게 한다. 그때마다 나는 '있는 그대로 찍으면 안 될
까요'라고 조심스레 부탁한다. 요즘은 음식도 사람들의 눈길을 끌기 위
해 겉모습에 신경을 많이 쓴다. 그게 지나치면 인공 색소를 쓰기도 하
고 재료 본래 맛을 해치는 조리 과정을 거치기도 한다. 먹을거리가 넘치
는 세상이다. 간혹 방송에서 경쟁적으로 맛집을 소개하는 방송을 보면
서 사람들이 기대하는 맛있는 음식은 무엇일까, 생각해보게 된다. 음식
의 맛은 좋은 재료와 각기 다른 재료의 어울림, 깨끗한 조리, 그리고 마
지막으로 정갈한 상차림이면 족하지 않을까.
일본의 세계적인 요리학교 츠지 조의 츠지 요시키 교장이 나를 찾아온
적이 있다. 스님들과 함께 발우공양을 함께 한 뒤 그는 말했다. "스님,
불가에서는 맛있는 것을 먹고 싶어 하거나 맛있는 것을 맛있다고 느끼
면 죄의식을 느껴야 하는 건가요?" 나는 이렇게 답해주었다. "맛있는 음

식은 정성스럽게 음식을 만드는 사람과 귀하게 받아 공양하는 사람 모두에게 공덕이 됩니다. 그러나 그것에 집착하는 것은 수행자에게 방해가 되므로 맛에 집착하지 않는 것이 중요하겠지요." 보통 사람의 삶도 마찬가지이리라. 집착은 삶을 나쁜 쪽으로 흐르게 하지 않겠는가. 그는 또 이렇게 말했다. "스님, 저는 그동안 전 세계 유명하다는 음식을 다 먹어 보았지만 그 맛을 모두 내려놓고 돌아갑니다."

나는 지금 왜 먹고 있는가를 생각하라

요즘은 평범한 여성들도 늘 '다이어트'에 관한 생각을 놓지 않는다고 한다. 다이어트에는 남들에게 잘 보이고 싶은 마음이 숨어 있다. '내가 너보다 낫다'는 우월감, 남들이 부러워하기를 바라는 마음이다. 그런 마음이 조금이라도 있다면 '나'와 '내 몸'에 대한 공부를 다시 시작해야 한다. 불교에서는 늘 깨어 있으라고 말한다. 깨어있음이란 지금 이 순간에 마음을 집중하는 것이다. 사람의 마음은 너무나 연약해서 자기 보고 싶은 대로 보고, 생각하고 싶은 대로 생각하기 때문이다. 마음이 붙들려가지 않게 단단히 붙잡으려면 순간에 집중하고, '지금 여기'에 집중하고 과거와 미래가 아닌 현실에 대해 집중해야 한다. 집중이란 지금 있는 그대로를 보면서 '나'는 어떻게 해야 할 것인가에 대한 생각이다. 식사를 할 때 깨어 있으면, 내가 배가 고파 먹는 것인지, 화가 나서 먹는 것인지, 배가 부른데도 왜 계속 먹고 있는 것인지 알게 되고 조절하게 된다.

2장_____

사찰음식,
삶을
깨우고
돌보다

모든 생명은
둘이 아니고
하나다

쥐를 위해서 밥을 언제나 남겨놓는다.　　　　　爲鼠常留飯
모기가 불쌍해서 등에다가 불을 붙이지 않노라.　　憐蛾不點燈
절로 푸른 풀이 돋아나니　　　　　　　　　　　　自從靑草出
계단을 함부로 딛지 않노라.　　　　　　　　　　便不下階行

조선시대 고승인 묵암 선사가 지은 시이다. 배고픈 쥐를 위해 밥알을 남
겨놓고, 날아다니는 모기가 뜨거운 열기에 타버릴까 등불도 밝히지 않
는다. 소리 없이 자라난 풀 한 포기 무심코 밟을까 한 걸음도 살펴 딛는
다. 나 아닌 다른 생명을 늘 의식하고 연민하는 선사의 마음이 고스란히
느껴진다. 절집에는 생명을 귀히 여기라는 덕목이 계율로 정해져 있다.
공양간에서도 뜨거운 물을 함부로 버리지 않고, 채소를 씻은 물도 밭이
나 풀숲에 버리도록 한다. 나도 모르는 사이 보이지 않는 미물을 죽이지
않으려는 경계이다.

간송미술관에서 조선시대 화가 변상벽이 그린 〈자웅장추〉을 보았다. 화창한 어느 봄날 수탉 가족이 병아리를 데리고 풀밭에서 노니는 그림이다. 어미 닭이 벌레를 부리로 쪼아 물고 꾸꾸거리며 새끼들을 불러 모으고 수탉은 곁에서 눈을 부릅뜨고 지키고 있다. 볼수록 행복하고 사랑스럽다. 그림을 보니 어렸을 때 집에서 키우던 닭이 생각났다. 처마 밑에 매달아 둔 닭둥우리에서 조심조심 꺼낸 달걀은 따스했다. 두 손에 쥐고 뺨에 살짝 대보면 마음이 포근해졌다.

수탉 가족 그림이 전해주는 사랑스러움, 어린 날 손에 쥔 달걀의 따스함, 모두가 생명의 기운이 전해주는 행복감이다. 엄마아빠와 관람 온 아이들이 변상벽의 그림 앞에 서서 한참 종알거린다. 내 눈에는 아이 가족과 수탉 가족이 똑같이 보였다. 흐뭇했다.

"아프냐? 나도 아프다"는 말이 텔레비전 드라마에서 유행한 적이 있다. 『유마경』에 나오는 말이다. 유마 거사는 재가자였지만 스님들을 가르칠 만큼 도력이 높았다. 어느 날 유마 거사가 "아프다"고 하면서 집에서 나오지 않았다. 부처님이 제자들에게 아픈 까닭을 물어오라고 했지만 아무도 문병 가지 않았다. 큰 스승인 유마 거사와 대화 도중 번번이 말문이 막힌 경험 때문이었다. 그래서 대표로 문수보살이 유마를 찾아가 물었다.

"유마 거사시여, 생사를 초월하여 도인의 경지에 오르신 분이 왜 아프다고 하십니까?"

그러자 유마가 말했다.

"중생이 아파서 내가 아픕니다."

무슨 뜻인가. 여기서 유마 거사가 말하는 중생은 우리 인간만을 의미하지 않는다. 사람이나 물고기처럼 아픔을 느끼는 유정有情의 생명체와 식물과 물, 바람, 공기처럼 아픔을 느끼지 않는 무정無情의 생명, 그리고 이 두 개를 더하여 많은 생명 즉, 무리 중衆, 생명 생生 자를 써 중생衆生이다. 중생은 곧 자연이다. 중생이 아프니 내가 아프다는 것은 불교의 불이不二 사상이다. 자연과 생명, 자연과 인간이 둘이 아니고 하나라고 보는 것이다.

사찰음식은 이러한 불교의 생명관과 깊은 관련이 있다. 사람이 살아가는 데 빼놓을 수 없는 것이 음식이고 사찰에서도 음식은 아주 중요하다. 사찰음식은 선식禪食으로, 사찰에서 먹는 모든 음식들을 포괄적으로 설명하는 개념이다. 스님들이 수행을 잘 하려면 건강한 몸과 맑은 영혼이 필요하다. 수행자만이 아니라 모든 사람들이 행복하려면 건강한 몸과 평화로운 마음이 있어야 한다. 여기에는 맑고 건강한 음식이 토대가 되어야 하고, 맑고 건강한 음식을 얻으려면 자연계의 생명 즉 바람, 공기, 물, 흙, 태양이 건강해야 한다. 하나의 생명이 각기 존재하는 것이 아니라 서로 연결되어 있으므로, 곧 내가 있으므로 네가 있다는 것, 바로 연기緣起이다.

오염된 물을 먹으면 나도 오염된다. 오염된 땅에서 자란 식물을 먹으면 나도 오염된다. 물이 오염되고 땅이 오염되는 것은 곧 내가 오염되고 병든다는 것을 의미한다. 물과 사람, 땅과 사람이 둘이 아니라 하나인 것이다. 모든 생명체는 각기 홀로 적응하고 변화하면서 살아가지만, 동시에 모두 서로에게 영향을 주고 의존하며 살아간다. 사찰음식은 모든 생명이 화합하고 공존하는 사상 체계 속에서 발전하였다. 이 과정에서 다른 생명에 나쁜 영향을 주는 환경오염이나 살생은 최소화해야 했고 함께 살아가는 고유의 음식문화를 갖게 된 것이다.

진료차 병원에 갔다가 휠체어를 타고 있는 일곱 살 된 아이를 보았다. 그런데 아이의 한쪽 다리가 코끼리다리처럼 퉁퉁 부어 있었다. 아이가 넘어져 무릎이 조금 까져도 놀라기 마련인데, 부모 심정은 어떠할까. 가슴이 아팠다. 아이는 닭다리를 손에 들고 맛있게 먹고 있었다. 안쓰러운 마음으로 말을 붙였다.

"너, 뭐 좋아하니?"

"치킨이요."

곁에 서 있던 엄마가 거들었다.

"내일 항암치료 들어가는데 밥을 잘 먹지 않아요. 뭐라도 먹여야 할 것 같아서요……. 임신했을 때 저도 치킨을 많이 먹었는데 아이도 좋아하네요."

하지만 처음부터 아이가 닭고기를 좋아했을까. 처음엔 엄마가 먹였을 것이다. 그 맛에 길들여진 것이다. 나를 진료하는 의사에게 조금 전 만난 아이 이야기를 했더니 걱정스러운 말이 돌아왔다. 외국에는 저런 증상을 가진 아이들이 많다고 했다. 자연스럽지 못한 음식들, 항생제와 성장촉진제로 범벅된 음식이 원인일지 모른다고 했다. 그 화학물질들이 뭉쳐져 있다 사람 몸속으로 들어와 장기와 근육에 암을 일으키고 기형적으로 세포가 자라게 한다는 것이다.

의학이 눈부시게 발달했지만, 세상에는 여전히 원인을 알 수 없는 병이 많다. 원인을 모른다는 것은 한 가지 이유만 딱 꼬집을 수 없다는 뜻이기도 하다. 여러 가지 원인 속에는 나쁜 식습관도 영향을 끼친다. 안 좋은 음식과 그로 인한 나쁜 에너지가 우리 몸에 차곡차곡 쌓이게 되면 어느 순간 내재되어 있던 병의 씨앗이 싹트고 여러 증상으로 발현되는 것이다.

닭은 얼마나 살까? 놀라지 마라. 닭의 자연 수명은 20여 년이다. 불과 몇 십 년 전에는, 할머니가 키우던 닭이 그 집 손자가 자라 성년이 될 때까지 마당을 돌아다녔다. 닭은 아침에 닭장 문을 열어놓으면 푸드덕거리며 풀숲으로 날아갔다. 지렁이도 쪼아 먹고 흙도 주워 먹고 종일 들락날락하다가 해질녘이면 닭장으로 돌아왔다. 요즘 닭과는 사뭇 다른 삶이었다. 옴짝달싹 못 하는 비좁고 지저분한 철망 안에서 GMO(유전자재조합식품) 사료와 성장촉진제, 항생제를 맞으며 한 달도 채 살지 못하는 게 요즘 닭의 삶이다. 현대인들이 먹는 닭은 비정상적으로 비대해진 왕병아리인 셈이다.

부처님은 모든 중생에 불성(佛性, 부처님의 성품)이 있다고 했다. 콩 한 알, 배추에도 불성이 있다. 우리는 영양을 섭취하는 게 아니라 그 불성을 우리 몸 안에 받아들이는 것이다. 그럼으로써 내 안의 불성도 바르게 유지되고 자란다. 불성을 살려 요리하면 그 음식으로 건강뿐 아니라 도를 깨치는 데 좋은 영향을 미친다. 재료를 기르고 거두고 다듬고 요리해서 먹기까지 자연을 거스르지 않는 것이 바로 불성을 지켜주는 길이다.

요즘 사람들이 즐겨 먹는 닭고기를 생각해보자. 닭가슴살과 닭다리의 수요가 늘자 공급업자들은 이 부위에만 살이 찌도록 품종을 개량했다. 특정 부위만 비대해져 균형이 맞지 않으니 닭은 여러 가지 병이 생기고 이를 방지하기 위해 다시 항생제를 주사한다. 이렇게 성장한 닭은 건강하다 할 수 있을까. 불성이 사라진 닭. 여름 보양식으로 즐겨 먹는 닭요리가 과연 보신이 될까. 당장은 우리 몸에 드러나지 않지만 자기 삶을 빼앗긴 닭은 인간의 삶을 갉아 먹는지도 모를 일이다. 원인을 모르는 종양과 육류에 함유된 성장촉진제가 전혀 관계없다고는 할 수 없다. 건강과 도道와 생명은 따로 가지 않는다. 불성이 깃든 음식으로 우리는 그것을 자연스럽게 얻을 수 있다. 사찰음식은 불성을 최대한 살리는 음식이다. 수행자에게만 좋은 것은 아니다. 생명과 기가 살아있는 음식은 현대를 살아가는 우리 모두에게 필요하다.

음력 7월 15일은 백중百衆이다. 불가에서는 석가탄신일 다음으로

이 따듯한 밥을 먹고 '나'라는 생명이
다른 생명을 위해 할 수 있는 일은 무엇인가.

가장 큰 명절 중 하나이다. 백중은 백 가지의 중생, 즉 많은 대중을 일컫는다. 주로 지옥에 있는 중생들을 위해 기도하는 날이다. 가깝게는 나의 부모와 조상, 그리고 이런저런 인연을 맺은 생명들, 여기에는 알게 모르게 나를 위해 죽어간 가축들도 포함된다. 부처님께 정성으로 마련한 음식을 올리고 많은 이들이 한마음으로 지옥 중생들의 극락왕생을 기도하며 재를 올린다. '나'라는 사람이 존재하기까지 희생된 수많은 인연들을 생각하며, 나도 모르게 저지른 잘못과 허물을 깨우고 용서를 구한다. 내 주위를 돌아보고 자비심으로 삶을 살아가게 한다는 점에서 백중은 참 아름다운 명절이다.

사찰음식은 한마디로 정의하면, 생명의 음식이다. 채식과 자연식, 소식을 지향하는 사찰음식의 밑바탕에는 이러한 생명 존중이 담겨 있다. 삶은 곧 수행이다. 스님들만이 수행을 하는 것은 아니다. 보통 사람들도 일상의 수행자다. 주어진 삶을 최선을 다해 살되 다른 생명에 해를 끼치지 않고 살아가는 것. 오늘 마주한 밥 한 그릇에서 느끼는 고마움을 넘어 생각해보자. 이 밥을 먹고 '나'라는 생명이 다른 생명을 위해 할 수 있는 일은 무엇인가.

음식은
날마다 먹는
약이다

20여 년 전 내가 간이 좋지 않았을 때 알게 된 분이 있다. 그도 신장병을 앓고 있었으니, 우리는 비슷한 시기에 환자로 만난 인연이었다. 하루는 그가 자신이 다니던 병원에서 오랜 치료에도 불구하고 결국 혈액투석을 하게 된 사람의 이야기를 들려주며 억울함을 호소했다. 약만 잘 먹으면 될 줄 알았는데 결국 투석에 이를 수밖에 없다면 병원과 약이 무슨 의미인가 싶다는 것이다.

나는 그에게 지금까지의 모든 생활을 돌아보라고 했다. 특히 생활습관과 식습관은 어떠했는지, 하루 종일 먹는 것을 종이에 적어보라고 했다. 먹을거리가 중요하다고는 것은 알고 있었지만 그는 병을 알고도 뭐든 '적당히' 먹으면 된다고 생각하고 있었다. 적당한 가공식품과 적당한 육식과 적당한 음주……. 나는 이제 건강을 잃었으니 '적당한'은 잊으라고 했다. 가공식품을 끊고 자연식으로 식생활을 바꾸라고 했다. '적당히' 먹고 약 먹으면 괜찮겠지 하는 생각이 문제였다. 내 말을 따른 그는 두어 달 만에 몸이 좋아져 보름에 한 번씩 가던 병원을 3개월에 한 번, 1년에 한 번 가게 되었다. 한눈에도 생기가 돌고 건강해진 그의 얼굴을 보니 내 몸 아픈 것도 다 나은 듯했다.

얼마 전 우연히 그를 다시 만났다. 그러나 그동안 안타깝게도 신장 이식 수술을 받은 뒤였다. 그때 몸이 좀 나아지자 슬그머니 옛날 식습관으로 돌아갔고 병이 악화되었단다. 나는 신장은 이식 받았지만 앞으로 잘하면 된다고 했다. 과거에 매여 있지 말라고 했다. 그때 더 잘할걸, 그때 이렇게 하면 좋아졌을걸, 그런 집착이야말로 현재를 살지 못하게 할 뿐이다. 나는 지금은 신장을 나눠준 분을 생각하여 더 소중하게 건강을 지켜야 할 때라고 했다. 지금부터라도 사찰음식에서 배운 식습관으로 돌아가라고 했다. 그는 그러겠다고 약속하며 말했다.

"처음 만났을 때 스님은 저보다 더 많이 아픈 사람이었는데 갈수록 건강해지셨네요. 지금은 나이가 적은 저보다 스님이 훨씬 젊고 건강해 보입니다. 정말 20년이 하루같이 흘렀어요. 지난 시간들이 너무 후회스러워요."

그의 말대로 20년 전 나는 그보다 더 아팠다. 1년여 시한부 선고를 받았으니 더 무슨 말을 하랴. 그런데 지난 20년 동안 나는 조금씩 건강해져 오늘에 이르렀고 반대로 그는 조금씩 안 좋아진 것이다. 날마다 먹는 음식, 한 끼의 밥상이라도 소홀할 수 없는 이유가 여기 있다. 나는 지금도 늦지 않았으니 다시 시작해보자고 했다. 세상에 완벽하게 건강한 사람은 없다. 어딘가 아프거나, 조금 덜 아픈 사람들이 살아갈 뿐이다. 병에 걸리면 당장 빨리 낫겠다는 조바심이 아니라, 지금 상태에서 조금이라도 좋아지게 하거나, 더 나빠지지 않겠다는 마음을 가지면서 내 주위를 바꿔나가야 한다. 자연의 식습관으로 하루하루 스스로를 지켜야 한다. 음식이야말로 건강을 지켜주는 약이기 때문이다.

부처님은 음식을 약으로 먹는 식품, 즉 '약식藥食'으로 정의했다. 『사분율四分律』의 약건도에 보면 사찰음식을 '약식'으로 정의하면서 시약時藥, 시분약時分藥, 칠일약七日藥, 진형수약盡形壽藥으로 나눈다. 시약은 딱딱한 음식의 총칭으로 오전 중에 먹는 음식이다. 낮에는 활동량이 많고 위장이 활발하게 활동하는 시간이므로 딱딱한 음식을 권한 것이다. 무, 감자 같은 일체의 뿌리와, 쌀, 팥, 콩, 완두, 보리 등의 곡식들로 쉽게 말해서 우리가 보통 먹는 밥은 다 시약에 속한다. 『마하승기율摩訶僧祈律』에서는 시약을 곡식 뿌리, 줄기, 과일 등 이로 씹어서 먹는 딱딱한 음식을 '구타니식'이라 세분하였고 밥, 떡, 말린 밤과 같이 부드럽고 연한 음식을 '포사니식'이라 하였으며 좁쌀, 보리기울, 밀기울, 보리가루 등을 '사식(잡식)'이라 구분하였다.

시분약은 정식으로 식사가 허락되지 않는 시간 즉, 오후부터 밤까지 마시는 과즙 종류를 말한다. 저녁 시간에는 소화되기 쉬운 음식을 권했는데, 과일즙의 섬유질이 아침에 먹은 죽과 낮에 먹은 음식의 배설을 돕도록 했다. 부처님은 음식을 먹는 시간에 따라서 우리 마음이 주어진다고 하셨다. 『사분율』에는 아침에 먹는 음식은 신선이 먹는다고 표현하였다. 여기서 말하는 신선은 맑은 에너지다. 아침에 음식을 먹음으로써 맑은 에너지를 채우는 것이다. 낮에는 사람이 먹는다고 하였다. 가장 모범적인 일상의 삶을 행하신 부처님도 하루 한 끼를 낮에 드셨다. 저녁에는 짐승이 먹는다고 했다. 해가 지고 난 다음에 먹는 것은 짐승의 마음을 닮아간다고 경계하였다. 밤에는 귀신이 먹는다고 하였다. 일반 가정의 제사를 밤에 지내는 것도 같은 맥락이다. 밤늦게 음식을 먹으면 소화가 불편하여 몸이 무거워지고 숙면에 방해가 되어 꿈자리가 뒤숭숭한 것을 경험하게 된다. 귀신이 먹는 시간에 먹음으로써 불편해졌다는 것과 다르지 않다. 부처님이 말씀하신 귀신은 달리 표현하면 바로 우리 몸에 나쁜 에너지다. 요즘 다이어트나 건강 식사법에 '밤 9시 이후 먹지 않는다'는 게 상식이 되었지만, 이미 부처님 시대 수행자들이 지켜온 계율이다. 간, 심장, 신장, 대장이 활동하는 저녁에 음식을 많이 먹으면 생체리듬이 깨져 몸에 무리가 간다. 50대 40대 돌연사의 원인 중 하나는 저녁 늦게까지 일하고 야식 먹고 술까지 먹어 몸의 리듬이 충격을 받아 갑자기 발생하는 것이다.

생체리듬상 저녁이 되면 신체가 필요로 하는 에너지 양이 크게 줄어 과잉 섭취된 에너지는 바로 저장된다. 저녁식사를 점심처럼 먹으면 비만해질 수밖에 없다. 낮에는 조금 배불리 먹어도 되지만 저녁에는 아무렇게나 먹어서는 안 된다. 다만 저녁밥을 약석藥石이라 하여, 몸이 약하거나 병에 걸린 사람들에게는 특별히 저녁식사를 먹도록 했다. 음식을 자주 먹고 기력을 회복하라는 뜻이다. 칠일약은 병이 든 수행인들의 영양 보충을 위해, 7일 동안 저장해 두고 먹어도 좋은 음식이다. 평소 금하는 음식을 병든 환자들이 먹는 것을 허락하는 일종의 환자식으로 기름, 꿀, 지방, 버터 등이다. 진형수약은 기한을 두지 않고 오래 보관해도 좋은 음식이며, 현대적 의미의 약이다. 음식을 먹는다기보다 평생 약처럼 먹을 수 있는 것으로 소금, 생강, 후추 등이 여기에 해당한다.

또 사람은 무릇 자신이 태어난 곳에서 1백 리 안에서 거둔 것을 먹되 몸이 안 좋을 때는 70리 안의 것을, 많이 아플 땐 30리 안에서 거둔 재료로 만든 음식을 먹어야 한다. 예로부터 불가에서는 나와 가까운 자연의 것을 취해 약으로 사용해 왔다. 내가 사는 지역에서 생산되는 농산물들이 내 몸에 가장 좋다. 지역에서 나는 농산물을 이용하거나 농산물 이동 거리가 짧은 먹을거리를 먹자는 로컬 푸드local food 운동 또한 이미 부처님 시대에 있었던 것이다. 수천 년 전 불교의 계율을 현대인이 지키기란 사실 매우 어려운 일이다. 그러나 그때나 지금이나 인간의 식생활은 그다지 달라지지 않았다는 점에서, 그리고 병으로 고통받고 아픈 사람들이 많아지는 오늘날에는 분명히 짚어봐야 할 지혜이다.

중국 역사에 천하 명의로 유명한 편작에게는 두 형이 있었는데 형제 모두 의술에 조예가 깊었다. 어떤 사람이 셋 중에 가장 의술이 좋은 명의가 누구냐고 묻자 편작이 대답했다.
"큰형은 병이 걸리기 전, 그러니까 환자가 되기 전에 치료를 합니다. 또 작은 형은 병의 초기 단계에서 고쳐주지요. 그러나 나는 환자가 이미 병이 중한 상태에서 치료를 합니다. 사람들은 나를 명의라고 생각하지만 정작 우리 집안에서는 큰형을 제일의 명의로 대접합니다. 그리고 나를 제일 하수下手로 생각하지요."

큰형은 얼굴빛만 보고도 장차 어떤 병에 걸릴지 알았다고 한다. 상대의 식습관과 생활습관, 마음의 상태 등을 보고 미리 병의 원인을 없애준 것이다. 병이 나타나기 전에 병을 고쳐준 셈이니 사람들은 그를 의사라고 생각하지 않았을 것이다. 스스로 평소 내가 무엇을 먹고 어떻게 생활하는지 돌아보는 사람이라면, 이미 스스로 편작의 큰형과 같은 의사를 마음속에 두고 사는 것이다.

중국 당나라 때 의약학자 손사막孫思邈도 음식이 약이라는 것을 밝히고 있다. "사람의 몸을 편안하게 하는 근본은 음식에 있다. 질병을 치료하는 데 그 효과를 빨리 보려면, 약에 기대야 한다. 그러나 음식을 마땅하게 할 줄 모르는 사람은 오래 살 수가 없다. 또한 약물에서 금해야 하는 점을 모르는 사람은 근본적으로 질병을 제거할 방법이 없다. 이 두 가지 사실이 중요한 관건이다. 만약 소홀히 하여 익히지 않는다면, 진실로 그것은 너무나 안타까운 일이다. 음식은 신체 내의 사악한 기운을 없애주며, 오장육부를 편안하고 순조롭게 해주며, 사람의 정신과 마음을 기쁘게 만들어준다. 만약 음식으로 질병을 치료할 수 있다면, 곧 좋은 의사라고 칭찬할 만하다. 의사라면 당연히 먼저 질병의 근원을 분명히 파악하여, 그것이 몸의 어떤 부위에 해로움을 주었는지 알아내야 한다. 그래야 음식으로 질병을 치료할 수 있다. 단지 식이요법으로 치료가 안 될 때, 비로소 약을 사용해야 한다."

많은 사람들이 음식은 단지 '내가 맛있게 먹으면 건강에 좋은 것이다. 스트레스 받지 않고 먹는 게 더 중요하다'고 생각한다. 그러나 내 몸에 들어오는 음식의 성분 하나하나가 영향을 끼친다. 쉬운 예로 따듯한 음식을 먹으면 우리 몸이 따듯해지고 찬 음식을 먹으면 차가워지는 이치다. 그 작은 영향이 쌓이면서 건강해지기도 하고 병이 생기기도 한다. '이것이 있으므로 저것이 있다'는 인과관계는 음식과 우리 몸에도 그대로 나타난다. 건강한 음식이 건강한 몸을 만든다는 것을 잊지 마라. 평소 밥을 먹기 전에 다음의 말을 꼭 기억하라.

"많이 먹으려 말고, 맛있는 것만 골라 먹으려 말고, 생각 없이 먹지 말자."

음식을 통해
음식을 버리다

큰 병을 앓고 죽음에 임박한 경험을 한 뒤 나에게 죽음은 공양간에 놓인 양념통처럼 가까이 있다. 누구에게나 죽음은 공평하다. 단지 의식하고 있지 못하고 살아갈 뿐이다. 일상에서 죽음은 소리 없이 앉아서 언젠가 다가올 그때를 기다린다. 한번은 주위 가까운 분들에게 내가 죽으면 제 상은커녕 어떤 음식도 올리지 말라고 부탁했다. 갑자기 왜 그런 말을 하느냐며 정색하는 이들에게 나는 말했다.

"그동안 내가 사람들에게 많은 음식을 가르쳐주었지만, 그것은 비우는 법을 알려주고 싶어서입니다. 음식을 욕심내서 먹으라는 뜻이 아닙니다. 그런 나의 뜻을 안다면 내가 죽은 뒤 음식으로 가득 찬 제사상은 부질없는 일이지요. 다만 마음을 표현하고 싶다면 물 한 그릇이면 됩니다. 그래도 섭섭하다면 꽃 한 송이만 더 올려주면 됩니다."

내가 바라는 것은 일상에서 음식을 만들 때 부처님 가르침을 따르려 애쓰면서 가끔 '선재'라는 수행자를 떠올려주는 정도면 좋겠다. 그런데 생각해보니 이것도 욕심이다. 내 이름 모두 지워지고, 사람과 사람 사이에서 한 그릇 음식을 통해 바른 삶을 사는 지혜가 전해지고 이어지기만 한다면 더 바랄 게 없다. 무언가를 많이 가져야 행복한 게 아니라, 비움으로써 더 소중해지고 풍요로워지는 것과 같은 이치야말로 사찰음식에 담긴 소중한 가치이다.

"음식에 의지해서 음식을 버려라." 몇 년 전 부산에서 열린 '불교의 음식문화' 워크숍에서 내가 던진 화두이다. 사람들은 나에게 '무엇을 드시기에 이리 건강하느냐'고 묻는다. 나는 답한다. "몸에 좋은 음식을 먹기보다 몸에 나쁜 음식을 먹지 않으려고 노력합니다." 불교 초기 경전에 석가모니의 10대 제자 중 한 사람인 아난존자가 수행에서 음식이 어떤 의미를 지니는지 설법하는 내용이 나온다. 아난은 말했다.

"나는 숙고하기 때문에 지혜롭게 음식을 수용합니다. 그것은 즐기기 위해서가 아니며 취하기 위해서가 아니며 치장을 위해서도 아닙니다. 단지 이 몸을 지탱하고 유지하고 잔인함을 쉬고 청정범행을 잘 지키기 위해서입니다. ……이 몸은 음식에서 생긴 것입니다. 음식을 의지하여 음식을 버려야 합니다."

음식으로 음식을 버리다? 선뜻 이해되지 않는 말이다. 아난존자의 설법은 현재 먹는 음식을 지혜롭게 수용하면서 그것에 의지해 이전 '업(karma)'의 굴레를 벗어버리라는 뜻이다. '업'은 바로 욕심 때문에 생긴다. 욕심을 버리고 마음을 비우고 자비를 베풀어야 비로소 업에서 벗어날 수 있다. 이 말의 진짜 뜻은 '음식을 통해 욕심을 다스리라'는 것이다. 음식과 욕심은 어떤 관계인가. 『잡아함경雜阿含經』의 한 구절이다. '먹는 것이 우리를 중생에 머물게 한다. 먹는 것이 욕망의 원인이 되고, 욕망을 일으키고 욕망과 만나게 한다.' 즉, 욕망을 다스리려면 제일 먼저 음식에 대한 절제, 비움이 있어야만 한다. 음식을 욕망이나 맛으로 먹지 않으며 몸을 살찌게 하기 위해 먹지 않는다. 다만 몸을 유지하기 위해 먹으며, 도를 닦는 데 도움이 되게 하기 위해 먹는다. 이는 부처님의 가르침이며, 오늘날 사찰음식이 궁극적으로 추구하는 목표이다.

이런 이야기를 듣고 나면 대부분 사람들의 눈빛이 흔들린다. '아! 스님, 음식을 맛으로 먹어야지요. 너무하신 것 아닌가요' 하는 표정이다. 그러나 음식에 대한 자기 생각이 분명하지 않다면, 음식을 먹을 때 맛만 좇아가게 된다. 맛만 좇으면 많이 먹게 되고 건강을 잃게 되고, 건강을 잃으면 일과 관계도 원만하지 않게 된다. 하지만 음식에 대한 생각이 분명하게 서 있다면, 조율과 절제, 비우는 삶이 가능해진다. 음식을 먼저 혀의 맛으로만 생각하지 않으면 진정한 삶의 맛, 지혜의 맛을 볼 수 있게 되는 것이다.

사찰음식에서는 3가지 맛을 얻을 수 있다. 바로 음식의 에너지가 주는 맛, 기쁨의 맛, 기氣의 맛이다. 음식의 맛은 식품 그 자체가 주는 맛이고, 기쁨의 맛은 음식으로 인해 마음이 기뻐지는 맛이다. 제일 중요한 것이 기의 맛이다. 이는 수행으로 얻어지는 맛이다. 몸과 마음을 맑게 하는 음식을 먹고 지혜를 터득해가는 기쁨을 얻는 것이 바로 수행의 맛이다. 수행자에게 사찰음식은 단순히 육체적 건강을 위한 방편이 아니라 몸과 마음을 청정하게 만들기 위한 수행의 한 방법이다. 그리고 보통 사람들에게 사찰음식은 삶을 충실하게 채워 나가는 맛, 한마디로 몸과 마음이 건강해지는 맛을 깨우는, 마중물 같은 음식이다.

사찰음식은 웰빙 음식인가? 맞다. 자연식인가? 맞다. 채식인가? 맞다. 사찰음식은 이 모든 것을 모두 아우른다. 그러나 단순히 형식이나 식재료, 음식의 내용보다 더 중요한 것은 사찰음식에 담겨 있는 이러한 지혜를 알아보는 것이다. 사찰음식은 깊은 산속 수행자의 음식만이 아니라 우리 일상의 삶 속에 존재하는 음식이며, 지혜를 기르기 위한 식사법이다.

언젠가 갑작스럽게 아는 분이 절에 찾아왔다. 사찰의 공양 시간이 지났기에 때를 놓친 그를 위해 얼른 밥을 지었다. 새로 밥을 안치고 그 사이 감자, 호박 넣고 된장국을 끓였다. 그리고 김치를 썰어 찬으로 냈다. 갓 지은 밥과 국에서 따뜻한 김이 피어올랐다. 식사하는 내내 그는 행복한 표정이었다. 이렇게 맛있는 밥은 처음이라고, 된장국 하나만으로도 밥 한 그릇을 비울 수 있음을 새삼 알았다고 했다. 절제된 반찬, 갓 지은 밥, 이 단순한 밥상에서 그는 음식 본연의 맛을 느끼고, 이를 통해 기쁨을 느낀 셈이다. 사찰음식은 아주 멀리 있지 않다. 한 그릇의 밥이 내 앞에 놓이기까지의 수많은 자연과 사람과 손길을 생각하며 소중히 대하는 그 마음에서 시작하는 것이다.

우리는 우리가
먹은 음식으로
이루어진다

해마다 12월 즈음이면 말린 해조류, 나물, 약초를 구하러 제주도에 간다.
지난겨울에는 폭설이 내려 나흘 간 숙소에 갇혀 있다시피 했다. 대단한
폭설이었다. 비행기도 끊기고 찻길도 막혔다. 숙소 앞에 쌓인 눈이 그대
로였다. 며칠째 그대로이기에 숙소 주인에게 왜 눈을 치우지 않느냐고
물었다. 구청에 전화 한 통 넣으면 눈을 치워주지 않겠느냐고. 그랬더니
그냥 놔두란다. "스님, 금방 녹아요." 제주도 날씨가 따듯하여 자연히 금
방 녹으므로 애써 치울 필요가 없다는 것이다. 그 말을 하는 주인 표정
이 느긋했다. 제주도의 온화한 날씨처럼.

　폭설에 며칠 갇혀 종일 차를 마시며 소일했다. 차에 조예가 있는 스
님 덕에, 종일 찻주전자에서 물 끓이는 소리가 멈추지 않았고 이런저런
이야기가 끊이지 않았다. 차와 같은 성품을 지닌 스님이 말했다.
　"차는 사람을 만드는 약藥이죠. 누구든지 차를 마시면 참사람이 될
수 있어요. 옛날에는 차를 바르게 마시는 사람을 '다인'이라 하여 군자와

성인과 같은 자리로 대했어요. 누구든 차를 자주 마시면, 아름다운 습관을 몸에 익히고 자비로운 마음가짐으로 지혜로운 삶을 살려고 노력하게 되지요."

지혜로운 사람이 차를 찾고, 차를 즐기는 사람이 지혜로운 삶을 살게 되고 그렇게 음식과 품성이 주고받으며 조화를 이루는 것이라는 말이다.

그렇게 나흘, 준비한 반찬이 떨어졌다. 남은 것은 쌀 조금과 무 한 덩이, 소금, 간장뿐이었다. 제주도 무는 쓰고 떫었다. 귤 몇 개가 있기에 으깨어 소금과 넣고 버무려 무생채를 만들었더니 향이 좋고 단맛도 알맞았다. 밥을 지어 무생채를 찬으로 두 끼 식사를 했다. 내일은 비행기가 뜬다고 했는데 창밖에 다시 눈발이 날리기 시작했다.

"스님들 섬에서 푹 쉬어가시라고 눈이 계속 내리나 봅니다."

주인의 말처럼 이렇게 하릴없이 쉬어 보는 것은 평생 처음인 듯했다.

사람의 성품은 환경, 특히 식습관에 영향을 받는다. 제주도 사람의 여유로운 성품은 섬과 바다, 따듯한 날씨, 해산물과 보리, 조, 산나물을 주식으로 한 식생활에 기인한다. 거대한 힘을 가진 바다 앞에서는 강인하면서도 겸손해야 했을 테고, 사철 따듯한 날씨는 식품을 저장해 두고 먹지 않아도 되었으니 늘 마음에 여유가 있었을 것이다. 실제 제주도에는 겨울 밭에도 푸릇한 배추가 남아 있어 김장을 하지 않는다. 또 해녀들은 물질하느라 바쁘고 고단해서 요리할 시간이 없어 조리과정이 단순한 음식을 만들어 먹었다. 가짓수도 많지 않고 여러 가지 재료를 섞지 않고, 양념을 많이 하지 않은 자연 그대로의 맛을 살린 음식이 바로 제주도의 음식이며, 제주도의 성품이다.

음식은 기본적으로 생명을 유지하려고 먹는다. 채식과 자연식은 여기에 건강을 더하여 건강하게 살기 위한 음식이다. 그렇다면 불교의 사찰음식, 선식禪食은 무엇인가. 선식은 생명을 건강하게 유지하고 나아가 지혜로워지려고 먹는다. 지혜란 무엇인가. 어떤 상황에서도 흔들림 없이 바르게 생각하고 바르게 판단하고 말하고 행동하는 에너지이다. 그것은 곧 마음이 평화롭고 안정된 상태에서 가능한 것이다.

불교에서 음식은 동적動的인 식품과 정적靜的인 식품으로 나눈다. 동적인 음식은 바깥으로 뻗치는 기운이 강해 정서의 동요가 쉽고 성격이 활발해지며 조급해지는 경향이 있다. 내면의 평화를 이뤄야 할 수행자에게는 해로운 음식이다. 육류와 술, 오신채가 여기에 속한다. 육류와 술은 체온을 올리고 기운을 밖으로 뻗치게 하므로 많이 먹으면 흥분하고, 흥분하면 말과 행동에서 실수하고 일을 그르치게 한다. 화내는 것의 위험함에 대해 부처님은 "성내거나 성냄에 휩싸이거나 마음이 성냄에 시달릴 때 생명조차 앗아간다."고 말씀하셨다.

오신채는 냄새가 강하고 독특한 다섯 가지 채소로 파, 마늘, 부추, 달래, 흥거다. 『수능엄경首楞嚴經』에는 '음식은 곧 나의 성품'이라 하여

'매운맛의 다섯 가지 식품은 익혀 먹으면 음욕을 일으키고 날것으로 먹으면 성내는 마음을 증대시킨다'고 하여 수행에 방해가 됨을 지적하고 있다. 그 가운데 흥거는 인도 전통의 향신료로 여러 채소를 말려 가루로 낸 것이다. 마늘보다 향이 더 강하다. 사찰의 공양간에서는 신기하게도 음식 냄새가 전혀 나지 않는다. 20년 간 사찰음식 실습을 해온 강의실에 처음 오는 분들도 그 점을 신기해한다. 바로 오신채를 쓰지 않기 때문이다. 오신채를 넣지 않은 절집 김치를 먹어본 사람은 오신채의 향이 얼마나 강한지 안다. 우리가 세계인들에게 김치를 알리고 싶어 하지만 그러려면 파, 마늘 등 오신채를 넣지 말아야 한다. 절에 와서 김치를 먹어 본 외국인들은 한결같이 이런 맛이 있느냐며 깜짝 놀란다. 김치를 좋아하지 않는 초등학생들도 오신채를 넣지 않은 김치는 잘 먹는다. 또 오신채는 음식 재료의 고유한 맛을 가리므로 오신채 없이 음식을 만들어서 먹어보기를 권유한다. 여기에 지나친 설탕 섭취, 각종 첨가물이 들어간 인스턴트 음식도 마음을 들뜨게 하니 동적인 식품 범주에 넣을 수 있다.

반대로 정적인 음식은 마음을 고요하고 침착하게 안정시킨다. 동적인 식품을 제외한 채소류, 곡류, 콩류가 정적인 식품이다. 사찰음식에 콩 요리가 많은 것은 단백질을 보충하기 위한 것만은 아니다. 대표적인 정적인 음식이 차茶다. 고대 중국, 신농씨의 『식경食經』에는 '차를 오랫동안 마시면, 사람이 힘이 생기고 즐거운 뜻을 얻는다'고 쓰여 있다. 차의 가치와 성분은 과학적으로 이미 밝혀진 사실이다.

지혜로운 사람이 차를 찾고, 차를 즐기는 사람이 지혜로운 삶을 살게 된다.
그렇게 음식과 품성이 주고받으며 조화를 이루며 삶은 나아간다.

예로부터 절을 지으면 그 둘레에 차밭부터 미리 만들곤 했다. 선다 일미禪茶一味, 선과 차는 한 가지 맛이라고 했다. 선 수행을 하며 매 순간 깨어 있는 것처럼, 차를 마시면서 마음을 온전히 모으는 것이다. 수행자에게 차는 깨달음의 길을 걸어가는 도반인 셈이다. 차는 한자리에서 마시는 것에서 끝나지 않는다. 차를 만들고 마시고 자리를 정리하기까지 모든 과정이 하나의 예禮이다. 마치 선 수행이 단박에 이뤄지는 것이 아니라 순간순간 깨어 있는 것처럼 차를 마시는 일도 비슷하다. 법정 스님은 생전에 이런 말을 남겼다.

"차를 좋아하는 분들은 아실 것입니다. 차를 마신다고 해서 그냥 끓여서 차만 홀짝 마시고 일어나지 않습니다. 물을 끓이고 비우고 또 다기를 꺼내서 매만지고 펼치고 마시고 나서 씻고 거두어들이고 하는 이런 과정이 얼마나 좋습니까? 이것은 차뿐만이 아닙니다. 살아 있는 일 자체가 그래야 합니다."

스님들은 수행을 하며 차를 마신다. 요즘은 스님처럼 선 수행을 하는 일반인도 더러 있지만, 보통 사람이 수행을 하기란 쉽지 않은 일이다. 그러나 차를 통해 선 수행의 체험을 일상에서 할 수 있다. 수행을 하건 차를 마시건 중요한 것은 마음의 수행에 있기 때문이다.

육식에 대한
생각들,
정육과 식육

천주교 수녀님과 스님 등 여러분과 차를 타고 강원도에 가는 길이었다.
대관령을 넘어 갈 즈음 폭설로 차가 멈췄다. 온 세상이 하얀 눈으로 덮
여 그야말로 은세계가 펼쳐졌다. 창문을 조금 내리자 차갑고 맑은 공기
가 흘러들어 왔다. 좀 떨어진 언덕에서 무언가 꼬물꼬물 움직이기에 지
켜보는데 수녀님이 소리쳤다.

"어머나, 토끼예요!"

배가 고파 먹이를 구하러 내려왔을까, 폭설에 길을 잃었을까. 토끼
는 어디로 갈지 몰라 경중거리다 멈춰 서서 귀를 쫑긋거렸다. 그 모습을
바라보는 시선은 제각기 달랐다. 수녀님과 나는 귀엽고 사랑스러워서
눈을 떼지 못했고, 누군가는 "통통하니 맛있겠다."라고 하면서 입맛을
다셨다. 또 다른 누군가는 토끼를 잡으러 가겠다며 차에서 내리려 했고,
옆에 있던 한 스님은 그 사람 옷을 잡아당기며 말렸다.

그 모습을 지켜보면서 참으로 업이 무섭구나, 싶었다. 업이란 인과

관계다. 이것이 있으므로 저것이 있고, 저것이 있으므로 이것이 있다는 이치다. 평소 생각한 대로 행동하는 것이다. 토끼고기를 먹어본 이는 토끼를 맛으로 기억한다. 바로 업業의 결과이다. 식습관 또한 인과관계에서 벗어날 수 없다. 무엇을 먹느냐에 따라 몸과 마음의 건강이 좌우되고 어떤 인생을 사느냐의 문제까지 결정될 수 있는 것이다.

보통 '사찰음식' 하면 채식을 떠올린다. 고기는 절대 먹어서는 안 된다고 생각한다. 그래서 간혹 도시의 식당에서 고기를 먹는 스님을 만나면 불편한 눈으로 바라본다. 누군가는 왜 스님이 고기를 먹느냐며 나에게 따지기도 한다. 그때마다 세상 사람들이 수행자를 바라보는 눈이 굉장히 엄격하다는 것을 느낀다. 물론 나는 불교 수행자가 육식을 하는 것에 대해서는 기본적으로 반대한다. 그것은 불교 계율로 정해져 있다. 그러나 불교에서 육식이 어떤 의미가 있고, 어떤 역사적 흐름을 거쳐 왔는지 안다면 그런 불편한 시선은 조금은 거둘 수 있으리라.

먼저, 부처님은 육식을 금하셨지만 필요할 때는 먹을 수 있도록 허용했다. 부처님 시대, 수행자들은 탁발을 했다. 탁발은 발우를 들고 집집마다 다니며 음식을 얻어 생활하는 수행방식이다. 보시받는 대로 먹어야 했기에 간혹 발우 속에 고기가 담겨 있기도 했다. 발우 속 음식은 모두 먹어야 했기에 자연스럽게 고기를 먹을 때도 있다. 그리고 그날 먹고 남은 음식은 하루를 넘기지 않고 모두 이웃에게 나눠주거나, 산짐승과 새들을 위해 일정한 장소에 놓아두었다. 내일을 위해 먹을 것을 남기지 말라는 가르침이었다. 탁발은 아집을 버리고 절제하고 욕심과 탐심에서 벗어나기 위한 하나의 수행이었다.

부처님은 육식을 금하지 않는 대신 몇 가지 원칙을 정해주셨다. 몸이 아파서 육식이 필요한 수행자는 고기를 먹을 수 있다. 그러나 여기에도 조건이 있었다. 첫째, 사람들이 스님에게 공양한 것은 먹을 수 있지만, 일부러 고기를 달라고 해서 먹지 말라. 둘째, 사람 코끼리 말 개 뱀 사자 호랑이 레오파드 곰 늑대 등 10가지 고기는 먹지 말라. 셋째, 앞에서 말한 10가지를 제외한 고기는 먹을 수 있되, 삼정육三精肉을 먹어라. 삼정육은 세 가지 조건을 만족시키는 깨끗한 고기이다. 첫째 죽이는 모습을 보지 않고, 둘째 죽어가는 소리를 듣지 않고, 셋째 특별히 나를 위해 죽인 것이 아닌 경우이다. 그리하여 부처님은 제자들에게 무슨 고기인지 미리 알지 못하는 고기는 먹지 말도록 했다.

육식에 대한 이러한 기준은 인도에서 중국으로 전해졌고 훗날, 살아있는 생명을 죽이지 말라는 불살생不殺生과 부합하여 '고기를 먹지 말라'는 대승보살계율로 제정되어 우리나라에 정착해 이어지고 있는 것이다. 앞에서 수행자가 병에 걸리거나 몸이 아플 때 기력을 회복하기 위해서는 고기를 먹어도 된다고 했다. 실제로 단백질을 먹으면 체온이 올라가는데 단백질이 대사되면서 열을 발산하기 때문이다. 일상적인 식사가 아니라 약식의 기능이다. '눈치가 빠르면 절에서 새우젓 얻어먹는다'는 속담이 있다. 필요하면 육식을 지혜롭게 약으로 쓰라는 말이다.

삼정육은 깨끗한 고기를 말한다. 앞에서 말한 3가지 조건을 만족해야 깨끗하다고 할 수 있다. 깨끗한 고기를 파는 곳, '정육점'은 불교에서 나온 말이다. 그러나 요즘 정육점에서 파는 고기는 정말 '깨끗하다'고만은 할 수 없다. 항생제와 성장촉진제 등으로 키워진 고기는 정육이 아닌 식육이다. 부처님 시대와는 다르게 오늘날의 가축들은 온전한 삶을 살지 못한다. 오직 인간이 먹으려는 목적으로 키워지면서 가축의 삶이 없어지고, 인간의 시간 절약과 경제성, 편리함만을 따져 사육되기에 이런저런 고통을 받다 죽기 때문이다.

얼마 전 방송에서 오랫동안 몸을 움직일 수조차 없는 좁은 우리 안에서 사육된 소를 한 남자가 풀어주는 장면을 보았다. 남자는 소를 사서 자기 집으로 데려갔다. 마른 풀이 수북이 깔린 넓은 우리 안에 풀어주자 소는 신이 나서 경중경중 뛰기 시작했다. 입으로 풀을 마구 헤치기도 하고 풀에 몸을 마구 비벼댔다. 그러다가 천천히 남자 곁으로 와 제 얼굴을 남자의 다리에 문질렀다. 남자가 무릎을 꿇자 소는 남자의 이마에 얼굴을 마주 댔다. 소의 눈망울에 눈물이 고였다. 남자가 베푼 자비의 마음을 소도 알고, 그 고마운 마음을 표현한 것이다. 동물에게도 영혼이 있고 인간이 느끼는 똑같은 감정이 있다.

육식이 가진 비경제성에 관한 이야기도 우리는 알고 있다. 제레미 리프킨이란 철학자는 『육식의 종말』이란 책에서 현대 문명이 위기를 맞은 원인 중의 하나로 인간의 식생활을 꼽는다. 지구상에는 약 12억 마리의 소들이 전 세계 토지의 4분의 1을 차지하고 있으며, 미국의 경우 곡물의 70%를 가축들이 먹어치운다. 굶주리고 있는 수억 명의 사람을 먹여 살릴 수 있는 곡물의 양이다. 사실 가축들이 만들어낸 단백질은 곡물에서 비롯된 것이다. 채식만으로도 단백질 섭취가 가능함을 알 수 있다.

이런 점에서 육식을 하지 않는 것은 아주 큰 공덕을 쌓는 것이기도 하다. 동물이 제 삶을 살 수 있도록 해주고, 축산물 산업으로 인한 환경오염을 막을 수 있는 것이다. 육식을 먹지 않거나 덜 먹는 것으로 우리는 아직 일어나지 않은 악惡을 나지 않게 하고, 나지 않은 선善을 나게 하는 것이다. 수행의 또 한 가지 미덕이 여기 있다.

채식에 대한
생각들,
채식과 선식

올해 나는 세속 나이로 61세이다. 강의 중에 간혹 내 얼굴이 몇 살로 보이느냐고 물어보곤 하는데, 실제 나이를 말하면 다들 깜짝 놀란다. 나이보다 젊어 보이기 때문이다. 또 나의 강연 일정은 어느 때는 시분을 다툴 만큼 빡빡하다. 강의가 끝나면 곧바로 밖으로 나와 차를 타고 다음 강연 장소로 가야 할 때도 많다. 하루에 서울에서 전라도로, 다시 경상도를 거쳐 밤늦게 절집으로 돌아오는 일도 있다. 몸은 피곤할 때도 있지만 그래도 괜찮다. 견딜 만하다. 몸이 따라주지 못하면 도저히 할 수 없는 일이다. 나처럼 대부분의 스님들도 얼굴에 맑은 기운이 서려 있고 에너지가 넘친다. 곰곰 생각해보면, 채식과 규칙적인 생활습관, 평정을 잃지 않는 마음 덕분이다.

수행자만이 아니다. 침팬지를 연구한 세계적인 동물학자 제인 구달 선생도 비슷한 이야기를 한다. 구달은 "칠십 넘은 나이에도 전 세계를 돌아다니며 강연을 할 수 있는 것은 젊었을 때부터 해온 채식 덕분이다."라고 했다. 아프리카 오지에서 평생 침팬지 연구에 바친 구달은 자연과의 공생, 환경 보존을 위해 스스로 채식을 택했다. 인간이 채식만 하면 영양 불균형이 온다는 주장에 대해 구달은 '침팬지 사회에서의 육식'을 예로 들며 틀렸다는 것을 증명하기도 했다. 구달은 '침팬지가 육식을 하고 또 매우 좋아한다'는 사실을 세계 최초로 밝혀냈다. 철저한 계급 사회에서 서열이 낮은 침팬지가 동물을 사냥해오면 우두머리 침팬지라도 함부로 건드리거나 빼앗지 못한다고 한다. 연약한 침팬지라도 맛있는 고기를 지키기 위해서는 목숨을 걸고 치열하게 싸우기 때문이다. 그러나 침팬지에게 사냥은 매우 어려운 일이라서 고기를 먹는 일은 흔하지 않다. 육식이 가능한 침팬지이지만 채식으로 연명한다고 볼 수 있는 것이다. 그러나 채식을 한다고 해서 침팬지 몸에 특별한 병이 생기거나 활력이 없거나 하지 않고 대부분 건강했다. 이를 통해 구달은 인간에게도 육식은 절대적이지 않다는 메시지를 전했다.

근본적으로 사찰음식에서 채식이 옳다, 육식이 그르다는 말은 의미가 없다. 보통 사찰음식은 완전한 채식이라고 생각한다. 그런데 육식이냐 채식이냐에만 갇혀 있는 그 생각이 잘못되었다. 무엇이 옳고 그르다는 생각 자체가 잘못된 것이다. 부처님은 말씀하셨다.

"음식이 맞고 안 맞고 분별하지 말라. 좋아하는 음식에 집착하고 그것만 즐기면 욕심과 집착이 일어난다. 그것이 바로 번뇌이다."

부처님의 가르침에 따르면, 채식과 육식보다 더 중요한 것은 '소식 小食'이다. 소식은 무엇인가. 적게 먹는 것이다. 그 속에는 욕심, 집착에 대한 경계의 뜻이 담겨 있다. 채식만 고집하는 것도, 고기는 절대 먹지 않겠다는 것도 모두 집착과 욕심이다. 집착이야말로 고苦를 일으키는 원인이다. 달은 보지 않고 손가락만 보는 격이다. 1970년대를 전후한 선방의 모습을 생생하게 그리고 있는 『선방일기』에 이런 구절이 있다.

선방의 하루 급식량은 주식이 일인당 세 홉이다. 아침에는 조죽(朝粥)이라 하여 죽을 먹고 점심에는 오공(傲供)이라 하여 쌀밥을 먹고 저녁에는 약석(藥石)이라 하여 잡곡밥을 약간 먹는다. 부식은 채소류가 위주고 가끔 특식으로 두부와 김과 미역을 보름달 보듯 맛볼 수 있다. 선객이 일 년에 소비하는 물적인 소요량은 다음과 같다.
주식비 3홉 365일 = 1,095홉(1,095홉 x 15원 = 16,425원)
부식 및 잡곡은 자급자족
피복비
승복(僧服) 광목 20마(20마 x 50원 = 1,000원)
내복(1,500원)
신발 고무신 2족(2족 x 120원 = 240원)
합계 2만 원이면 족하다.

그래서 선객은 모름지기 '삼부족(三不足)'을 운명처럼 받아들여야 하는 것이 불문율로 되어 있다. 식부족(食不足), 의부족(衣不足), 수부족(睡不足)이 바로 그것이다. 인간의 추태는 갖가지 욕망의 추구에서 비롯되는데 욕망에서 해방은 되지 못했으나 외면만이라도 하

고 있다는 것 때문에 세속의 70 노파가 산문(山門)의 홍안납자(紅顏
衲子)에게 먼저 합장하고 고개 숙이는가 보다

먹는 것, 입는 것 등 수행자에겐 무엇이든 부족하고 고달파야 수행
이 깊어진다. 욕망과 욕심을 버리는 그 길을 스스로 선택했기에, 나이
어린 수행자일지라도 칠십 노인이 기꺼이 존경을 표하는 것이다. 무엇
이든 부족해야 귀하고 소중하고 가치있게 된다. 사찰음식의 근본은 마
음속 깨달음을 지향하는 선식禪食이다. 단지 고기를 절대 먹지 말라는
경계와 금지의 가르침이 아니다. 음식에 대한 집착과 욕심을 버리되 삶
을 온전하고 건강하게 살 수 있도록 돕는 가르침이다. 부처님이 오늘 이
자리에 오신다면, 우리에게 생명에 대한 이야기를 통한 균형 잡힌 소식
에 대해 먼저 이야기할 것이다. 보통 사람들이 고기를 먹어야 한다면,
두 번 먹을 거 한 번으로 그 양을 줄이고, 한 번을 먹더라도 생명과 환경
을 고려한 음식을 먹는 것. 지금 우리에게는 그런 생각이 더 중요하다.

내가 진행하는 사찰음식 강의는 보통 1년 과정이다. 수시로 사람들
이 들고 나기에 거의 매주 몇 분은 수료한다. 시작할 때는 수업 동기를
묻지 않지만, 끝나는 날만큼은 꼭 소회를 묻는다. 지난주에는 두 분이
수료했다. 봄여름가을겨울, 긴 시간 한 번도 수업을 거르지 않은 분들
이다. 언제나 그랬듯 고마운 마음인데 이번엔 한 분이 이런 소감을 말해
뭉클했다.

"몸에 좋은 음식을 먹겠다고 선재 스님 사찰음식 수업을 듣기 시작했습니다. 그러나 강의를 들으면서 어느새 나는 삶의 수행자가 되어 있었습니다. 어떻게 하면 맛있게 만들어 먹을까만 생각했는데, 이제는 음식을 통해 좋은 삶을 살려고 노력하게 되었습니다. 스님, 고맙습니다."

수료 기념으로 나는 『지송경전』을 선물했다. '스스로의 행복을 위한 가르침'이 담긴 책이다. 처음 사찰음식을 배우겠다고 스스로 찾아왔듯, 앞으로도 스스로의 행복, 나아가 세상의 모든 인연들에게 자비를 베풀고 행복을 함께 열어가는 보살이 되기를 간절히 바랐다.

밭에 씨앗을 심으면 기다리지 않아도 저절로 잎이 나는 것처럼,
부처님의 법, 자연의 순리를 따라 살면 절로 마음이 깨끗해진다.

음식을 만드는
사람이 갖춰야 할
3가지

어린이 음식교육을 하는 분이 찾아와 자문을 구했다. 아이들 미각 교육
을 해오고 있는 나는, 음식교육에 관심을 갖고 있는 분을 만나면 고마운
생각부터 든다. 그는 우리 몸에 필요한 5대 영양소를 스님은 어떻게 아
이들에게 설명해주겠느냐고 물었다. 사실 5대 영양소에 대한 설명은 학
창시절부터 익숙하게 들어왔다. 인간의 생명을 유지하기 위해서는 탄수
화물, 단백질, 지방, 칼슘, 비타민 등이 꼭 필요하며 이 영양소가 들어있
는 음식을 골고루 먹어야 한다고 배웠다. 그러나 이런 영양학적 설명도
좋지만 우리 아이들에게는 보다 따뜻하고 편안한 말로 다가가야 한다.
불교의 생명관, 생명의 관점에서 사람과 자연, 음식의 관계를 이야기해
주면 아이들은 더 잘 알아듣고, 그날 저녁 밥상부터 관심을 갖는다.

우리 몸은 흙 물 불 바람, 지수화풍地水火風으로 이루어져 있다. 사
람도 자연의 일부이다. 그러므로 사람에게 필요한 음식과 영양은 모두 자
연에 있다. 흙과 물, 불과 바람이 만들어낸 자연의 음식을 먹어야 하는 것

이다. 땅의 흙에서 자란 곡식, 땅속의 뿌리, 동서남북 바람을 맞으며 자란 열매, 물속의 풀, 더 깊은 바다 속의 해초…, 땅과 하늘, 바다의 광활한 생명을 우리 몸이 받아들일 때 비로소 건강한 생명을 유지할 수 있다.

그러므로 올바른 음식 재료는 오직 자연에서 나온다. 음식을 통해 우리는 자연과 소통한다. 음식을 만드는 일은 자연과 인간을 잇는 것이다. 음식이 우리 몸과 마음을 만들어준다는 점에서, 음식을 만드는 사람은 요리를 신성하게, 수행처럼 받들어야 한다. 이를 세상에서는 정성이라고 말하지만, 불가에서는 삼덕三德이라고 한다. 청정(淸淨, 몸과 마음을 깨끗하게), 유연(柔軟, 재료를 부드럽게), 여법(如法, 재료를 선택하고 조리하는 데 법法을 따르는 것)이 삼덕이다. 음식을 만드는 사람은 반드시 이 세 가지 덕을 갖춰야 한다.

부처님은 '처음도 좋고 중간도 좋고 끝도 좋아야 한다'고 하셨다. 처음 재료를 준비하고 음식을 만드는 모든 과정에서 잘 살피라는 말이다. 이런 삼덕에 관한 이야기를 들려주면, 좀 지나친 것 아니냐고 묻는 분들이 있다. 그러나 '음식은 약이다'라고 부처님은 말씀하셨다. 약은 신중하고 조심스러운 것. 자칫 약을 잘못 쓰면 몸이 안 좋아질 수도 있다. 또작은 것에 소홀하여 모든 것이 무너질 수 있는 일들을 우리는 많이 봐왔다. 삼덕과 정성은 우리 몸에 생명을 주는 음식에 조금도 소홀하지 않으려 애쓰는 부지런한 마음이다. 이런 마음이야말로 좋은 삶의 비결이기도 하다.

◎   청정, 맑고 깨끗한 생각을 담다

스님의 수행 가운데 제일은 청정이다. 속됨이 없고 허물이 없고 집착이 없고 번뇌에 물들지 않는 맑고 깨끗한 상태가 청정이다. 부처님은 『수능엄경』에서 말씀하셨다. "그릇에 감로를 담기 위해서는 먼저 그릇 속에 독소를 없애고 끓는 물과 재와 향으로 그릇을 씻어내야 하느니라." 감로가 청정한 생각이고 그릇이 우리 몸이다. 몸을 만드는 것은 음식이다. 청정한 음식은 재료뿐만 아니라 만드는 과정, 그리고 그 마음가짐까지 한결같이 맑고 깨끗하고 올바른 것을 뜻한다.

행자 때 은사 스님은 팥죽에 넣는 새알심을 '옹심이'라고 부르게 했다. '새의 알'이라고 생각하고 먹는 것만으로도 마음이 어지럽혀진다고 본 것이다. 요즘 채식 식당에서 나오는 콩으로 만든 '콩 고기'도 수행자가 듣기에는 거북하다. 좋은 마음으로 만든 음식이 먹는 사람에게 좋은 영향을 끼치기 마련이다. 일단 마음의 청정함이 갖춰지면 음식 만드는 공간, 그릇, 조리도구, 요리사의 손 등 모든 과정이 자연히 깨끗해진다. 청정한 마음이 있다면 모든 과정을 청정하게 지키려 애쓰기 때문이다.

또 눈에 보이는 깨끗함만을 살피는 것을 경계해야 한다. 음식에 맛을 돋우고 변질을 막기 위해 첨가제나 방부제를 넣지만, 균도 없고 썩지도 않는 그 음식이 정말 깨끗하다고 할 수 있을까. 겉은 깨끗해도 결코 청정한 음식은 아니다. 그릇 회사에서 강연을 한 일이 있다. 그 회사에서 파는 그릇은 비싸고 디자인도 훌륭했다. 도착하고 보니 수강생들이 먼저 요리 실습을 끝낸 뒤였다. 조리대에는 각종 인공 조미료들이 진열되어 있었고 그릇마다 요리가 예쁘게 담겨 있었다. 그러나 좋은 그릇에 담긴 음식이 반드시 건강한 음식은 아닐 것이다. 강연을 시작하면서 나는 이렇게 물었다.

"여러분, 비싸고 좋은 그릇에 담으면 모두 훌륭하고 좋은 요리가 될까요? 또 집에서 내가 요리한다고 해서 다 좋은 음식이라고 할 수 있을까요? 음식을 먹기 전에 어떤 재료를, 어떻게 만들고, 어떤 양념으로 간을 했는지 살펴보세요. 여기 각종 조미료와 소스들이 놓여 있는데, 설명서를 읽어 보면 도통 무슨 말인지 모르는 게 많습니다. 나도 이해하지 못하는 조미료를 넣어 만든 음식들, 깨끗해 보인다고 하여 건강하고 좋은 음식이 되는 것은 아닙니다. 우리는 그릇 속의 음식을 먹습니다. 그릇보다 그 안에 담긴 음식을 살펴보세요. 정말 건강하고 좋은 음식은 어떻게 만들어지는지 생각해보시기 바랍니다."

현대인은 청결과 깨끗함을 지나치게 강조한다. 식재료에 쓰이는 과도한 농약과 세균을 없애준다는 온갖 세정제들. 마트에 가면 '99% 살균' '항균'을 내세운 수많은 상품들이 가득하다. 그런데 세상은 완벽하게 깨끗해진 것 같지 않다. 전염병은 줄었지만 아토피 같은 면역질환은 더 늘어가고 있다. 지나친 청결이 우리 몸속의 좋은 세균마저 죽이게 되었고 결국 면역 체계가 불균형을 이루면서 생긴 부작용이다. 너무 깨끗해서 불안한 세상에 우리는 살고 있는 셈이다. 얼마 전 나무도마의 항균

실험에 관한 기사를 읽었다. 나무도마의 미세한 틈에 균이 더 많이 자랄 것 같지만, 실제 플라스틱 도마의 홈집에서 훨씬 더 많은 세균이 증식된다는 것이었다. 어딘가 위생적이지 않을 것 같은 나무도마가 플라스틱 도마보다 실제로는 더 항균효과가 높았던 것이다. 문명의 이기가 만들어낸 청결함이 우리 몸에 반드시 좋은 것이 아님을 알 수 있다.

우리 조상들은 손이 귀한 자식도 흙밭에 가서 놀게 했다. '흙도 주워 먹고 똥도 주워 먹고'라는 말이 있을 만큼 마음껏 뛰놀게 했다. 흙 속의 '무엇'이 아이를 튼튼하게 여긴다고 믿었기 때문이다. 흙 속에는 눈에 보이지 않는 수많은 미생물이 살고 있다. 그 중엔 좋은 균, 나쁜 균도 있다. 그것들이 몸속에 들어가 균형을 이루고 살면서 면역체계가 완성되는 것이다. 실제 우리 몸에는 4천 종이 넘는 엄청난 수의 세균이 살고 있다고 한다. '나'라는 사람이 이들 균 없이는 건강하게 살지 못하는 것이다.

불교에서는 세상을 삼천대천세계三千大千世界라고 밝힌다. 하나의 태양, 하나의 달이 있는 태양계가 1,000개 모인 것이 소천세계(은하계), 다시 소천계가 1,000개 모인 것이 중천세계, 중천계가 1,000개 모인 것이 대천세계이다. 우리가 가늠할 수 없는 어마어마한 세계가 우주이다. 우리 눈에 보이지 않는 미생물의 세계도 그 우주와 같다고 할 수 있다. 그런 점에서 인간은 얼마나 미약한 존재이고, 또 얼마나 강력한 존재인가.

지나친 깨끗함은 우리 욕심이 만들어낸 것이다. 거기에는 나만 살겠다는 생각이 스며 있다. 농약을 비롯하여 세제, 샴푸, 플라스틱 도마, 1회용 플라스틱 용기 등 우리 몸을 깨끗하게 만들고 깨끗하게 먹으려고 만든 제품들은 물과 흙 속으로 들어가 다른 생명들을 죽이고 그것이 결국 우리 삶을 위험하게 만들고 있다. 인위적으로 쉽고 빠르고 편리하게 만드는 '깨끗함'은 경계해야 한다. 간단한 약품으로 해결된다거나 한 번에 세균을 모조리 없앤다거나 하는 솔깃한 광고는 조심해야 한다. 정말 우리가 원하는 깨끗함에 대해 의심하고 다시 살펴야 한다.

음식에서 깨끗함의 기준은, 제철에 나는 재료들을 깨끗이 물로 씻어 조리하고, 가공식품을 자제하고, 첨가제와 조미료를 쓰지 않는 것. 플라스틱보다 자기류나 스테인리스 그릇을 쓰고, 뜨거운 물에 삶거나 자연 세제를 이용하여 닦고, 비누로 손을 깨끗이 씻는 것이다. 예로부터 사찰에서는 쌀뜨물과 시금치 등 채소 삶은 물, 다구를 씻은 퇴수로 그릇을 닦고 맑은 물로 헹구었다. 기름기 없는 가벼운 설거지는 사실 물로 깨끗이 씻어 햇볕을 쬐거나 물기를 완전히 말리는 것이 가장 좋고 또 충분하다. 무엇보다 청정한 마음을 갖고 요리하겠다는 것은, 깨끗함에 대한 올바른 기준으로 부지런하게 손을 놀리겠다는 마음으로 시작해야 한다.

◎ **유연, 섬세하게 살피는 마음**

어른스님의 공양을 맡은 분이 고민을 털어놓았다. 아침에 올린 된장국이 짜다 하시기에 점심때는 된장을 덜 넣어 끓여드렸단다. 그런데 이번에는 싱겁다 하셨다며, 어른스님 입맛 맞추기가 어렵다고 했다. 정말 어른스님의 입맛이 특별한 것일까. 아침에 우리 몸은 감각이 덜 깨어난 상태이므로 같은 간이라도 국이 짜게 느껴진다. 반면 몸의 에너지가 활발해지는 점심때는 같은 간이라도 싱겁게 느껴지는 것이다. 된장국은 반드시 된장 몇 숟갈을 넣어야 한다는 정석이 없는 셈이다. 아침에 먹느냐, 저녁에 먹느냐, 음식을 먹을 사람의 몸의 상태는 어떤가, 어떤 음식과 같이 먹느냐에 따라 된장의 양이 달라져야 하는 것이다.

유연은 부드럽다, 순하다, 따른다는 뜻이다. 음식을 하는 사람은 자기 입맛이 아니라 먹는 사람의 몸과 마음 상태를 살펴서 이에 맞게 음식을 만들어야 한다. 채소를 좋아하지 않는 아이, 소화력이 약한 노인, 몸이 아픈 이 등 어떤 사람이 먹느냐에 따라 그에 맞는 음식과 조리법을 살펴야 한다. 마음이 우울한 사람에게는 마음을 달래줄 수 있는 음식으로 울적한 마음을 풀어주는 것이 음식을 하는 사람의 도리다. 수행 정진에 열중하는 스님은 짜고 맵지 않으며 위에 부담이 가지 않는, 담백한 음식을 만들어야 바른 공양이다. 성품이 온화하고 기분이 자주 가라앉는 사람은 고추장을 이용한 음식으로 기분을 살리고, 반대로 들뜨고 에너지가 넘치는 사람은 된장을 이용한 음식이 좋다.

유연은 궁극적으로 마음을 고요하게 하고 깨어 있도록 하는 데 있다. 유연은 곧 성내지 않는 마음, 욕심 없는 마음이기도 하다. 부처님은 "성냄은 생명조차 앗아간다."고 하셨다. 인간의 모든 불행은 화를 내거나 욕심을 부리는 것에서 시작된다. 성내는 마음이 있는 그대로의 실재를 보지 못하게 가로막기 때문이다. 유연은 다른 말로 중도中道이다. 세상의 모든 것은 고정되어 있지 않다. 무엇에 고정되거나 한쪽으로 치우치지 않는 것이 바로 중도이다. 불교에서는 일방적으로 한쪽으로 치우치는 것을 멀리 하라고 한다. 중도는 곧 조화로움, 자연스러움이다. 음식도 마찬가지이다. 계절과 음식 재료의 특성, 음식을 먹는 사람의 몸 상태 등에 따라 요리법이 달라진다. 경전을 보면, 계절과 시기에 따라 먹어야 할 음식이 다르다고 쓰여 있다. 계절마다 변화되는 땅과 하늘의 기운에 따라 우리 몸의 반응이 달라지기 때문이다.

예를 들면, 바람이 불고 땅의 기운이 강한 봄에는 호흡기 질환이 일어나기 쉬우므로 머위나물이나 쑥 같은 쓴맛이 나는 요리를 먹어야 한다. 더운 여름에는 보리처럼 기질이 찬 음식을, 햇볕이 부족한 겨울에는 햇볕을 잔뜩 머금은 말린 나물류를 먹으면 좋다. 이렇듯 계절마다 나의 체질과 기질에 따라 적당한 음식이 따로 있다. 녹차가 좋다고 하지만, 녹차를 마시기 전에 내 몸에 녹차의 기운이 맞는지, 그리고 얼마만큼 적당하게 먹어야 좋은지를 알아야 하는 것이다.

또 아침에는 잠든 몸속 장기를 깨우기 위해 맑은 음식을, 위장이 가장 활발하게 활동하는 점심에는 다양한 음식을 적당히 먹고, 저녁에는 과식을 피하여 숙면을 취해야 한다. 자연의 흐름에 맞춰 음식을 먹어야만 몸과 마음의 지혜를 위한 음식 섭취가 되며, 비로소 깨달음을 얻을 수 있기 때문이다. 사찰음식의 맛을 정의한다면 '무無'이다. 무엇에도 치우치지 않는 중도의 맛이다.

지방에서 사찰음식 강의를 들으러 오는 중년의 남자가 있었다. 일주일에 한 번, 아침 10시에 시작하는 수업에 맞춰 새벽에 올라오는 강행군을 한 지 1년. 여성들 틈에서 우직하게 견뎌내고 드디어 수료식을 맞은 날이었다. 그의 소감을 듣고 박수가 쏟아졌다. 중년 남성이 음식 강좌에 참여한 용기도 놀랍지만, 그가 지방의 한 대학에서 철학을 가르친다는 것과 '음식'에 대한 철학 이야기에 모두가 공감을 한 것이다. 그의 소감은 이랬다.

"남성인 저 때문에 여러분 요리 실습하는 데 번거롭지 않으셨는지요? 매번 실습 때 가만히 얻어먹기만 하고, 그래서 설거지라도 열심히 했습니다. 저는 대학에서 철학을 가르치고 있습니다. 철학은 더불어 살아가는 법에 관한 방법을 연구하는 학문입니다. 더불어 살아가는 가장 좋은 방법은 무엇일까, 생각 끝에 저는 '음식'이라고 결론 내렸습니다. 그 점에서 보면 음식은 철학의 끝인 셈입니다. 그렇다면 어떤 음식을 먹어야 할까요? 바로 사찰음식입니다. 자연과 인간, 인간과 인간이 더불어 살아가도록 하는 철학이 사찰음식에 깃들어 있기 때문입니다. 나 아닌 다른 생명에 대한 사랑과 배려야말로 조화롭고 화합하는 세상을 만드는 가장 중요한 조건입니다. 사찰음식은 바로 세상 모든 존재를 이롭게 하는 조화의 음식, 하모니 푸드(Harmony food)입니다."

◎ 여법, 동그랗게 법대로 살아가다

　일본 방송에서 집안의 가업인 초밥집을 물려받으려는 딸의 이야기를 본 일이 있다. 아버지는 딸의 제안을 거절했다. 남자보다 손에 열이 많은 여자는 맨손으로 만드는 초밥 요리에 적합하지 않다고 했다. 딸이 포기할 줄 모르자 아버지는 한 가지 조건을 걸었다. 사찰에 가서 스님들이 만드는 음식의 법도를 배워오라는 것이었다. 딸은 그 길로 사찰로 갔다. 딸에게도 물려주고 싶지 않을 만큼 자신의 업에 자긍심을 가진 최고의 요리사. 그는 사찰음식의 어떤 점을 딸이 보고 배우고 깨닫기를 원했던 것일까.

　절집 음식은 부처님 법法을 따른다. 바로 여법이다. 부처님 법이란 자연의 이치와 질서이다. 한 그릇 음식이 내 앞에 놓이기까지의 모든 과정에서 자연의 순리를 거스르지 않아야 한다. 요리는 자연과 인간, 생명을 연결해주는 일이다. 인간 스스로 만물의 영장이라고 하지만, 자연계의 모든 생명은 상생하고 공존한다. 어떤 생명도 우월하거나 열등하지 않다. 평등하다. 인간도 개미나 꿀벌처럼 자연의 일부로 살아갈 뿐이다.

　우리가 일반적으로 갖고 있는 생명관은 피라미드식 생명체계이다. 인간이 상위에 있고 차례로 동물을 지배한다는 것이다. 그러나 불교는 동그란 원의 생명관이다. 동그란 우주 안에 모두가 공생한다. 거기에는 부처님도 있고 사람도 있고 동물도 있고 식물도 있고 바람도 있고 공기도 있고 물도 있고 흙도 있다. 모두가 평등하다. 이 모든 것들은 절대 혼자 존재할 수 없다. 흙 속의 양분을 먹고 과일이 열리고, 동물이 그 과일을 먹고 배설을 하고 다시 그 배설물로 땅이 비옥해진다. 우리가 먹는 한 알의 과일에는 보이지 않지만 수많은 생명들의 자비와 베풂이 담겨 있다.

여법은 이 자연의 흐름을 거스르지 않는 것이다. 농부는 자연의 순리를 따라 다른 생명을 해하지 않고 심고 가꾸고 거둔다. 마치 벌이 꽃을 다치지 않게 하고 꿀을 따듯이 음식을 만드는 사람은 그 음식 재료 앞에서 겸손한 마음으로 약이 되는 음식을 만든다. 그리고 음식을 먹는 사람은 이 음식이 오기까지 수많은 이들의 노고와 희생된 생명에 감사하는 마음을 갖는다. 상차림도 여법해야 한다. 소화와 입맛을 돋우는 간장을 상 가운데 놓거나, 김치를 그릇에 담아낼 때도 줄기와 잎이 골고루 섞이도록 한다. 많이 먹어도 되는 음식은 큰 그릇에, 꼭 먹어야 하는 음식은 작은 그릇에 담고, 밥은 식지 않도록 우묵한 그릇에, 뜨거운 국은 넓적한 그릇에 담는다. 그릇에 담을 때도 수북하게 넘치도록 담지 말고 알맞게 담아 음식의 모양새를 배려한다.

즉, 여법하게 음식을 만들고 먹는 데는 자비와 베풂이 깃들어 있어야 한다. 그것은 모든 생명의 어울림을 위한 것이며, 그 어울림 속에 나도 있게 된다. 오랫동안 양계업을 하는 분이 암에 걸려 나를 찾아왔다. 자신이 왜 암에 걸렸는지 이해가 안 되었지만, 곰곰 생각하니 달걀을 세척할 때 자신도 모르게 흡입한 살균제 성분 때문인지도 모르겠다고 했다. 또 다른 분은 종종 나에게 달걀을 보내주는데, 산에 울타리를 쳐놓고 닭을 풀어놓고 키우고 있다. 하루는 이 분이 전화로 싱글벙글 닭 자랑을 늘어놓았다.

"스님, 우리집에 36개월이나 된 닭이 알을 아주 잘 낳아요. 사람으로 치면 할머니 닭인데 아직 팔팔합니다. 하하."

닭이 건강하고 행복하니 농부가 건강하고 행복하고, 농부가 지은 건강한 농산물을 먹는 나도 건강하고 행복해진다. 자연의 한 생명으로서의 나의 역할은 무엇인가를 다시 한 번 생각케 한다.

불교에서 깨달음은 정신적인 혼탁함을 없앤 청정한 마음 상태에서 구할 수 있다. 청정한 마음을 가지려면 계율을 지켜야 한다. 밭에 씨앗을 심으면 기다리지 않아도 저절로 잎이 나는 것처럼 계율을 지키면 저절로 마음이 깨끗해진다. 음식을 만들 때에도 자연의 순리를 따른다면 저절로 마음의 평화를 얻을 수 있다. 무정의 식물, 유정의 동물이 베풀어준 자비로움을 먹는 우리도 똑같이 베풀고 나누는 마음이어야 한다.

맛과 맛,
어울림으로
더욱 깊어지다

몇 년 전 불교, 천주교, 원불교 여성 성직자들과 각 종교의 성지를 함께 순례한 일이 있다. 우리나라의 원불교 발상지인 전남 영광에서 출발하여, 유럽의 교회와 성당에서 예배를 보고, 예루살렘 성지를 둘러본 뒤 인도의 불교 성지에서 평화 기도회를 가졌다. 그리고 티베트의 정신적 지도자 달라이 라마를 만나 대화를 나누기까지 20여 일 동안 이뤄지는 긴 여정이었다.

수녀, 비구니, 교무 등 다양한 종교를 대표하는 우리는 처음에는 데면데면했다. 짧지 않은 일정에 보이지 않는 갈등도 없지 않았다. 종교적 신념이 다르고 몸에 밴 습관이 다르기 때문이다. 물론 서로의 종교 예법에 대한 강요는 없었지만, 상대 종교에 대한 배려는 충분하지 않았다. 부처님이 깨달음을 얻은 녹야원에서 기도를 할 때는 수녀님들이 절을 하지 않았고, 성당에서는 외국인 신부가 비구니 스님에게 주기도문을 읽게 하는 당황스러운 상황이 이어졌다.

그러나 순례가 끝나갈 무렵, 우리는 마치 자매처럼 손을 잡고 다녔다. 로마 시내 거리에서 나는 평소 입에 대지 않던 아이스크림을 수녀님들과 한 입씩 나눠 먹으며 돌아다녔다. 우리가 마음을 연 것은 같이 밥을 먹고 걷고 자고 일상을 함께 하면서였다. 어느 순간 성직자 이전에 여성으로서, 또 인간으로서 마음이 통하면서다. 예수가 십자가를 지고 피눈물을 흘리며 걷던 골고다 언덕에서는 스님도 함께 눈물을 흘렸고, 인도의 부다가야에서는 비참하게 살아가는 불가촉천민들을 위해 수녀님들이 앞장서서 기도했다. 상대의 종교를 이해하려는 마음이 모두를 함께 어우러지도록 했다.

부처님이 깨달음을 얻고 처음으로 설법한 녹야원에서 우리는 함께 탑돌이를 하고, 평화를 위한 기도와 명상을 했다. 주위에는 외국인들이 신기한 눈빛으로 우리를 바라보고 있었다. 스님과 수녀, 서로 다른 종교인이 한자리에 모여 기도하는 모습은 얼마나 평화로운가. 어떤 법문이 이보다 훌륭할까. 서로 다른 종교인이 한자리에서 각자의 방식으로 기도하고 어우러지는 모습은 참으로 아름다웠다.

사찰음식이 추구하는 최고의 맛은 조화로움에서 비롯한다. 혀로 느끼는 맛이 아니라 재료와 재료가 어우러진 맛이다. 각 재료의 특성은 다른 재료와 서로 조화를 이루고 보완해준다. 맛으로 따지면 육미가 고르게 갖춰진 맛이다. 단맛, 신맛, 쓴맛, 짠맛, 매운맛, 떫은맛, 이 여섯 가지가 육미이다. 요즘 채식에 대한 관심이 높아지고 채소를 많이 먹으려 하지만 대부분 단맛에 편중되어 있다. 마트에 진열된 채소들을 보면 감자

양파, 가지, 당근, 오이, 표고버섯, 호박, 양배추 등 모두 단맛 일색이다. 단맛에 길들여진 탓에 쌉싸래한 채소도 달디 단 소스를 뿌려 먹는다. 단맛이 곧 '맛있다'와 연결되는 것이다. 이렇게 길들여진 혀는 채소 등 재료 본연의 향과 맛을 제대로 느끼지 못한다. 혀는 단순하다. 무엇을 먹을지 생각한다는 것은 식단을 고르는 일뿐만 아니라 맛의 어울림도 생각해야 한다. 소화는 곧 절제, 맛의 절제에서 시작한다.

육미, 여섯 가지 맛에 대해 살펴보자. 단맛은 뇌에 꼭 필요하다. 우리 몸의 에너지원이다. 그러나 인공적으로 만든 단맛은 조심해야 한다. 신맛은 식욕을 돋워주고, 비위와 간장의 기능을 튼튼히 한다. 인과 칼슘의 흡수를 돕고 몸에 들어오자마자 에너지를 만들고 피로물질인 젖산을 빨리 분해한다. 몸이 피곤하고 지칠 때는 단맛과 신맛이 어우러진 맛의 음식이 좋다. 매실, 석류, 사과, 레몬, 귤, 유자, 포도 등이 신맛을 가진 식품이다. 이 또한 지나치게 많이 먹으면 소화기능이 떨어진다.

짠맛은 딱딱한 것을 부드럽게 해주고 신장을 보하며 혈액 건강에 유익한 점도 있다. 짠맛은 해조류나 바닷가 근처에서 나는 나물들에 많이 함유되어 있다. 함초, 다시마, 톳, 미역 등이 있다. 하지만 짠맛, 정확히 염화나트륨도 단맛처럼 넘치면 좋지 않다. 염화나트륨만 정제한 맛소금은 몸에 해롭다. 또 건강을 위해 소금을 적게 섭취하는 사람들이 늘어나지만 저염식이 모두에게 좋은 것은 아니다. 자연 식품으로 섭취하는 짠맛이 가장 이상적이며, 내 몸의 상태에 따라 짠맛을 조절해주어야 한다.

쓴맛은 대체로 열을 내리고, 습한 기운을 말려주며, 위를 튼튼하게 한다. 쓴맛은 깊은 감칠맛으로, 음식의 맛을 제대로 음미할 줄 아는 사람이 좋아하는 맛이기도 하다. 씀바귀, 달래, 치커리, 머위, 인삼, 도라지 등 쓴맛이 나는 음식 재료들은 한결같이 건강식으로 유명하다.

매운맛은 몸에서 땀과 열을 나게 하는 발산작용으로 기혈을 잘 통하게 해 혈액순환을 돕고, 우울한 기분을 없애준다. 생강, 고추, 파, 마늘, 무, 고추냉이, 부추 등이 다 매운맛이다. 매운맛이 지나치면 간에 해를 미치고 눈이 나빠지는 결과를 초래한다.

떫은맛은 삭힌 맛이라고도 한다. 떫은맛이 나는 음식은 거의 다 삭혀서 먹기 때문이다. 삭힌 맛을 모를 경우, 발효 식품을 생각하면 된다. 감도 떫은 것을 먹으면 탈이 난다. 또 대표적인 떫은맛이 우엉과 연근이다. 우엉과 연근의 떫은맛을 우리기 위해 물에 담그는 사람도 있는데 절대 금물이다. 떫은맛의 약효와 맛이 다 빠지기 때문이다.

편식은 몇 가지 음식만 가려 먹는 것을 뜻하지 않는다. 한 가지 맛을 좇아가는 것이다. 달고 맵고 기름진 맛만 '맛있다'고 느끼는 것이 편식이다. 아이들 입맛이 잘못 길들여지면 부모들은 계속 따라갈 수밖에 없다. 삶도 마찬가지이다. 편식처럼 음식에 대한 절제가 잘 되지 않는다는 것은 마음이 잘 조절되지 않는다는 뜻이고, 이는 일상생활 역시 절제하지 못하는 원인이 된다. 음식은 곧 삶의 바탕이기 때문이다. 사찰음식이 담백하고 자극적이지 않은 것은 바로 절제를 지향하기 때문이다.

맛은 여섯 가지만 있는 것은 아니다. 두 가지 맛이 서로 더해지기도 하고, 세 가지 또는 네 가지로 어우러지는 등 끝이 없다. 우리는 혀로만 맛을 느끼지 않는다. 재료에 대한 기억과 시각적 아름다움, 음식에 대한 기억들, 고마움, 요리하는 이에 대한 마음, 추억 등 수많은 이야기로서의 맛을 느낀다. 그래서 맛에는 '음식의 맛, 기쁨의 맛, 기氣의 맛이 포함된다. 음식의 맛은 식품 그 자체가 주는 맛이고, 기쁨의 맛은 음식으로 인해 마음이 기뻐지는 맛이다. 기의 맛은 수행과 공부로 얻어지는 맛이다. 불가에서 가장 중요시하는 맛이다. 사찰음식의 근본은 기의 맛이다. 수행을 돕는 음식을 먹으면 내면을 관觀할 수 있는 기가 충만해지고 공부가 깊어가게 된다. 그것이 기의 맛이다. 즉 사찰음식은 마음을 닦기에 필요한 기를 보충하는 음식이다.

부처님은 어떤 맛을 좋아하셨을까. 경전에 나오는 글귀이다. "사문 고타마(부처님)는 삼륜이 청정한 음식을 공양 받으며 그 맛에 집착하지 않는다." 부처님은 맛조차 집착하지 않는다고 했다. 부처님은 음식을 입에 넣으면서 깨달음을 추구하는 자세를 잃지 말아야 함을 가르쳐 주셨다. 부처님이 드신 음식이 오늘날의 선식禪食이자 수행식修行食이다. 불가에서 수행식은 삼소의 마음가짐으로 먹으라고 한다. '삼소'는 즐겁게 먹는 소식笑食, 채소를 주로 먹는 소식蔬食, 적게 먹는 소식小食이다. 감사와 기쁨으로 심성을 착하게 만들고, 적게 먹으면서 만족과 절제를 배우고, 채소를 통해 몸의 독을 배출시켜 마음을 편하게 만들어 준다는 것이다. 다시 말해 사찰음식을 먹는 것은 단순히 육체적 건강을

위한 방편이 아니라 몸과 마음을 청정하게 만들기 위한 수행의 한 방법
이다.

불교, 천주교, 원불교 등 여성 종교인들의 모임인 삼소회는 지금도
만남을 이어가고 있다. 각자의 종교에서 열심히 수행하고 봉사하는 삼
소회 사람들은 모임 자리에서 그 간의 이야기를 나누며 서로에게서 많
은 것들을 배우고 상대의 가르침을 받아들인다. 부처님오신날을 함께
기뻐하고 성탄절에는 성당에 가서 함께 기도를 드리기도 한다. 가장 독
선적이기 쉬운 종교인들이지만 상대를 인정하는 마음에서 나는 그 종교
의 위대함과 그 사람의 깊이를 짐작한다. 삼소회의 어우러짐과 조화로
움은 개인의 삶에서도 충분히 실천할 수 있다. 하나로도 완성할 수 있되
음식과 음식, 맛과 맛이 더해져 깊은 맛을 내는 것, 바로 사찰음식이다.

소식, 욕심을
저장하지 마라

불교에서 스님들은 무문관無門關 수행을 한다. 무문관은 문이 없는 곳, 철저하게 폐쇄된 공간에서 외부와 접촉하지 않고 깨달음을 얻을 때까지 용맹정진하는 수행처를 말한다. 바깥에서 자물쇠를 걸어 잠그고, 음식을 넣어주는 쟁반만 한 공양구만이 외부와 연결되는 유일한 통로다. 이 공간에서 스님들은 보통 1년 정도 기간을 정해놓고 들어가는데, 그야말로 목숨을 건 수행이다.

스님이 무문관 수행에 들어가면, 어떤 체질인지 살펴서 음식을 알맞게 넣어 드린다. 하루 한 끼 먹는 공양이지만 원하는 만큼 먹지 않는다. 체질과 몸무게에 맞춰 양과 식단을 조절해야 건강을 유지할 수 있다. 좁은 방에서 운동량이 부족한 상황인 만큼 두 끼, 세 끼를 먹으면 오히려 병이 난다. 음식은 잡곡밥과 된장국, 제철 나물, 과일 조금이다. 매 끼니 저울로 정확하게 무게를 맞춘다. 철저한 식단 관리로 지금까지 무문관 수행을 하며 큰 병을 얻은 스님은 없다. 지난해 3년 동안의 무문관 수행을 끝낸 우학 스님은 『무문관 첫 백일일기』에서 이렇게 말했다.

무문관은 한마디로 공덕의 창고이다. 무문관은 무엇보다 그 공간에 있는 자체가 무문무설無問無說의 공덕이 있다. 듣지 않고 말하지 않는 공덕이다. 사람들은 너무 많은 것을 듣고, 너무 많은 것을 말하기 때문에 '참나' '자기 부처'를 등질 때가 있다.

또한 무문관은 무해무질無害無嫉의 공덕이 있다. 너무 많은 활동, 큰일을 하다 보면 음해와 질투를 받기도 하고, 하기도 하는데 무문관은 외부활동이 중지된 곳이라서 그런 시빗거리에서 근원적으로 벗어나 있다. 그래서 음해도 없고 질투도 없다.

무포무비無飽無肥의 공덕도 빠뜨릴 수 없다. 하루 한 끼만 먹기 때문이다. 음식뿐만 아니라 무문관 안에서는 과도한 탐욕심을 낼 수도, 그 탐욕심을 배불리 저장할 이유도 없게 된다. 명예가 아무 소용없고, 헛된 욕망이 다 불필요한 곳이기에 조건 없이 다 내려놓는 편안함이 그곳에는 있다.

자연히 무명무욕無名無慾의 공덕이 따른다. 게다가 시간(宙)에 쫓길 이유도 없고 공간(宇)을 의식할 이유도 전혀 없는 곳이 무문관이다. 시간과 공간이 정지된 셈이다. 그래서 무문관 수행에는 무주무우無宙無宇의 공덕이 있다고 할 수 있다. 시간과 공간을 그 누구도 간섭하지 않아서 오로지 자기 세상이고, 마음껏 수행할 수 있는 곳이 무문관이다.

아, 얼마나 철저하고 고결한 수행인가. 스님의 수행 일기를 읽는 것만으로도 찬물을 끼얹은 듯 머릿속이 시원해진다. 삶에서 이토록 자신을 내던지고 간절하게 구해본 적이 있는지 사람들에게 묻고 싶다. 인생에서 한 번은 그렇게 오롯이 나를 간구하는 시간을 가지면 좋겠다. 무엇을 해야 한다고 쫓겨 다니며 세월을 다 보내지 말고.

요즘은 너무 잘 먹어서 병에 걸리는 세상이다. 먹을거리가 넘치고, 욕심껏 먹어보라고 부추긴다. 텔레비전에 음식을 먹는 장면이 자주 나온다. '먹는 방송', 먹방이라는 낯선 말도 처음 들었다. 한 청년이 매운 음식을 얼마나 많이 먹는지 자랑하듯 실험하는 것을 보았다. 청년은 비만했다. 그 청년이 내가 왜 지금 이 음식을 먹고 있는가를 한 번이라도 생각하면 좋겠다는 생각이 들었다. 유명해지고 싶은 공명심이거나 어떤 감정적인 문제, 경제적인 이유 때문일지도 모른다. 그러나 어떤 이유라도 '나 자신'의 존재와 '몸과 마음의 건강'보다 중요하지 않다. 그런 식사를 계속한다면 청년은 건강을 잃고 많은 것을 잃을지도 모른다. 부처님은 음식을 제대로 먹지 않으면 그대로의 과보를 받게 된다고 하셨다.

괴로움의 원인으로 탐욕과 욕심을 꼽으신 부처님은 병의 원인에 대해 말씀하셨다.

"충분히 소화도 되기 전에 다시 음식을 먹거나, 과식하거나, 대소변을 오래 참거나, 계를 지키지 않고 나쁜 지식을 얻거나, 또는 법대로 행동하지 않아 피할 수 있는 위험도 피하지 못하는 사람은 병에 걸리고 스스로 수명을 줄인다."

과식을 단명과 병의 원인으로 설명하신 것이다. 또 포식계飽食戒를 설하며, 양껏 먹는 포식의 무서움을 일러주셨다. 『니건자경尼乾子經』에 나오는 말이다.

"사람이 음식을 너무 지나치게 섭취할 때에는 몸이 무거워지고 게으른 마음을 일으키며, 현세와 미래에 있어서 큰 이익을 잃게 될 것이다. …… 잠을 자는데 괴로움을 느끼며 또 다른 사람을 괴롭히고 고민하여 잠을 이루지 못할 것이다. 그런 고로 때에 따라서 절도 있게 음식을 섭취하라."

『증일아함경』에도 과식을 경계하는 글이 있다.

"만약에 과하게 음식을 하면 기氣가 급작스럽게 몸에 꽉 차서 맥박이 고르지 않고 심장을 답답하게 하며 누워도 앉아도 편안치 않고, 그렇다고 음식물 섭취를 많이 줄이면 몸이 마르고 마음이 불안하고 의지가 약해지느니라."

과식의 기준은 단순히 많이 먹는 것에 있지 않다. 먹는 사람의 몸 상태와 그 사람의 운동량, 또 음식의 조리 방법에 따라 과식의 기준이 다르다. 한창 자라는 아이들과 노인의 먹는 음식은 그 양부터 달라야 한다. 노인이 젊을 때와 똑같은 음식을 같은 양으로 먹는 것은 과식이다. 나이가 들면 대사량과 소화력이 떨어지므로 양도 줄이고 조리 방법도 바뀌어야 한다. 같은 채소라도 기름에 튀기거나 기름을 많이 사용하여 먹으면 열량이 높아져 과식이 될 수 있다. 또 날것으로 먹는 채소도 소화가 덜 되므로 그 자체로 과식이 된다. 가장 좋은 방법은 물에 살짝 데쳐 부드럽게 먹는 것이다. 기름에 튀긴 요리는 적당히 맛만 보겠다고 생각하며 먹어야 과식을 피할 수 있다. 건강한 사람에게는 가벼운 당근 주스 한 잔도, 소화력이 약하고 신장이나 간이 좋지 않은 사람에게는 몸에 넘치는 것이 되므로 과식이다. '적당하게' 먹는다는 뜻을 살펴 그때그때 먹는 기준이 달라야 하는 것이다.

현대에는 칼로리를 따지지만, 음식에 어떤 에너지가 들어있는지가 더 중요하다. 일본 영평사에 갔을 때 스님들에게서 들은 이야기다. 영평사는 일본의 천년 고찰이며 수행도량이다. 한 번은 일본 식약청에서 영평사 스님들의 식생활을 살펴보고 칼로리를 높일 것을 권고했다. 스님들은 하루 1,300~1,500 칼로리의 식사를 했는데 너무 적다는 것이다. 그러자 스님들이 이렇게 말했다.

"우리는 대대로 천 년 동안 똑같은 식사를 해오며 건강하게 살아왔습니다. 칼로리라는 단위도 몰랐어요. 식약청이 생긴 지 100년도 되지 않았을 텐데 우리 스님들은 천 년 동안 이렇게 먹어왔으니 너무 걱정하지 마세요."

스님들은 음식의 양보다 에너지로 식사량을 조절한다. 예를 들어, 우엉연근조림 한 접시를 먹더라도 조리법에 따라 차이가 난다. 우엉과 연근을 물에 담그지 않고 집간장에 조청만을 넣어 졸이면 칼로리는 낮으면서도 많은 양을 먹었을 때의 에너지를 담고 있기 때문에 우엉연근조림 한 접시를 먹고도 힘을 낼 수 있다. 보통은 우엉과 연근을 물에 담가 조리하는데 수용성인 영양분이 모두 빠져 나간다. 여기에 기름에 볶고 가공식품인 양조간장과 설탕으로 조림을 하면 칼로리만 높이게 되고 먹었을 때 흡수율을 떨어뜨린다. 같은 우엉연근조림이라도 조리법에 따라 칼로리와 에너지가 달라지는 것이다. 기운을 내려고 많이 먹을 게 아니라 양이 적더라도 에너지가 높은 음식을 먹는다면 소식을 하면서도 과식을 피할 수 있다.

옛날 절집에서는 가난하고 먹을 게 없어 자연스레 소식이 이뤄진 면도 없지 않다. 그러나 오히려 그런 이유로 더욱 섭생에 주의를 기울였다. 기한발도심飢寒發道心이라 하여, 춥고 배고파야 도 닦는 마음이 생긴다고 했지만, 그 시절에도 음식을 담당한 스님들은 부족한 식재료로 좋은 에너지가 담기도록 이런저런 궁리를 하며 건강을 살피고, 건강한 수행이 되도록 도왔다. 소식은 게으름과 욕심을 다스리고 버리기 위한 방편이기도 하지만, 그보다 몸과 마음의 건강에 있다.

발우,
담긴 것을
받아들이겠다는 마음

1960년대 선방 스님들의 생활을 담은 『선방일기』의 한 구절이다.

> 스님들의 공양 태도는 극히 조용하다. 그래서 엄숙하기까지 하다.
> 입안에 식물(食物)이 들어가면 그 식물이 보이지 않도록 입을 꼭 다
> 물고 씹는다. 홀홀거리거나 쩝쩝거리지 않고 우물우물 씹어서 삼킨
> 다. 그렇다고 잘 씹지 말라는 것이 아니고 오래 씹되 조용히 씹고,
> 숟가락 젓가락 소리가 없어야 하고, 발우끼리 부딪치는 소리가 없
> 어야 한다. 그리고 극히 위생적이다. 발우는 자기 발우를 사용하고
> 또 자기 손으로 씻어 먹는다. 숟갈과 젓가락을 넣은 집이 천으로 되
> 어 있고 발우 보자기와 발우 닦개가 있어서 식사도구에 먼지 같은
> 건 침입할 틈이 없다. 발우 닦개는 며칠 만에 빨기 때문에 항상 깨
> 끗하다. 발우는 가사와 함께 언제나 바랑 속에 넣어지고 다닌다.
> 그래서 몇 대를 물린 발우도 있다. 대를 거듭한 발우일수록 권위가
> 있다.

세월이 많이 흘렀지만 스님들의 발우공양 모습은 크게 변하지 않았다. 발우는 사찰에서 승려가 쓰는 밥그릇이다. 본래 뜻은 '적당한 양을 담는 밥그릇'이다. 또 공양의 본래 뜻은 공경하는 마음으로 공물을 부처님께 올리는 것이다. 절집에서는 일반적으로 식사하는 것을 '공양한다'고 하는데, 이는 누군가 공양한 음식을 먹으며 감사하는 마음을 다시 한번 상기시켜 잊지 않으려는 깊은 뜻이 담겨 있다.

사찰에서는 스님들이 대중 방에 모여 각자의 발우에 먹을 만큼 음식을 덜고, 모든 생명과 음식에 대한 감사의 마음이 담긴 '오관게五觀偈'를 되새기며 먹는다. 오관게란 공양할 때 외우는 다섯 구절의 게송이다. '이 음식이 어디에서 왔는가. 내 덕행으로 받기 부끄럽네. 마음의 온갖 욕심 버리고 건강을 유지하는 약으로 알며 진리를 실천하고자 이 음식을 받습니다.' 버리는 것 없이 먹고 감사하며, 음식을 먹음으로써 얻는 힘을 모두에게 유익한 일을 위해 쓰겠다는 다짐이다. 이러한 스님들의 식사예절을 발우공양이라 한다.

불가에서 발우는 매우 중요한 상징물이다. 부처님은 평생 세 벌의 옷과 발우 하나로 살았다. 스님이 되는 계를 받으면 비로소 가사(옷)와 발우를 가질 수 있었다. 또 가사와 발우가 없으면 스님이 될 수 없다. 가사와 발우는 스님의 전 재산이자 평생 받들어야 할 정신이기 때문이다. 가사와 발우는 곧 욕심을 버리고 인내하고 감사하고 자비를 베푸는 삶이 시작된다는 뜻이다. 통도사 용화전 앞에는 돌로 만든 커다란 발우 탑

욕심은 늘 모자라다고 느끼는 마음이고,
행복은 이것으로도 충분하다는 마음이라는 것을
잊지 말아야 한다.

이 세워져 있다. 천 년이 넘는 세월 동안 한자리에 우뚝 서 있는 돌 발우가 전하는 뜻이 바로 그것이다.

부처님 시대에는 한 사람당 발우를 한 개만 쓰도록 했다. 그 이상 갖고 있으면 남는 발우를 주위에 나눠주고 도반들 앞에서 참회하도록 했다. 또 발우는 호화스러우면 안 되었다. 쇠나 흙으로 된 발우를 쓰되, 흙발우가 갈라지거나 새는 경우에도 그 틈을 메워 쓰도록 계율로 정했다. 당시 수행자들은 한 개의 발우에 목숨을 의지하며 평생을 살았던 셈이다. 자기 절제를 통한 무소유를 넘어 결국에는 '있고 없음'의 그 언어조차도 떠나게 되는 대자유가 발우 하나에 담겨 있는 것이다.

발우공양에는 여러 가지 미덕이 담겨 있다. 그 중 몇 가지를 꼽아 보면, 첫 번째 평등정신이다. 수행자들은 스승과 제자, 나이의 많고 적음에 관계없이 모두 한 방에 모여서 공양을 한다. 차별 없이 똑같이 나누어 먹음으로써 세상의 모든 존재가 평등하다는 뜻을 새긴다. 나이가 많다고 하여 스승이라 하여 특별한 대우를 받는 것이 아니다. 각자 자신의 몸에 맞게 스스로 먹을 양을 선택할 뿐이다.

두 번째는 절제와 절약정신이다. 먹을 만큼 덜어서 먹되, 남아 있는 음식을 보고 다음 사람을 배려한다. 또 발우 안의 음식은 밥알 하나, 고춧가루 한 톨도 남기지 않고 깨끗이 다 먹는다.

세 번째 청결정신이다. 각자의 발우에 음식을 덜어 먹고, 의식에 따라 발우를 깨끗이 닦는다.

네 번째 공동체 의식이다. 승가 생활은 철저하게 공동생활이다. 공동생활은 '나'를 내세우면 불가능하다. 한 솥에서 음식을 만들어 같은 공간에서 같은 시간에 먹는 발우공양을 통해, 나보다 다른 사람의 시간을 소중히 하고 배려하고 나눈다. 내가 좋아하는 것만 양껏 먹지 않는다. 다음 스님을 위해 조금 먹고 한 바퀴 모두 돌고 나서 남은 음식이 있다면 더 먹어도 좋다.

다섯 번째 감사와 자비 정신이다. 이 음식이 내 앞에 놓이기까지 수고한 사람들과 모든 자연 생명체에 대한 감사다. 채소 한 뿌리에 깃든 흙과 물, 햇볕, 바람, 농부의 노고 등 온 생명의 수고로움을 생각하고 과연 내가 먹을 자격이 있는 것인지 돌아본다. 그리하여 이 음식을 먹고 말 한 마디라도 친절하게 눈빛 한 번도 부드럽게, 자비를 베풀어 세상을 이롭게 만들 마음을 내는 것이다.

요즘은 템플스테이를 통해 많은 사람들이 사찰에서 발우공양을 체험한다. 발우공양을 경험해본 이들은 이후 음식을 남기지 않으려 애쓴다는 말을 들었다. 생각하며 먹게 되었다는 뜻이다. 또 맛에 대해 맛있다, 맛없다 등 즉각적인 감별을 자제하게 되었다는 이들도 있었다. 이들 모두 발우공양에 깃든 미덕을 몸과 마음으로 이해한 것이다.

지난해 세계슬로푸드 대회에서 백여 명의 외국인들과 함께 발우공양을 한 일이 있다. 절집이 아닌 넓은 공간에서, 서로 언어가 다른 전 세계 백여 명 사람들 모인 자리에서 진행한 발우공양은 감동이었다. 발우공양을 시작하면서 나는 이런 말을 했다.

"옷깃만 스쳐도 인연이라는 데 오늘 이렇게 여러분과 밥을 나눌 수 있으니 얼마나 큰 인연인지요. 오늘, 여러분에게 드리는 것은 음식이 아닙니다. 우주의 생명입니다. 이 음식에는 물, 땅, 공기 등 온 우주의 생명의 들어 있습니다. 한 번 생각해보십시오. 이 음식이 어디에서 왔을까요. 한 방울의 물에도 온 우주의 생명이 들어있고 한 알의 곡식에도 수많은 사람의 노고가 담겨져 있습니다. 나는 이 음식을 먹을 자격이 있는가. 잠시 생각해봅니다. ……따라해보십시오. 정성스럽게 마련한 이 음식으로 배고픔을 달래고 바른 마음과 바른 생각으로 인류를 위하여 봉사하겠습니다."

합장하고 순서대로 발우에 먹을 만큼 밥과 반찬을 담고, 한 숟가락씩 천천히 씹으면서 농부의 수고로움을 느끼며, 씹는 느낌과 소리, 맛을 음미하도록 했다. 그리고 이 음식이 내 입을 통해 어디로 흘러가는지 살펴보게 했다. 발우공양이 진행되는 동안 처음부터 끝까지 고요했다. 공양을 마친 뒤 모두의 얼굴에 고요함과 작은 기쁨, 감사함이 서려 있었다. 발우공양을 체험한 한 외국인은 이렇게 말했다.

"저는 급하게 먹는 습관이 있습니다. 무엇을 먹는지 보지 않았지요. 그런데 발우공양을 통해 마치 인생의 뭔가를 발견한 기분이 들었습니다. 음식에 대한 고마움, 존재하는 것에 대한 기쁨 같은 것이요."

발우공양에는 세상의 도道가 모두 들어 있다. 올바른 수행자들이 하나의 발우에 담긴 것으로도 만족하고 충분함을 느끼듯, 우리도 하루

하루 주어진 일상에 감사하는 삶의 태도를 가져야 한다. 욕심은 늘 모자라다 느끼는 마음이고, 행복은 이것으로도 충분하다는 마음이라는 것을 잊지 말아야 한다. 발우공양의 의미를 오늘 나의 밥상에서 되새겨 보자.

자연의 맛을
최대한 살리는
요리법

⌣

_____인스턴트 음식이 정말 시간을 절약해주는가

인스턴트 식품은 시간을 절약하려고 만들어졌다. 그런데 실제 얼마나
많은 시간을 절약하고 있을까. 요즘 사람들에게 인스턴트 음식은 습관
이다. 음식을 만들지 않으니, 요리는 귀찮고 번거롭고 복잡하고 어려운
일이 되어버렸다. 요리할 시간이 있어도 간단하게 때울 궁리를 먼저 내
는 것이다. '쉽고, 간단하고, 편리하게' 이런 현대 문명의 미덕은 우리의
머리를 무엇이든 '쉽고 간단하게' 길들인다. 감정, 인간관계, 일에서 조
금만 복잡해지면 금방 피곤해지고 스트레스 받고 스스로를 깎아내리기
까지 하는 것이다.

자, 휴일 혹은 퇴근이 좀 이른 날이라면, '얼른 라면이나 끓여 먹고 잠이
나 자야지'라는 생각을 바꿔 된장찌개라도 보글보글 끓여보라. 나를 위
한 요리들, 무언가를 직접 만들어 먹으려는 궁리를 해보라. 요리는 결코
시간을 낭비하지 않는다. 대충 생각 없이 먹는 음식들이 우리의 많은 것
들, 건강과 삶의 즐거움, 작은 기쁨들을 앗아가고 있다.

건강한 짠맛, 간장에서 찾다

스님들이 건강한 이유 중의 하나는 짠맛의 기준이 다르기 때문이다. 사람들은 절집 음식이 짜다고 말한다. 하지만 사실 바깥 음식이 더 짜다. 그럼에도 바깥 음식이 짜지 않게 느껴지는 것은 음식에 넣은 화학 조미료와 단맛, 매운맛이 짠맛을 가리기 때문이다. 외식하고 나서 '짜게 먹지도 않았는데 왜 물이 당기지?'라는 경험은 한 번쯤 해보았을 것이다. 짜지 않다고 느끼는 음식이 반드시 염도가 낮은 것은 아니다. 절집에서 짠맛은 주로 메주를 발효시킨 간장으로 맞춘다. 발효 간장은 그냥 짠맛이 아니라 각종 미네랄과 단백질이 풍부하다. 각종 미네랄 성분이 풍부하게 들어있는 염화나트륨에서 짠맛의 나트륨(Na) 성분만 모은 것이 정제염이다. 지나친 염도는 혈압을 올리고 혈관을 손상시킨다. 발효 간장은 영양이 풍부할 뿐 아니라 소화를 돕는다. 전통 밥상에는 반드시 간장한 종지가 가운데 놓여 있다. 어른들은 맨 먼저 숟가락을 들어 간장을 콕 찍어 먹는 것으로 식사를 시작했다. 입맛을 살리고 소화를 돕는 우리 조상들의 지혜이다. 사찰에서도 아침 죽식에는 반드시 집간장이 곁들여진다. 또 사찰음식이 소화가 잘 되는 것은 바로 발효 간장으로 간을 맞추었기 때문이다. 사찰에서 요리 잘하는 스님이라 하면, 장을 잘 담는 스님을 가리킨다.

발효 음식을 먹어라

화학 조미료, 계절에 맞지 않는 음식과 화학적 처리로 만든 간장, 고추장, 된장들. '제대로 된 장'은 우리 식탁에서 가장 중요한 음식이다. 음식은 약이 되기도 하고 독이 되기도 한다. 그래서 그것을 중화시켜 먹어야 하는데 그 중화제가 '장'이다. 음식과 발효 음식이 함께 어우러져야 몸에 흡수가 된다. 모든 식재료는 간장 된장 고추장으로 중화시켜야한다. 서양음식도 마찬가지이다. 발사믹 식초나 치즈를 곁들이고, 고기

225

에는 와인을 곁들여 먹는다. 서양의 주식인 빵은 발효음식이다. 내가 아는 프랑스 주방장은 스파게티를 먹을 때 꼭 김치를 곁들인다. 그래야 속이 편안해진다는 말에 크게 웃은 일이 있다. 그러나 우리가 주식으로 먹는 쌀은 발효가 이뤄지지 않았다. 그래서 반드시 발효 음식, 간장 된 장 김치 등과 같이 먹어야 소화 흡수가 잘 된다. 그런데 이런 발효 음식이 각종 첨가제와 화학성분으로 오염되어 있으니 건강에 이런저런 문제가 생기는 것이다.

_____ 전체식, 하나의 재료가 온전하게 들어가도록 하라

사찰음식은 전체식을 지향한다. 기본적으로 재료의 껍질, 뿌리, 속 등 모두 버리지 않고 최대한 활용하고, 또 하나의 재료 전체가 음식에 온전하게 어우러지도록 한다. 얼어버린 식재료도 버리지 않고, 참외 껍질이나 늙은 호박 속도 긁어서 무침이나 부침으로 해먹는다. 수박의 파란 겉질도 썰어 무치거나 장아찌로 먹고, 말렸다가 차로 마신다. 우엉 껍질도 칼등으로 살살 긁는 정도로 벗겨 조리한다. 무는 세로로 길게 자르는데 파란 밑동 부분과 끝부분이 맛이 다르다. 배추 역시 세로로 찢어 줄기와 잎을 같이 먹는 것이 좋다.

이는 식재료를 낭비하지 않는 것도 있지만, 영양소를 빠짐없이 섭취하고 전체가 어우러진 맛을 위해서다. 아무리 작은 것이라도 귀히 여기고 정성을 들여 요리하는 마음이 바로 사찰음식을 대하는 자세이고 그렇게 만든 음식이 몸에 좋다. 또 재료에 따라 다르지만, 말린 채소나 미역을 불릴 때는 살짝 씻어 건진 채 놔두면 겉에 묻은 수분이 스며들어 불어난다. 물에 담가 불리거나 나물 데친 물은 버리지 않고 국을 끓일 때 쓴다. 버섯의 딱딱한 밑동은 버리지 않고 물에 불려 간장에 조리면 맛이 일품이다. 본래의 맛을 그대로 조리하는 것, 사찰음식의 원칙이다.

정제하지 않은 자연 그대로의 식품을 먹어라

사찰음식은 주로 사찰 인근에서 식재료를 구한다. 자연의 순리를 따라 거두고 재배한 자연 식품을 조리해 먹기 위해서이다. 음식은 최대한 원형질 그대로 조리하여 먹되 각 식재료가 부족한 기운은 다른 식재료로 보완하여 먹는다. 자연 식품은 자신의 성질을 그대로 갖고 있는 것을 말한다. 반면 정제 식품은 자연 식품에서 특정 영양 성분만을 뽑아 모은 것으로 맛과 편리함을 위해 인위적인 과정을 거친 식품이다. 거친 부분(섬유질)을 깎아낸 흰밀가루, 백미, 백설탕 그리고 단맛만 추출하여 농축한 옥수수시럽(액상과당) 등이 대표적인 정제 식품이다. 영양 성분이 균형 있게 담긴 자연 식품에 비해 정제 식품은 영양의 균형이 깨져 있으므로 우리 몸 안에서도 불균형을 일으킨다. 가령, 섬유질은 영양소는 아니지만, 우리 몸에서 곡물의 영양분이 천천히 분해되도록 돕는다. 섬유질이 제거된 정제 곡물은 빨리 흡수가 되어 위와 대장 등 장기에 무리를 준다. 현대인의 대표적 성인병인 당뇨는 췌장의 기능이 떨어져 당을 분해하는 인슐린이 적게 나와 생긴다. 또 섬유질은 몸속의 찌꺼기와 독소를 배출시키는 역할을 한다. 섬유질이 부족하면 몸속의 독소가 쌓이게 되므로 병을 일으키는 원인이 된다.

햇빛을 쪼인 채소와 과일을 먹어라

비닐하우스에서 자란 채소와 과일은 노지에서 자란 것보다 영양 성분이 온전하지 않다. 크기가 고르고 예쁘고 상처 없는 것은 하우스 재배일 확률이 높다. 호박도 비닐을 입혀 크기가 고르게 하는데, 되도록 비닐 재배를 하지 않은 호박을 선택한다. 비, 바람, 햇볕 속에 자란 것들은 벌레 먹고 상처 입고 빛깔도 고르지 않지만 영양은 높다. 햇빛 받고 자란 복숭아는 봉지를 씌워 키운 복숭아 10개보다 영양가가 더 높다고 한다. 각종 나물도 햇빛에 쪼이지 않고 건조실에 말리는 경우가 대부분이다. 시장에서 구입한 건조 채소들은 아파트 베란다 혹은 마당에 널고 햇빛에 한 번 더 말려 먹는 것이 좋다.

_____자연을 살리는 요리법

● 재료를 씻고 다듬는 법
- 채소는 부드럽게 씻는다. 세게 흐르는 물에 씻거나 흔들어 씻으면 풋내가 나고 맛이 없어진다.
- 무는 껍질째 먹는다.
- 우엉, 연근은 물에 담그지 않는다. 물에 우려야 할 채소류는 따로 있다.
- 배추는 반드시 씻은 다음 소금에 절인다. 나물도 씻어서 데친다.
- 채소를 삶을 때 소금을 넣으면 좋고, 나물을 건져낼 때 차가운 물을 한 바가지 붓는다.

● 그릇에 담고 상에 놓는 원리
- 그릇마다 크기와 모양이 다른 이유가 있다. 밥그릇은 밥이 식으면 맛이 덜하므로 우묵하고, 국그릇은 뜨거운 국을 식히기 위해 입이 넓다. 장아찌나 간장을 담는 그릇이 작은 것은 짜니까 적게 먹으라는 의미가 있다.
- 김치나 된장 등의 발효 음식은 가운데 놓으며, 밥을 한 술 뜨기 전에 발효 음식부터 맛본 후 먹는다.

● 바르게 먹는 법
- 아침은 뇌가 막 활동하므로 가볍게 먹되 거르지 않는다. 위가 활발한 점심은 알맞게 먹으며, 늦은 밤에는 간장, 신장이 활동하므로 간단하게 먹는다. 아침, 점심, 저녁의 음식 양은 30:50:20 비율로 먹는

다. 몸의 상태, 체력, 하는 일에 따라 밥 먹는 횟수와 양, 비율이 다를 수 있다.

- 제철에 따른 음식재료로 만든 체질에 맞는 음식을 먹는다. 어떤 사람에게는 약이 되는 음식이 어떤 사람에게는 독이 될 수 있다.

● 양념과 조리법

- 좋은 맛은 좋은 재료에서 나온다. 좋은 재료에 맞는 양념을 쓴다.
- 굽고 튀기기보다 끓이고 삶고 데치고 무쳐 먹는다.
- 된장찌개는 모든 재료가 익은 뒤 마지막에 된장을 풀고 끓으면 불을 끈다.
- 무청, 배추, 우거지 등을 요리할 때는 미리 된장과 버무려 무청, 배추, 우거지의 강한 맛이 중화되게 한다.
- 밀가루는 호박, 무 등과 함께 먹어야 탈이 없다
- 비닐하우스 채소는 열에 쉽게 상하기 때문에 손으로 버무리지 말고 젓가락으로 살살 버무린다.

3장_____

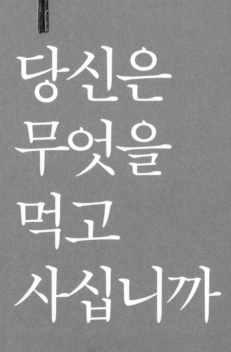

당신은
무엇을
먹고
사십니까

고요하면 맑아지고
맑아지면 밝아지고
밝아지면 보인다

—

제철 음식을 먹어야 하는 이유

설악산 오세암에 전해지는 이야기이다. 한 스님이 어린 조카를 절에 데려와 키웠다. 아이가 다섯 살 되던 겨울, 스님은 월동 준비를 하기 위해 혼자 마을에 내려갔다. 하필 그때 눈보라가 일어 길이 끊어지고 이듬해 봄, 눈이 녹은 뒤에야 스님은 산에 오를 수 있었다. 스님은 혼자 절에 남겨진 아이가 틀림없이 굶어 죽었을 거라 생각했다. 그런데 경내에 들어서자 어디선가 관세음보살을 부르는 낭랑한 목소리가 들려왔다. 뛰어가 법당 문을 열었더니 아이가 염불을 하고 앉아 있었다. 놀라서 바라보는 스님에게 아이가 말했다.

"스님 오시기를 기다리면서 관세음보살님을 불렀어요. 그랬더니 어디선가 관세음보살님이 나타나 저를 보호해주셨어요."

죽은 줄 알았던 아이는 관세음보살의 보살핌을 받고 도를 깨우치기에 이른 것이다. 그때부터 그 절은 다섯 살 아이가 깨우쳤다 하여 오세암으로 불렀다.

내가 이 이야기를 좋아하는 이유는 고립된 설산에서 홀로 겨울을 난 아이의 '기다림' 때문이다. 아무도 없는 산속, 누구도 도와줄 수 없는 두려움을 견디며 스님이 어서 오기를 바라는 간절함. 그 간절함 속에서 자연스럽게 흘러나온 기도. 그리고 마침내 기도를 통해 깨달음을 얻고, 드디어 따듯한 봄이 와 스님을 만나기까지의 여정이 슬프고 뿌듯하고 아름답다.

우리도 거대한 삶 앞에서는 작은 아이에 불과하다. 그렇게 각자 맞닥뜨리는 삶의 문제를 참고 견뎌내면서 '나'라는 사람이 성숙해지는 여정이 인생이다. 인생은 기다림으로 완성된다. 어떤 고난에도 평안하게 마음을 다스리며 기다리는 사람은 결코 기다림에 지치지 않는 법이다. 그것이 바로 도道이다.

그 기다림이 사람에게만 해당되는 것은 아니다. 세상 만물 또한 기다림으로 조금씩 완성되고 이루어져 간다. 나무 한 그루, 꽃 한 송이, 한 알의 열매도 긴 시간과 이런저런 어려움을 견뎌내고 넘어서면서 완성되어 간다. 우리가 날마다 먹는 음식, 그리고 그 안의 재료에도 기다림이 깃들어 있다. 그런 생각으로 밥상을 마주하고 음식을 대하면 내 안에 조금은 더 인내심이 길러질 것이다.

교통 사정이 좋지 않았던 시절에는 사람도, 물자도, 소식도 전해지는 데 오랜 시간이 걸렸다. 겨울에 눈이 내려 길이 끊어지면 이듬해 봄, 눈이 녹은 다음에야 바깥 소식을 접할 수 있었다. 클릭 몇 번으로 남극에 사는 사람과도 이야기할 수 있는 요즘 세상에선 느낄 수 없는 시간의 속도이다. 지금은 하루, 한 시간 아니 단 몇 초 만에 수많은 이야기들이 쏟아진다. 음식에 관한 정보도 엄청나다. 오히려 너무 많아서 믿을 수 없으니, 만나는 사람마다 '이러저러한 먹을거리가 몸 어디에 좋다는데 맞느냐'는 식의 질문을 한두 가지는 꼭 받게 된다. 그때마다 내가 하는 말은 늘 같다.

"요즘 나오는 제철 재료들을 깨끗하게 조리해서 적당히 알맞게 드세요. 건강한 사람은 그것만 드셔도 충분합니다."

다른 사람이 좋다고 하는 먹을거리들이 반드시 나에게 좋은 것만은 아니다. 사람마다 체질과 건강 상태에 맞게, 계절 음식들을 먹는 것이 중요하다. 부처님은 때에 맞는 음식을 먹으라고 했다. 아침 점심 저녁 몸 상태에 따라 먹는 음식이 다르다고도 하셨지만, 제때 먹는 음식은 곧 '제철 음식'과도 통한다. 제철 음식이란 무엇인가. 첫 번째는 봄여름가을겨울, 자연의 리듬에 맞춰 제철에 거둔 재료로 조리한 음식이다. 두 번째는 지근거리에서 거둔 신선한 재료로 만든 음식이다. 내가 태어나고 자란 땅에서 같이 호흡하고 같은 물을 먹고 햇볕을 쪼인 곡식들이 내 몸과 가장 잘 어울린다. 세 번째, 가공하지 않은 자연 그대로의 재료로 만든 음식이다. 마지막으로 여러 가지 음식이 잘 조화가 되도록 지혜를 발휘하여 먹는 것이다.

우리가 먹는 주식을 예로 들면, 쌀은 가을에 거두는 식품이므로 가을에서 겨울, 봄에 걸쳐 먹어야 한다. 보리는 겨울에 재배하는 곡식이므로 여름에서 가을에 걸쳐 먹는다. 그 이유는 겨울과 봄은 여름, 가을보다 기온이 낮으므로 체온이 떨어지는 것을 막아야 한다. 즉 쌀은 뜨거운 햇볕 아래서 자라 보리보다 더 많은 햇볕을 가지고 있다. 열량이 높다는 뜻이다. 또 쌀은 보리보다 끈기가 있어 혈액과 체액을 끈끈하게 만드는데, 피부에서 땀을 덜 나게 하여 체열 발산을 막아준다. 반대로 차가운 성질을 지니고 있는 보리는 더운 여름에 체온을 낮춰주고 소화가 쉬어 장에 무리를 주지 않는다. 그래서 쌀은 겨울과 봄에, 보리는 여름과 가을에 먹으면 더 좋은 곡식이다.

불교에서는 병이 들기 전에 음식으로 몸을 관리하라고 했다. 현대 의학에서 말하는 면역을 기르는 것과 같다. 면역은 '인체'라는 성을 지키는 파수꾼과 같다. 면역은 곧 균형이다. 모자라지도 부족하지도 않은 상태. 한국인이라면 우리 땅에서, 제철에 거두어, 가공하지 않은 음식을 먹는 것이 면역을 기르는 가장 좋은 방법이다. 우리나라는 사계절이 있다. 12달을 한 달로, 15일 간격으로 등분해 24절기가 만들어진다. 보름 동안의 한 절기마다 날씨와 자연의 변화가 미묘하게 변화하고 이에 따라 식물과 과일, 곡식 등이 여물고 익는 시간이 달라진다. 그때에 맞춰 먹는 것이 바로 절기식이다. 사람의 몸도 자연의 걸음걸이에 따라가기 마련인데, 제대로 따리기지 못하면 몸에 무리가 오고 병이 생기기도 한다. 제철 음식을 먹어야 하는 이유이다. 건강을 지키기 위해서 '골고루' 먹으라고 한다. 사람들은 '골고루'라는 표현을 가짓수를 많이 다양하게, 혹은 몸에 좋은 음식을 많이 먹는 것이라고 생각한다. 그러나 골고루 먹는다는 뜻은 절기 음식을 때에 맞춰 먹는 것이다.

건강하게 살려면 음식, 물, 공기, 빛 등 생태적학 조건이 건강해야한다. 그 가운데 음식은 일상과 가장 긴밀한 관계를 맺으며 건강에 결정적인 영향을 미친다. 흔히 건강을 이야기할 때 몸의 건강함만을 말하기 쉽지만, 몸과 마음은 하나의 유기적 통합체이다. 음식을 먹는다는 것은 육체, 정신, 영혼 모두에 영향을 미치고 또한 이를 변화시킬 수 있는 가장 중요한 일상적 창조 행위라고 볼 수 있다.

우리 삶을 위협하는 병은 잘못된 식습관이 오랜 시간과 만나서 일어난다. 달리 말하면 우리 땅, 자연에서 거둔 제철 음식을 건강하게 조리하여 먹는 습관을 꾸준히 들이면 건강하게 살 수 있다. 몸의 건강은 우리가 평화로운 마음으로 살아가도록 하는 중요한 조건 중의 하나이다. 물론 몸이 건강하지 않아도 반드시 불행한 것만은 아니다. 그것이 인간의 강인함이다. 근본적으로 마음의 고요는 몸을 다스리는 것에서 온다. 그러나 몸을 다스리려면 맑고 건강한 음식이 필요하다. 성철 스님은 말씀하셨다. "고요하면 맑아지고 맑아지면 밝아지고 밝아지면 보인다." 고요한 마음으로 현상을 바라보매 비로소 지혜로운 눈으로 모든 것을 바로 보는 이치다. 부처님이 단식과 고행으로 깨달음을 이루려 했지만 실패하고, 유미죽을 먹고 기력을 회복하여 마침내 편안한 마음으로 마침내 최상의 지혜에 도달하셨다. 사찰음식의 기원이다. 부처님이 드신 유미죽처럼 보통 사람에게는 삶의 지혜로움에 이르도록 이끄는 음식, 바로 사찰음식이다.

봄(3~5월)_
씁쓸한 맛으로 신선한 힘을 불어넣다

음력 2월 15일은 부처님이 열반하신 날이다. 양력으로 하면 3월이다. 봄이다. 사자후보살이 부처님에게 "왜 2월에 열반하십니까?"라고 묻자 부처님이 말씀하셨다.

"2월은 봄이다. 봄에는 얼음이 녹아 강물이 불어나고 만물이 자라고 꽃이 피고 열매를 맺는다. 온갖 동물들이 새끼를 치고 중생들이 즐겁고 기뻐하느니라. 그러한 중생들에게 모든 법이 무상無常하다는 것을 말하고자 하는 것이다."

무상은 '모든 것이 끊임없이 변화하기에 항상 같을(常) 수 없다(無)'는 뜻이다. 부처님은 영원히 계속될 것 같았던 춥고 긴 겨울이 끝나고 따뜻한 봄이 오듯, 세상의 모든 것이 변하는 이치를 깨닫기를 바라신 것이다.

인간은 모든 것이 영원히 계속될 것처럼 살아간다. 나의 건강과 재산과 관계들이 그대로 있기를 바라고, 고통과 괴로움, 고민들이 영원할 것처럼 괴로워한다. 지금 내가 가진 것들이 변하지 않는다는 생각 때문에 인간은 고통을 자초하며 힘들게 살아가는 것이다. 기쁨에도 슬픔에도 고통에도 무엇에도 매여 있지 말라고, 끝나지 않을 것 같았던 겨울이 물러나고 어느새 소리 없이 다가온 봄이 알려주고 있다.

봄은 만물이 깨어나는 계절이다. 얼었던 강물이 녹고 굳은 땅이 풀어진다. 땅의 습기가 아지랑이로 피어오르고 새싹이 돋아난다. 따뜻한 바람이 잠든 동물을 깨우고, 그 바람을 타고 새들이 돌아온다. 새로움, 시작, 생명력, 순환이 바로 봄을 상징하는 말이다. 일 년 중 바람이 가장 많이 부는 달은 4월이다. 4월의 '한식寒食' 절기도 바람과 깊은 관련이 있다. 옛날 나무에 불을 때서 밥 해먹던 시절, 바람에 불이 옮겨 붙을까 봐 이날만큼은 찬밥을 먹었다는 데서 이름이 유래한다. 봄바람은 겨울 잠에서 미처 깨지 못한 나무를 흔들어 깨우는 것으로, 바람을 맞아야 여름에 더 잘 자란다.

우리 몸도 자연의 변화를 따른다. 봄에는 새싹이 돋듯 기운이 일어난다. 이즈음에는 운동한 것도 아니고 크게 몸을 쓴 것도 아닌데 까닭 없이 피곤하고 몸이 나른하고 무겁다. 겨우내 활동을 줄인 우리 몸의 신진대사 기능이 봄을 맞아 활발해지면서 생기는 현상이다. 또 바람이 불고 탁해진 공기 탓에 목이나 코, 폐 등 호흡기가 약해진다. 마음이 들뜨고 설레면서도 한편으로 우울감에 젖기도 한다. 자연은 화려하게 변하는데 나는 왜 이리 못나고 보잘것없는지 위축감이 드는 것이다. 다른 말로 하면 몸에 열이 오르는 심화병이다.

『금광명최승왕경金光明最勝王經』「제병품除病品」에 '봄에는 기침, 담과 심화병이 일어나니 떫고 매운 것을 먹고, 여름에는 풍병이 생기니 짜고 신 것을 먹고, 가을에는 황열병이 더하니 달고 미끈한 것을 먹어야 한다'라고 쓰여 있다. 봄에 핀 새싹에는 만물을 소생시키기 위해 모든 영양소가 집약되고 향도 강하다. 봄 새싹을 먹고 기운을 얻는 것이 자연의 순리이다.

우리 몸에 들어온 봄나물은 움을 틔우고 싹을 자라게 하는 생기와 에너지를 심어준다. 혈관을 밝게 해주고 잘 돌게 한다. 향긋하고 쌉싸래한 맛은 식욕을 돋운다. 혈관을 튼튼하게 하는 식품은 바로 쑥과 머위이다. 이파리가 큰 머위는 냉한 에너지가 강해 열이 많은 사람에게, 이파리가 작은 쑥은 열을 내기 때문에 냉한 사람에게 잘 맞는다. 스님들은 2

월에 쑥을 잘 먹어야 1년이 편안하다고 말한다. 또 냉이는 산삼과도 바꾸지 않을 정도로 땅속의 강한 기운을 담고 있어 봄에 먹으면 가장 좋은 들나물이다.

어린 시절의 봄을 떠올리면 나는 들판에 쪼그리고 앉아 있다. 봄에는 집보다 들판에서 더 많은 시간을 보냈다. 봄의 들판은 상상만 해도 설렌다. 거무스름한 땅 위에 푸른 창처럼 쏙쏙 돋아난 싹들. 냉이, 질경이, 쑥, 민들레, 머위, 씀바귀, 돌나물, 꽃다지, 달래, 무릇, 비름……. 그 어여쁜 이름들. 봄이면 그것들을 따고 캐느라 늘 손가락이 검붉었다. 잎도 줄기도 뿌리도 다 다른 모습을 한 봄나물은 제각기 추운 겨울을 어떻게 났는지 속삭이는 것만 같았다. 그 이야기를 듣느라 들의 끝이 어디인지 가늠하지 못했다.

우리 땅, 봄의 들판이 들려주는 이야기는 지금도 계속되고 있다. 봄이 되면 사람들에게 자주 이런 부탁을 한다. 멀리 나가지 않더라도 아파트 화단, 길가의 조그만 공터, 흙이 있는 곳을 살피라고. 분명 어떤 싹이라도 돋아나 있을 테니 한 번 찾아보라는 것이다. 새싹이나 나나 서로 살아있음을 축복하며 반가운 눈길 한 번 주고 생명의 귀함을 느껴보라는 것이다.

이제는 동네 슈퍼마켓에 나가면 갖가지 나물이 그득하다. 봄에는 냉이, 쑥, 원추리, 취나물……, 차례대로 나오는 나물들을 꼭 한두 번씩 맛보자. 봄나물이 나오는 시기는 매우 짧으므로 부지런한 사람만이 먹을 수 있다. 봄나물을 먹는 것은 1년을 건강하고 잘 살아가는 향긋한 통과 의례이다.

쑥

겨울에 쌓인 나쁜 기운을 몰아내다

호흡기가 약해지고 마음에 우울감이 많이 생기는 봄에는 쓰고 떫은 음식을 먹는 것이 좋다. 특히 쓴맛을 내는 식재료로 만든 음식은 겨울 동안 쌓인 몸속의 독을 풀어주는 역할을 한다. 머위, 쑥, 두릅, 씀바귀 엄나무순, 민들레, 취, 곰취, 참죽순, 냉이, 원추리, 죽순, 미나리, 망초, 홋잎나물, 곤드레나물, 고수, 물쑥뿌리, 세발나물 등 시장에 가면 봄볕만큼이나 종류가 많은데 주로 무침과 국을 끓여 먹는 것이 좋다.

나물 맛은 데치는 정도에 따라 맛이 달라진다. 끓는 물에 소금을 조금 넣고 깨끗이 씻은 나물을 넣어 파랗게 색이 나면 얼른 찬물에 헹구되, 건지는 동안 잎이 누렇게 되지 않도록 한다. 이때 너무 꼭 짜면 나물 고유의 맛이 달라지니 적당히 짜야 한다. 또 먹기 직전에 양념을 버무려야 맛이 좋다. 특히 보드라운 나물을 씻을 때는 수도꼭지를 틀어 센 물에 씻지 말고, 받아놓은 물에 살살 씻어야 나물이 멍들거나 손상되지 않고 맛이 좋다.

쑥은 생각만 해도 향긋하다. 향긋함에 비해 맛은 쓰다. 다른 채소와 함께 즙을 내서 먹으면 소화흡수를 돕고, 간 해독에도 좋다. 몸을 따뜻하게 하는 효능이 있어 특히 여성에게 좋은 음식이다. 쑥에는 무기질과 비타민이 많아 면역력을 높이고, 항암작용이 있는 것으로도 알려져 있

쑥겉절이

재료 ___ 쑥 70g, 배 1개, 양념장(집간장 1큰술, 물 2큰술,
설탕 1/2큰술, 식초 1/2큰술, 고춧가루 약간, 통깨 약간)

1. 쑥은 연한 것으로 골라 깨끗하게 살살 씻는다.
2. 배는 적당한 크기로 썰어서 준비한다.
3. 그릇에 쑥과 배를 넣고 양념장을 끼얹어 살살 무친다.

다. 또 많은 임상실험 결과 해독작용이 뛰어나 간장병, 간염, 지방간, 간경화, 황달 등에 효과가 좋고 고혈압, 신경통, 위장병에도 효능이 있다. 그러나 모든 음식이 그렇듯 체질에 맞지 않는 사람이 너무 많이 먹으면 안 된다. 열이 많은 사람이 따뜻한 성질의 쑥을 많이 먹으면 눈에 좋지 않다.

쑥을 활용한 요리는 많다. 콩을 갈아 콩물에 쑥을 넣고 끓여내어 고소한 맛이 일품인 쑥콩죽, 쑥을 갈아 밀가루 반죽하여 칼국수로 먹는 쑥칼국수, 어린 쑥을 끓는 소금물에 데쳐 불린 쌀과 함께 소금 간해서 빻아 납작하게 빚어 먹는 쑥개떡, 연근을 갈아 쑥과 함께 반죽해서 모양을 잡아 기름을 살짝 두르고 전으로 부쳐내는 쑥연근전 등이 있다. 쑥은 중금속을 배출해주고 면역력을 올려주어 특히 아이들에게 좋다. 쑥연근전은 연근의 단맛 때문에 쑥의 씁쓰름한 맛이 느껴지지 않아 아이들이 잘 먹는다.

집에서 간단하게 먹을 수 있는 쑥 요리는 쑥된장국과 쑥겉절이다. 어린 쑥으로는 쑥겉절이를 해먹고, 웃자란 쑥은 맛이 강하므로 국이나 떡을 해먹는 것이 좋다. 배를 넣어 상큼하게 무쳐내는 쑥겉절이는 목이 칼칼하고 기침, 알레르기, 황사나 미세먼지가 심해지는 봄에 더욱 좋다. 쑥은 배와 함께 간장 등 양념에 상큼하게 무쳐 먹으면 최고의 궁합이다. 쑥은 몸속의 열을 올리는 반면 배는 열을 식혀주는 기능이 있어 함께 먹으면 상호 보완이 되고 기관지에 좋은 효능도 두 배가 된다.

고수
욱하는 마음 가라앉히기

종종 처음 먹어보는 음식에 대해 묻는 전화가 온다. 고수는 단골 질문이다. 도대체 이 끔찍한 맛이 나는 풀은 뭐냐는 것이다. 언젠가 그런 전화를 받고 몇 가지를 묻기에 답을 해준 일이 있는데 그러고 나서 이듬해 같은 분에게서 전화가 왔다.

"스님, 처음 고수를 먹어봤을 때는 무척 놀라서 한동안 먹지 않다가 봄에 다시 접하게 되어 먹어봤더니, 시원한 느낌이 들었어요. 그 뒤로는 아무 생각하지 않고 잘 먹는답니다."

"시원하다고 느끼셨으면 몸이 받아들이겠다는 신호입니다. 무엇이든 처음이 어렵지 자꾸 접하다 보면 쉬워집니다."

고수를 처음 먹어본 사람들의 반응은 두 가지이다. 맛이 너무 고약하다, 다시는 먹지 않겠다. 그래서 다시 먹지 않는 사람이 있고, 한 번 더 시도하고 그 참맛을 알게 되는 이들이다. 맛은 길들임이자 습관임을 새삼 깨닫게 된다. 처음에는 헛구역질까지 하던 사람이지만 고수 맛을 알게 되면 고수가 고소하게 느껴진다. 그래서 고수를 '고소'라고도 한다.

고수는 절집 주위에서 주로 재배한다. 최근 쌀국수 집에서 고명으로 얹어 먹어 많이 익숙해졌지만, 예전에는 주로 스님들이 즐겨 먹었다. 고수를 잘 먹어야 스님 노릇을 잘한다는 말이 있다. 행자 시절, 은사스

도토리묵구이와 고수 양념장

재료   도토리묵 1모, 들기름 1큰술
고수 양념장(고수 30g, 집간장 1큰술, 통깨)

1. 도토리묵은 먹기 좋은 크기로 도톰하게 썰어
   들기름을 두른 팬에 앞뒤로 노릇하게 지진다.
2. 고수는 다듬어서 깨끗하게 씻어 뿌리까지 다진다.
3. 곱게 다진 고수에 집간장, 식초, 통깨를 넣어
   양념장을 만든다.
4. 접시에 노릇하게 지진 묵을 놓고, 고수 양념장을
   끼얹어 먹는다.

님에게서 그 말을 듣고 숨을 꾹 참으며 먹었던 기억이 난다. 그런데 지나고 보니 스님 말에 일리가 있다. 고수는 성질이 차서 열을 내리며 머리를 맑게 해주는데, 예로부터 명상가들 사이에서는 뇌의 영적 에너지로 바꿔주는 역할을 한다고 하여 즐겨 먹었다고 한다.

과학적으로도 밝혀졌다. 고수에는 비타민과 미네랄, 마그네슘이 풍부하게 들어있다. 마그네슘은 딱딱하게 뭉친 근육을 풀어주고 근육이 떨리는 증상을 완화해준다. 뇌세포에도 비슷하게 작용하여 흥분을 가라앉히고 불안한 마음을 진정시킨다. 또 고수에 들어있는 테르펜(terpene) 성분은 머리를 맑게 하는 역할을 한다. 테르펜은 숲에서 나오는 피톤치드의 주성분이다. 숲에 들어가면 마음이 편안해진다. 부정적인 생각이 없어지고 상쾌하다. 테르펜 성분 때문이다. 고수를 먹으면 숲속의 맑은 향을 그대로 흡수하는 셈이다.

『본초강목本草綱目』에서도 '고수풀은 도처에 심는다. 8월에 씨를 심는다. 처음 돋아나는 줄기는 부드럽고 잎은 둥글다. 뿌리는 연하고 희다. 겨울과 봄에 채취한다. 향미하여 가히 먹을 만하고, 김치를 담기도 한다. 도가道家에서는 오훈(五葷 : 다섯 가지의 자극성 있는 채소)의 하나로 꼽는다'라고 하였다.

고수는 미나리와 참나물을 닮아서 언뜻 보면 구분이 어렵다. 주로 새로 돋는 새순을 잘라먹는데, 자꾸 잘라 먹다보면 나중에는 속대가 쭉 자라 올라온다. 그걸 두들겨서 전을 부쳐 먹기도 한다. 옛말에 '스님이 고기 맛을 알면 절에 빈대가 안 남아난다'는 말이 있다. 이 말은 고수에 대한 오해에서 비롯되었다. 노스님들은 고수 반찬이 없으면 손님 대접이 소홀하다고 했다. 그러니 절의 채공이 고수를 잘라 무쳐도 먹고, 김치도 해먹고 하다가 나중에는 빈 대궁이 쭉 올라온 고수를 잘라 전을 부쳐내 놓았는데, 그걸 본 노스님이 "이제 고수 맛을 알아 빈 대(속이 빈 대궁)까지 먹는구나."라고 했는데, 이를 곁에서 들은 속인이 '아, 스님이 고기 맛을 알면 빈대까지 잡아먹는구나' 라고 옮긴 말이 와전된 것이다.

고수는 향이 강해서 고춧가루와 참기름, 깨소금을 넣고 조물조물 무쳐 먹으면 된다. 무채를 썰어 넣어도 좋다. 양념을 만들어 국수에 넣어 비벼 먹거나 미나리나 쑥갓처럼 활용하면 된다. 꽃대롱이 나오는 약간 쇤 것은 김치를 담글 때 썰어 넣으면 김치가 시지 않고 오래 보관된다.

냉이

봄에 먹는 산삼

사찰에서는 산이나 들에서 나는 제철 나물로 무침을 해먹고 볶아 먹고, 부쳐 먹거나 쪄서 먹기도 하고, 죽을 끓여 먹고, 그대로 말리거나 데쳐 말려서 가루를 내어 쓴다. 보통 봄이나 여름이면 아무 때나 나물을 캐 음식을 해먹을 수 있는 것으로 아는데, 나물은 먹을 수 있는 부분을 정확히 알고 먹어야 몸에 맞는 음식이 된다.

새순이 나올 때에 영양소가 많고 부드러운 것이 있는가 하면, 웃자라면 한갓 풀에 지나지 않는 것이 있다. 또, 몸에 좋은 부분이 떡잎이 될 수도 있고, 연한 잎이 될 수도 있고, 연한 줄기나 뿌리가 좋을 때도 있기 때문에, 나물의 채취 시기와 효능에 맞게 먹어야 몸에 좋은 음식이 된다. 어떤 나물의 어떤 효능이 좋다고 해서 흔히 일 년 열두 달 같은 나물 무침을 해서 먹기도 하는데, 이는 옳지 않다.

절에서는 고기를 먹지 않으므로 나물을 많이 먹는다. 그래서 절 주변의 채전을 일구는 일은 스님에게 공부만큼 중요하다. 씨 뿌리고 가꾸고 거두는 일이 사철 계속된다. 봄나물은 가을에 씨를 뿌려놓는다. 추위에 얼까 짚을 엮어 덮어두는데 봄이 되어 열어 보면 파릇한 싹이 돋아나 있곤 했다. 공양간에는 밥을 짓는 공양주, 나물을 전담하는 채두, 불을 지피는 화두, 물을 관리하는 수두 등 소임이 정해져 있다. 그 가운데 채

냉이단호박 수제비

재료   단호박 1/4개, 밀가루 2컵, 냉이 100g, 된장 1큰술, 고추장 1/2큰술,
표고가루 1/2큰술, 다시마(10×10cm) 1장, 소금 약간

1. 냉이는 총총 썬다. 풋내가 나지 않도록 뿌리는 뿌리대로 잎은 잎대로 모아 썬다.
2. 단호박은 씨만 떨어내고 찐 뒤에, 곱게 으깨어 물과 소금을 넣고 풀어준다.
3. 수제비 반죽 - 밀가루에 단호박 푼 것을 넣고 손으로 비벼 밀가루가 고슬고슬
   물기를 먹은 후에는 오래 치대면서 반죽한다.
4. 국물이 끓으면 된장과 고추장으로 간을 한다. 여기에 표고버섯 가루를 넣어
   풀어준다. 된장으로 간을 하는 것은 단호박이 달아서, 간장으로 간을 하면
   단맛이 더 강해지기 때문이다.
5. 국물이 어우러지게 끓으면 센 불에서 수제비 반죽을 얇게 떠 넣는다. 수제비는
   굵게 뜨면 밀가루 떡이 되니 꼭 얇게 떠 넣는다.
6. 수제비가 익으면 송송 썬 냉이를 넣고, 향이 날아가지 않도록 바로 먹는다.

◉ **국물 내기**: 원하는 양의 물에 다시마, 표고버섯, 무를 넣고 끓인다. 이때는 바람 든
무도 괜찮다. 무는 큼직하게 썰어 넣는다. 국물을 우려내는 채소 중에 금방 우러나서
맛이 나는 것이 있는가 하면, 오래 끓이면 이상한 맛이 나는 것이 있다. 오래 끓여 맛이
나는 것은 크게 썰고, 오래 끓여도 맛이 안 날 것 같은 것은 작게 썰어 넣는다. 무는 오래
끓여도 단맛이 나므로 넉넉한 크기로 썰어 국물을 낸다.

두가 가장 힘들었다. 큰 절의 대중들은 백여 명이 넘는다. 그들이 먹을 채소들을 씻고 깎고 다듬다 보면 시간이 끝없이 흘러갔다. 특히 다듬는 데 손이 많이 가는 봄나물은 검불과 무른 잎을 떼어내고 뿌리 흙을 털어내느라 오직 손끝만 바라보면 어느새 모든 잡생각이 끊어지기 마련이었다. 그래서 절집에서 수행력을 높이려면 채두를 하라는 말이 있을 정도이다.

냉이는 겨우내 땅속에서 오랫동안 흙의 기운을 먹고 자라기 때문에 봄에 먹는 산삼과 같다. 냉이는 새싹부터 뿌리까지 하나도 버릴 게 없다. 사찰에서 냉이는 된장찌개, 무침, 국, 튀김, 수제비, 차 등 다양하게 이용한다. 연한 뿌리는 이른 봄부터 캐 겉절이, 국, 튀김 등으로 먹고, 4~5월이 되어 키가 자라 흰 꽃을 피우면 꽃을 따서 화전을 부칠 때 장식으로 쓴다. 또 키가 큰 냉이 줄기를 말려 연두색 가루를 내었다가 국수 반죽을 할 때나 소스를 만드는 데 넣는다. 냉이겉절이는 작고 보드라운 냉이를 익히지 않고 양념장과 먹는 것으로 냉이의 향을 그대로 느낄 수 있다.

머위
어디에서든 잘 견뎌내다

시골 집 담벼락 밑에 머위가 자란다. 이른 봄, 손톱만 한 잎이 송이송이 나오는데 언제 크나 싶지만 금방 너울너울 잎을 키워 깜짝 놀라게 한다. 머위는 그늘지고 습한 곳에서도 잘 자란다. 한 뿌리만 옮겨 심어도 금방 군락을 이룬다. 그래서 밭둑이나 언덕, 비탈에 심어 흙이 무너지지 않도록 하기도 했다. 어느 자리에서건 열심히 잎을 틔우는 강한 생명력을 가진 봄나물이 머위다.

　머위는 쓴맛이 일품이다. 쓴맛이 나는 나물은 오래 씹어 먹어야 좋다. 쓴맛에 들어 있는 좋은 성분이 잘 우러나오도록 하는 것이다. 오래 씹다 보면 단맛이 살짝 느껴지고 입안에 시원한 바람이 드는 듯 상쾌해진다. 절에서 먹는 나물요리가 마늘이나 파처럼 향이 강한 오신채를 쓰지 않아도 맛있는 이유는 나물 고유의 향이 그대로 남아 있기 때문이다.

　머위는 봄철 스님들이 꼭 먹는 사찰의 대표적인 봄나물이다. 주로 산사의 담벼락 밑에 머위가 자란다. 봄에 머위로 만든 음식을 세 번 이상 해주지 않으면 상좌를 내쫓아도 된다는 농담이 있을 정도로 스님들이 즐겨 드신다. 머위는 잎이 나오기 전 이른 봄에 꽃이 먼저 피는데 '겨울을 두드려 깨고 피는 꽃'이라 하여 관동화라고 부른다. 이 꽃을 따서 된장찌개를 끓이고 튀겨도 먹는다. 머위꽃 튀김은 기침에 좋다.

머위두부무침

재료   머위 200g, 두부 1/4모, 소금 약간, 통깨 약간, 참기름 약간

1. 끓는 물에 머위와 소금 1작은술을 넣어 살짝 데친다.
2. 두부 1/4모를 칼등으로 으깨어 체에 거른다.
3. 손질한 두부에 데친 머위를 넣고 통깨와 참기름을 넣어
   버무린다.

◉ 데칠 때 물에 소금을 넣으므로 조리 시 따로 소금을 넣게 되면 짜진다.

또 병원이 없던 시절, 산에서 독사에 물렸을 때 응급으로 잎을 짓이 겨 붙이면 해독이 될 정도로 해독작용이 강하다. 머위는 기침을 멎게 하고 위액의 분비를 촉진하며 간 기능을 강화시켜 준다. 어린 머위 잎을 3년간 먹으면 중풍에 걸리지 않는다는 이야기가 민간에 전해지기도 한다.

사찰에서 머위는 사철 좋은 식재료이다. 이른 봄 갓 나온 싹은 겉절이로 해먹는데, 아주 작은 머위 잎은 데치지 않고 그냥 먹어야 제맛이다. 머위겉절이는 집에서 직접 키우지 않으면 해먹기 힘들다. 조금 더 자라면 삶아서 나물을 해 먹고, 더 큰 잎은 쌈이나 무침을 해서 먹는다.

잎이 조금 자라면 삶아서 간장이나 된장 고추장양념에 무쳐 먹고, 두부에 양념을 해서 두부와 무쳐 먹기도 한다. 여름을 지나 줄기가 굵어지면 삶아서 껍질을 벗겨 탕이나 볶음으로 이용한다.

나물을 별 양념 없이도 맛있게 먹는 비법은 정갈한 손질법과 장에 있다. 손질할 때는 나물에 멍이 들거나 상하지 않도록 그릇에 물을 받아 씻고, 살짝 데친 뒤 바로 꺼내 차가운 물에 식혀야 나물 고유의 향과 맛을 즐길 수 있다. 머위가 부드러운 3~4월에는 끓는 물에 머위줄기, 잎 순서로 넣고 2~3분간 데치면 되고, 머위가 억세지는 5월 이후에는 데친 후 줄기 껍질을 벗겨 먹는다. 스님들은 벗겨낸 머위 껍질도 버리지 않고 말려서 먹거나 고추장아찌 위에 덮어 두었다가 드신다. 또 나물을 무칠 때는 꼭 간장, 된장, 고추장 등 발효 식품들을 함께 넣어야 한다. 바로 발효 식품이 나물이나 채소의 독성을 중화시켜 주기 때문이다.

원추리
우울증과 근심에서 벗어나다

내가 사는 보리사에 원추리꽃은 아주 잠깐 볼 수 있다. 어느 날 문득 피었다가 금방 지기 때문이다. 원추리꽃은 진노랑 꽃잎과 까만 꽃술이 대비되어 선명하고 깨끗하다. 가만 보고 있노라면 시간이 훌쩍 지나게 되는데, 다음에 또 봐야지 하고 돌아섰다가 생각나서 다시 보면 가뭇없이 꽃이 져버려 서운함을 느끼게 되기도 한다. 당나라 시인 백거이도 나와 같은 마음이었는지, 원추리가 아침에 꽃을 피고 저녁에 꽃을 닫기 때문에 걱정이 없는 꽃이라고 생각했다.

실제로 원추리는 시름을 잊게 해준다는 뜻인 망우초忘憂草라고도 부른다. 마음 걱정 쌓고 살아가는 요즘 사람들이 어여쁜 원추리꽃 보고 원추리나물 한 입 먹고 근심과 불안을 싹 잊으면 좋겠다. 실제로 민간에서는 신경쇠약, 불면증, 우울증에 효과가 좋다고 알려진다.

또 훤초萱草, 넘나물 또는 넓나물이라고도 부른다. 선조들은 남의 어머니를 높여 부를 때 훤당萱堂이라고 했는데, 어머니가 거처하는 곳에 원추리를 많이 심는 풍습이 있었다. 훤萱은 원추리라는 뜻이다. 어머니가 살아 계시다면 뜰 안 가득 원추리를 심어 드리고 싶다. 넘나물은 잎 면적이 넓어서 붙여졌다.

원추리는 사슴이 봄에 뿔을 키울 때 먹는 풀 가운데 하나이다. 중국 송나라 때 의학자 소송蘇頌은 『도경본초圖經本草』에서 '원추리는 사슴이 먹는 9가지 해독 약초 가운데 하나라고 하여 사슴이 먹는 파, 곧 녹총이라는 기록을 남겼다. 봄에 이런저런 풀들을 많이 먹다 보면, 알게 모르게 독(나쁜 기운)이 쌓이는데, 원추리를 먹고 풀어내니 기운이 맑아지고 살이 올라 자연히 뿔도 자랐을 것이리라. 우리 몸에 작동하는 원리도 이와 다르지 않다.

원추리는 봄나물 중 유일하게 단맛이 있어 아이들도 좋아한다. 조리할 때는 반드시 삶아서 헹군 뒤 20~30분 정도 찬물에 담가 둬야 한다. 기온이 높고 날이 따뜻해지면 약효가 강해져 설사를 할 수도 있기 때문이다. 이로 인해 서울, 경기 등 북쪽 지방에서는 원추리를 삶아 그냥 먹지만, 경상도 등 남쪽 지방에서는 꼭 찬물에 담가 두었다가 먹는다. 원추리는 길이가 짧고 밑동부터 전체적으로 통통한 것이 연하고 맛있다.

봄이 되면 사찰에서는 산과 들에서 캔 나물로 봄나물 밥을 하고 나물을 무쳐 반찬으로 만들어 먹는다. 또 지금이 아니면 구하지 못하는 나물을 캐서 장아찌를 만들어 두고 1년 내내 먹는데 원추리도 장아찌를 담는다. 초파일에는 각종 봄나물을 올려낸 비빔밥을 먹는다. 이는 봄나물이 지닌 땅의 기운을 한 데 비벼 먹음으로써 화합하라는 의미를 지니고 있다. 하룻밤 아름다움을 남기고 사라지는 원추리꽃처럼 봄은 금방 사라진다. 그 향긋한 아름다움을 몸으로 기억하기 위해 봄나물을 열심히 먹자.

모듬봄나물밥

재료___취나물 200g, 시금치 200g, 냉이 200g, 쌀 3컵,
양념장(풋고추 2개, 홍고추 1개, 집간장 2큰술, 통깨 1큰술, 참기름
1/2큰술)

1. 봄나물은 각각 다듬어서 깨끗하게 씻는다.
2. 물이 끓으면 소금을 약간 넣고 향과 맛이 강하지 않은
   나물부터 데쳐 찬물에 헹궈 물기를 짠다. 나물이 길면 먹기
   좋은 크기로 자른다.
3. 쌀을 씻어 밥을 짓는다.
4. 밥이 고슬고슬하게 지어졌으면 준비한 나물을 얹고 뚜껑을
   덮어 살짝 뜸을 들인다.
5. 다진 풋고추와 홍고추에 집간장, 통깨, 참기름을 넣어
   양념장을 만든다.
6. 나물을 밥과 골고루 섞어 밥을 푸고 양념장과 함께 낸다.

◉ 원추리, 세발나물, 방풍나물, 잔대순 등 봄나물을 데쳐 넣어도 좋다.

쑥국

재료

쑥 100g, 들깨 짠 물 1컵, 된장, 쌀뜨물
3컵, 날콩가루 또는 쌀가루 3큰술

1. 쑥을 깨끗이 씻어 소쿠리에 받쳐 물이
   빠지도록 한다.
2. 쌀뜨물에 들깨 짠 물, 된장을 풀어
   충분히 끓인다.
3. 물이 빠진 쑥을 쌀가루나 날콩가루에
   살살 버무려서 끓고 있는 된장국물에
   넣어 끓여낸다. 쑥을 처음부터
   넣으면 질겨지므로 먹기 직전에 넣어
   부드럽게 먹는 것이 좋다.

고수겉절이

재료

고수 100g, 양념장(집간장 1큰술, 물 2큰술,
설탕 1/2큰술, 식초 1/2큰술, 고춧가루 약간,
통깨 약간)

1. 고수를 깨끗이 씻어 먹기 좋은 크기로
   자른다.
2. 고춧가루, 설탕, 식초, 통깨를 넣어
   양념장을 만든다.
3. 양념장에 고수를 넣고
   풋내가 나지 않게 살살
   버무린다. 기호에 따라
   무나 오이를 넣어
   무친다.

원추리장아찌

재료

원추리 600g, 집간장 1컵, 조청 2/3컵,
물 1+1/2컵

1. 원추리는 어린 것으로 준비해서 깨끗하게
   씻어 끓는 물에 소금을 넣어 데친 후 건져
   찬물에 헹구지 않고 채반에 꾸덕하게
   말린다.
2. 집간장에 물, 조청을 넣어 간을 맞추고
   한소끔 끓인다.
3. 꾸덕꾸덕하게 말린 원추리를 유리병에 담고
   식힌 간장물을 붓는다. 일주일 후 간장물만
   따라내 끓인 뒤 식으면 다시 부어준다. 간이
   배면 그냥 먹어도 좋고 양념에 무쳐 먹는다.

원추리무침

재료

원추리 200g, 고추장 1/2큰술, 들기름 1/2큰술,
통깨 약간, 소금 약간

1. 원추리는 다듬어서 씻은 뒤 끓는 물에 데쳐
   찬물에 헹궈 물기를 짠다.
2. 고추장에 들기름, 통깨를 넣어 양념장을
   만든다.
3. 데친 원추리에 양념장을 고루 무친다.

머위나물

재료

머위 100g, 양념장(집간장 1큰술,
물 2큰술, 설탕 1/2큰술, 식초 1/2큰술,
고춧가루 약간, 통깨 약간)

1. 어린 머위를 준비해서 밑동 부분을
   다듬어서 그릇에 물을 받아 깨끗하게
   씻는다.
2. 집간장에 물을 타서 간간하게 간을
   맞추고 설탕을 넣어서 다 녹인 후에
   식초, 고춧가루를 넣고 통깨를 손으로
   비벼 넣어 겉절이 양념장을 만든다.
3. 양념장에 물기를 제거한 머위를 넣고
   젓가락으로 양념이 섞일 정도로만
   버무린다.

곤드레나물밥

재료

쌀 3컵, 곤드레 300g, 양념장(집간장 2큰술,
청고추 1/2개, 홍고추 1/2개, 들기름 1작은술,
통깨, 고춧가루 약간, 참기름 약간)

1. 곤드레 나물은 소금을 약간 넣고
   데친다.
2. 데친 곤드레는 물기를 짜고 송송 썬 후,
   소금 약간, 들기름 1작은술을 넣어
   무친다.
3. 쌀은 평소보다 약간 적게 물을 넣어
   밥을 짓는다. 뜸이 들 무렵 무쳐 놓은
   곤드레나물을 넣고 마저 뜸 들인다.
4. 집간장에 송송 썬 청고추, 홍고추, 통깨,
   고춧가루를 넣어 양념장을 만든다.
5. 곤드레밥을 푸고, 양념장을 따로 낸다.

햇고사리탕

재료

햇고사리 300g, 집간장 1큰술, 들기름 1큰술, 물 1/2컵, 들깨즙 1컵

1. 고사리를 깨끗이 씻은 뒤 뜨거운 물에 넣고 삶은 뒤 찬물에 담가 우려낸다.
2. 프라이팬에 들기름을 두른 뒤 고사리를 볶다가 집간장을 넣고 다시 더 볶는다.
3. 어느 정도 볶은 뒤 물을 붓고 끓으면, 들깨즙을 넣어 마저 끓인다.

여름(6~8월)_
뜨거움을 다스리고, 새로운 일은 조심조심하다

산사의 여름은 도시보다 늦다. 숲이 있어서다. 초여름 6월에도 저녁나절 잠깐씩이라도 보일러를 돌려야 새벽의 차고 습한 기운이 스미지 않는다. 그러다 매화, 벚꽃, 목련 차례로 지고 초록이 짙어지면 조금씩 낮이 길어진다. 한 번씩 비가 내린 뒤에는 곡식들 키가 부쩍 자라고 우거진 숲이 하늘을 가린다. 어느새 절집 구석구석 무성해진 풀들은 부지런한 스님들의 손길을 기다린다.

일 년 중 낮이 가장 긴 절기, 하지에 이르면 진짜 여름이 시작된다. 하지는 땅에 받는 열이 가장 많은 날이라는 뜻이다. 하지가 지나고 하루하루 태양의 열기가 땅에 차곡차곡 쌓이면서 더위는 더해진다. 삼복더위다. 태양의 열기가 최고로 이르는 이즈음, 옛사람들은 조심 또 조심하는 마음이었다. 이때는 좋아하는 일도 멈추고, 욕망을 최대한 절제하며 마음을 가라앉혔다.

하지 이후에는 경솔하게 돌아다니지 않고 화를 내지 않으려 노력했고, 말과 몸가짐을 가벼이 하지 않았다. 새로운 일을 벌이는 것을 자제하여 여름에는 혼인이나 이사, 이웃집 방문 같은 움직임이 큰 일을 삼갔다. 바깥에도, 내 몸 안에도 가득한 열熱을 다스리며, 뜨거운 열기가 몸과 마음을 해치지 않고 조용히 지나가길 바랐다. 농사일도 이미 씨뿌리기나 모내기 등 굵직한 일들은 마쳤으니, 그 다음은 태양이 곡식을 키울 터, 농부는 잠시 쉬었다. 농부에게 '봄비는 일비, 여름비는 잠비'라는 말도 있다.

여름은 스님들에게 더없이 공부하기 좋은 시기라 하여 여름 석 달 동안 안거安居에 들어간다. 안거는 스님들이 바깥 출입을 하지 않고 산문 안에서 집중 수행하는 것을 말한다. 부처님 시절에는 집착을 버리기 위해 한 곳에 머물지 않고 유행遊行하며 수행했다. 그러다 비가 많이 내리는 우기에는 큰 지붕 밑이나 동굴에서 머물며 비가 그칠 때까지 수행했는데, 안거는 여기에서 비롯되었다. 스님들은 출가하고 나서 여름 안거를 지낼 때마다 나이를 한 살 더하게 되며, 이것을 법랍法臘이라 부른다. 더위 속에서 마음의 거친 부분을 깎아내며 수행은 깊어간다. 참선할 때 수행자의 졸음을 쫓으려고 어깨에 내리치는 따악, 따악, 죽비 소리에 숲의 나무들도 쭉쭉 키를 높였다.

여름은 들뜨기 쉬운 열을 가라앉히고 조용히 움직이며 마음을 닦아야 하는 계절이다. 뜨거운 여름에 어울리는 음식은 잎이 넓은 채소들이다. 잎에 영양분을 모으는 시기이기 때문이다. 봄에는 산나물을 먹고, 여름에는 들에서 거둔 채소가 좋다. 상추, 시금치 등이 대표적인 채소이다. 이것들은 몸을 들뜨게 하는 열을 가라앉히고 몸의 기를 통하게 한다. 사계절 중 신진대사가 가장 활발해지는 여름에는 그만큼 몸에 여러 노폐물이 쌓인다. 이를 배출하여 몸속을 청결히 하는 데는 섬유질이 많은 풋고추, 오이, 근대, 애호박, 가지, 감자를 이용한 음식이 좋다. 열무, 얼갈이배추 같은 채소들은 물김치를 담가 발효시켜 먹는다.

흔히 복날에는 영양이 풍부한 보양식이나 동물성 단백질을 먹는다.

그러나 꼭 동물성 단백질이어야만 할까. 가축에게도 여름 더위는 힘이 들긴 마찬가지이다. 더위 탓에 병에 걸리기 쉬우니 그만큼 항생제 같은 약품도 많이 사용한다. 이런저런 나쁜 기운이 가축의 몸에도 가득한데 그 기운이 사람의 몸에 들어오면 결코 좋은 에너지가 되지 않는다. 건강한 사람들에게는 신선하고 깨끗한 채소만으로도 여름 더위를 충분히 견딜 수 있다. 오히려 동물성 단백질은 몸에서 열을 내게 한다. 뜨듯하게 달궈진 잔에 뜨거운 물을 붓는 격이다. 늦은 저녁에 고기를 먹으면 열기가 솟아 깊이 잠들지 못한다. 그러면 피곤이 진득하게 몸에 쌓이게 되는 것이다.

우리 몸과 자연은 하나로 이어져 있다. 제철의 곡식과 채소들은 우리 몸을 끌어당긴다. 먹고 싶은 생각이 드는 것이다. 그러나 더위가 누그러지고 바람이 선선해지면 그 음식을 멀리 하게 된다. 그토록 간절하던 콩국수가 어느 날 갑자기 먹고 싶은 생각이 싹 사라져버린다. 계절에 따른 음식을 먹어야 몸은 그 계절에 적응한다. 오이가 여름에는 약이지만, 냉한 성질이기 때문에 다른 계절에 먹으면 해로울 수도 있다. 오이를 제철이 지난 다음에 먹어야 한다면 고추장이나 고춧가루를 버무려 먹어야 한다. 냉한 음식을 그대로 먹기보다 고추장으로 보완한 음식으로 먹는 것이다.

여름이 괴롭고 싫은 사람이 있는가 하면 좋다고 하는 이들도 있다. 선어록에 나오는 이야기이다. 한 수행자가 선승에게 물었다. "날씨가 더

우니 어디로 피해야 합니까?" 그러자 선승이 답했다. "끓는 기름 가마솥으로 피하라." 공부에 전념하면 더위 따위는 잊게 된다는 말이다. 그러나 중생의 여름은 뜨겁고 무덥기만 하다. 몸조심, 마음 조심하며, 무엇에도 흔들리지 않는 평상심平常心으로, 이 여름이 시원한 보리차처럼 지나가기를 기다리자.

상추
기운이 불뚝 솟게 하다

옥상에 텃밭을 가꾸는 사람들이 늘어간다. 안전한 농작물을 직접 거둬 먹으려는 생각이다. 그러나 그 마음 바탕에는 식물을 가꾸면서 느끼는 즐거움과 위안, 편안함이 더 크다. 여름 내내 수고해서 가꾸어도 고작 시장에서 사면 몇 천 원어치도 되지 않는다. 서양에서는 마음의 병을 앓는 사람들에게 식물을 키우도록 하는 '원예 치료'가 중요한 치료 도구로 자리 잡았다. 흙을 만지면서 씨앗을 뿌리고 거름을 주고 꽃을 피우고 열매를 거두다 보면 마음이 안정되고 스스로에 대한 자존감을 높이고 또 무언가를 하고 싶은 노동에 대한 욕구, 성취감을 키울 수 있다. 움직이지 못하고 의사 표현이 안 되는 아픈 사람들에게 '식물인간'이라고 하는데 잘못된 말이다. 식물에게는 인간의 눈과 귀로 헤아릴 수 없는 힘이 있다. 베란다에서 가꾸는 몇 개 안 되는 화초들, 책상 위에 놓인 작은 화분에도 눈이 시원해지고 마음이 놓인다. 그래서 우리는 본능적으로 초록의 잎을 가까이 두려고 애쓴다.

여름 옥상이나 베란다 혹은 작은 텃밭에서 쉽게 키울 수 있는 것이 바로 상추이다. 상추는 오랜 역사를 가지고 있다. 그리스 로마 시대 황제의 식탁에도 올랐는데, 아우구스투스 황제가 상추를 먹고 병에서 회

상추대궁전

재료   쫑상추 200g, 통밀이나 메밀가루 1컵, 포도씨유,
소금, 고추장 1/2큰술, 사과 1/2개, 식초 1큰술

1. 상추를 줄기째 깨끗이 씻는다. 굵은 대궁은 반으로 갈라
   방망이로 부드럽게 두드려놓는다.
2. 전 재료로 쓰일 가루에 소금을 넣어 묽게 반죽한다.
   상추를 묽은 반죽에 적셨다가 한 번 훑어낸 후 부친다.
3. 사과를 강판에 갈아 고추장, 식초를 넣어 초고추장을
   만들어 함께 낸다.

복한 뒤 상추를 동상으로 세웠다는 기록이 있다. 지금은 하우스에서 사철 재배하지만, 상추는 여름에 먹어야 가장 좋은 대표적인 여름 채소이다. 상추는 맛이 쓰고 성질은 서늘하다. 다른 채소에 비해 비타민C가 많지 않은 대신 당류가 많은데, 쌉싸래한 맛과 어울려 맛이 독특하다. 맛에는 단맛, 신맛, 짠맛, 매운맛, 쓴맛, 떫은맛 등이 있다. 이 여섯 가지만 있는 것은 아니다. 두 가지 맛이 서로 합하여지기도 하고, 세 가지 또는 네 가지로 어우러지는 등 맛은 끝이 없다. 상추의 맛이 그렇다. 그 맛 덕분에 상추는 예로부터 '천금채千金菜'라고 불렀다. 중국 송나라 때 화국(중앙아시아에 있던 나라) 사신이 '와채(상추)'라는 채소를 가져오면 사람들이 몰려와 많은 돈을 내고 사갔다 하여 붙여진 이름이다.

상추의 미끈미끈한 성분은 피를 맑게 하여 우리 몸의 에너지 흐름을 원활하게 해주어 기운을 복돋워준다. 줄기와 잎을 따면 나오는 하얀 진액은 진정, 진통 효과와 전신의 긴장을 풀어주어 잠이 오게 한다. 씀바귀, 민들레, 고들빼기 줄기에도 하얀 진액이 나온다. 하얀 진액이 벌레들을 쫓아내는데 여느 채소와는 다르게 상추에 벌레가 끼지 않는 이유이다.

상추는 한 잎 한 잎 따먹다 보면 줄기만 남는다. 사찰에서는 이 대궁으로 전을 부쳐 먹는다. 여름에 먹는 상추대궁전은 '상추불뚝전'이라고도 한다. 먹으면 기운이 불뚝 솟는다고 하여 붙여진 이름이다. 더위에 시달려 가슴이 답답하고 머리가 아프고 소화가 안 되고 기운이 없을 때

상추는 특효약이다. 절에서 전을 만들 때는 달걀을 쓰지 않고 메밀, 도토리, 감자 반죽이나 들깨가루 반죽을 씌워 기름을 두르고 지져 먹는다. 기름을 쓰는 요리가 많지 않은 사찰에서 전은 별식이다. 채식을 하는 스님들은 부족한 열량을 전에서 채운다. 또 전은 냉한 채소를 보완해주고 기름은 몸의 흡수를 돕는다. 모든 채소가 다 전의 재료가 된다. 미나리, 깻잎, 고추, 연근, 호박, 가지, 취나물, 당근, 우엉 등, 사찰에서는 봄엔 봄나물전을, 아카시아가 한창 필 때는 달콤한 아카시아꽃전을, 가을에는 아삭한 연근전과 표고버섯전, 고구마전, 녹두전을 부쳐 먹었다. 무더위를 가시게 하는 소나기가 쏟아지면 부침이나 전이 생각나는데 지글지글 기름 소리가 빗소리를 연상케 하기 때문인가.

보통 사람들은 더위에 기운을 내게 하려고 삼계탕이나 장어 같은 것을 먹는다. 음식 자체에 들어있는 에너지를 먹고 힘을 내려는 것이다. 그러나 사찰음식의 기본 원리는 우리 몸이 스스로 에너지를 만들어내도록 도와주는 음식이다. 혈액이나 기운의 흐름을 원활하게 하고 막힌 곳은 뚫어주어 몸이 스스로 작동하여 힘을 내는 이치이다.

감자
감자가 흉년이면 환자가 늘어난다

하지 무렵에 여름 곡식과 채소들을 거둔다. 여름 밥상이 풍성해지는 시기이다. 이즈음 감자잎이 누레지면 드디어 감자를 캐기 시작한다. 감자 수확은 사찰의 모든 대중이 나서는 큰일이었다. 오래 전 운문사에 있을 때 대중 3백여 명이 동원되었다. 지금이야 트랙터로 밭을 뒤집어 골 따라 동글동글 드러난 감자를 줍기만 하면 되지만(물론 이 일도 고되다) 예전에는 일일이 손으로 캤다. 호미나 괭이로 흙을 찍어 내고 줄기를 휘어잡고 뽑아 올리면, 투둑 뿌리가 끊어지는 느낌이 들고 흙이 잔뜩 묻은 감자가 알알이 달려 나왔다. 어둠 속에서 소리 없이 튼실한 알을 품어냈구나, 싶어 절로 기도가 나오는 순간이다. 아침 9시에 시작해 네다섯 시간 꼬박 감자를 캤다.

캔 감자를 소쿠리에 담아 그늘에 쌓아 두는데, 한두 번 오간 듯한데 돌아보면 그 양이 산을 이뤘다. 대중의 힘이 참 대단하다. 여럿이 모이면 안 될 일도 되고 저절로 수행이 된다 하니, 이를 두고 하는 말인가 보았다. 하, 이걸 언제 다 먹나 싶지만, 여름 내내 밥에 섞고 찌개에 넣고 찌고 삶고 구워 먹다 보면 고방에 쌓아둔 감자는 쑥쑥 줄었다. 감자는 여름내 든든한 찬이 되었기에 감자 캐기는 즐거운 노동이었다.

서양인들도 감자를 좋아한다. 몇 년 전 독일에서 사찰음식을 알리는 기회가 있었는데, 그때 감자옹심이를 먹어보고 아주 좋아했다. 독일에는 감자 수확이 줄면 환자가 늘어난다는 속담이 전해진다. 2차 대전을 치르고 전쟁 통에 빵을 구할 수 없었던 시절이 꽤 길었는데 그때 독일에서는 빵 대신 감자를 주식으로 했다. 감자는 독일인의 생명을 구한 채소인 셈이었다. 낯선 한국의 감자 요리를 국물 한 방울 남기지 않고 먹는 그들을 보면서 본래 식재료의 맛을 살린 음식은 누구에게나 통한다는 것을 새삼 알았다.

감자는 '땅속에서 나는 사과'라고 불릴 만큼 비타민이 풍부하다. 감자 한 개에 거의 모든 영양소가 들어 있다. 주성분은 전분, 즉 탄수화물이다. 그러나 많은 탄수화물에 비해 단백질과 지방은 적어서 에너지를 만들어내는 데 중요한 역할을 한다. 또 당분이 낮고 마그네슘 같은 무기성분과 비타민C·B1·B2, 나이아신과 같은 우리 몸에 꼭 필요한 비타민을 듬뿍 함유하고 있다. 감자가 가진 철분은 같은 양의 쌀밥보다 많아 빈혈에도 좋다. 다량의 칼륨은 몸속의 나트륨을 바깥으로 배출해 짜게 먹는 식습관을 가진 사람들이 먹으면 좋다.

감자는 표면에 흠집이 적으며 매끄러운 것이 좋고, 무겁고 단단한 것보다 가벼운 것을 고른다. 쉽게 구할 수 있어서 밥상에 자주 오르는 감자. 찌고 삶고 굽는 대신 특별한 감자요리로 감자옹심이가 있다. 감자옹심이국은 감자와 표고버섯이나 가죽나무순으로 국물을 내어 집간장

감자옹심이국

재료   감자 2개, 표고버섯 2개, 다시마(10×10) 1장, 가죽순 2줄기,
애호박 1/4개, 들기름 1큰술, 집간장 2큰술, 소금 약간

1. 감자를 깨끗이 씻어 껍질을 벗긴 후 강판에 간다. 갈아낸
   감자를 면보에 적당히 짜서 건더기는 따로 그릇에 담고, 국물은
   가라앉힌다. 녹말이 바닥에 가라앉으면 그 물은 버린다.
2. 표고버섯은 물에 불리고 애호박은 채썰어 놓는다.
3. 감자 건더기와 가라앉은 녹말을 섞어 소금 간을 한 후 먹기 좋은
   크기로 경단을 빚는다. 약간 질게 느껴질 정도로 반죽하는 것이
   좋다.
4. 잘 달궈진 냄비에 들기름을 두른 후 표고버섯, 다시마,
   가죽나무순을 넣어 볶다가 물을 조금 넣고 끓인다.
5. 뽀얗게 국물이 우러나오면 물을 넉넉히 붓고 집간장으로
   심심하게 간을 맞춘다.
6. 국물이 끓으면 표고버섯, 다시마, 가죽순을 건져내고
   감자옹심이를 넣는다. 옹심이가 떠오르면 채 썬 호박을 넣어
   끓인 후 불을 끈다.

으로 맛을 낸 음식이다. 감자에 들어 있는 칼륨은 수용성이므로 국물째 먹어야 한다. 감자옹심이국은 맛도 좋지만, 식사대용으로도 충분하여 더운 여름날 입맛 없을 때 만들어 먹으면 좋다. 감자에는 몸의 열을 빼주는 성분이 있어 화상을 입었을 때 감자를 갈아서 붙이는 응급처치법이 전해진다. 열을 내리고 통증을 완화한다.

감자옹심이국과 함께 먹기 좋은 음식은 열무김치이다. 열무김치의 시원한 맛이 감자옹심이국과 잘 어울린다. 간단하게 먹을 때는 감자옹심이가 달고 느끼한 맛이 있으므로 풋고추를 잘게 다져 넣은 양념장을 곁들여 먹는 것도 좋다.

콩
누구나 웃게 만드는 '기분 좋은 콩'

우연히 윤동주 시인의 「아침」이란 시를 읽고 기분이 좋았다. 해가 막 뜨기 시작한 아침을 묘사한 이 시에서 다음 구절은 참 아름답다.

"이제 이 동리洞里의 아침이 / 풀살 오른 소엉덩이처럼 기름지오. / 이 동리洞里 콩죽 먹은 사람들이 / 땀물을 뿌려 이 여름을 길렀오."

여름 아침, 논밭은 풀을 넉넉히 먹고 살이 오른 소엉덩이처럼 기름지다. 이 논밭을 만든 것은 여름내 콩죽 먹고 일한 농부들의 땀이라는 것이다. 콩죽을 먹고 일했다는 대목에서 농부의 고단한 노동을 떠올리지만, 사실 콩은 영양적으로 완전한 식품이다.

콩만큼 우리 민족과 가까운 곡물은 드물다. 우리 전통음식의 기본이 되는 된장, 청국장의 주원료이자 콩죽, 콩나물, 두부, 유부, 콩기름, 콩강정 등 다양한 콩 음식이 식탁에 오른다. 알게 모르게 날마다 콩 음식 한 가지씩은 먹는다. 콩 이야기를 더 해보면, 예로부터 2월 초하루에 콩을 볶으면서 "콩알 볶아라." "쥐알 볶아라." "새알 볶아라." 노래를 부르면서 병충해가 없기를 기원했다. 아마도 투둑 툭, 콩 튀는 소리에 해충이 놀라 사라지기를 바라는 마음이 아니었을까 싶다. 부처님오신날인 사월 초파일에도 콩을 볶아 먹었는데 한 알의 콩을 심으면 셀 수 없이 많이 열리는 콩

검은콩조림

재료　　검은콩 1컵, 집간장 2큰술, 조청 2큰술, 통깨 약간

1. 냄비에 불린 콩을 넣고 물을 자작하게 부어 삶는다.
2. 콩이 삶아지면 간장, 조청을 넣고 조린다.
3. 불을 끄고 통깨를 뿌려 완성한다.

◉ 마지막 조리는 순간에 풋고추를 썰어 넣고 볶으면 '검은콩풋고추조림'이 된다.

처럼, 불법佛法이 많은 곳으로 흩어져 자라기를 바라는 의미를 담았다.

똑같은 콩이지만 계절의 기운에 맞게 다르게 조리했다. 콩 자체는 차가운 성질을 갖고 있으므로 여름에는 콩을 삶아 갈아서 국수를 말아 먹고, 가을에는 두부로 만들어 먹는 게 좋다. 두부는 예로부터 사찰에서 '보름달 보듯 가끔 먹을 수 있는' 특식이었다. 추운 겨울에는 콩나물을 길러 나물을 만들어 먹었다. 콩에는 비타민C가 없지만 콩나물에는 듬뿍 들어있어 푸른 채소가 부족한 겨울에 단연 좋은 음식이다.

콩에 들어있는 성분 중 세로토닌과 레시틴이 있다. 세로토닌은 기분을 좋게 하고 레시틴은 기억력을 형성하는 물질이라고 한다. 이것만 따지면 콩밥을 먹으면 기분이 좋아지고 똑똑해질 것만 같다. 콩에 들어 있는 단백질의 양은 농작물 중 최고이며, 콩 단백질을 구성하는 아미노산의 종류도 육류에 비해 손색이 없다.

콩국수는 여름에 먹는 대표적인 절기음식이다. 입맛 없고 땀을 많이 흘리게 되는 여름, 지친 심신에 활력을 주는 보양식이다. 더위로 인해 몸 안의 질소와 기운이 땀을 통해 배출되므로 단백질 보충이 필요하다. 콩은 칼로리나 지방질, 당질은 적은 반면 단백질은 풍부하다. 예로부터 절에서는 국수를 '승소僧笑'라 부른다. 스님의 미소라는 뜻이다. 국수를 보면 스님들이 절로 미소가 날 만큼 좋아하기 때문이다. 채식을 하는 스님들이 평소 맛보지 못한 밀가루 속 글루텐 성분이 입맛을 당기는 것이다. 사찰에서는 다양한 채소 즙을 밀가루와 반죽, 국수로 만들어 양념장에 비벼 먹거나, 콩국을 부어 먹는다. 또 옹심이를 만들어 미역국에 넣고 끓여먹기도 하는데 특히 울력(절에서 스님들이 일하는 것) 때 새참으로 자주 내곤 한다.

국수나 수제비를 반죽하다 보면 밀가루가 헤퍼지고 가루가 날려 주위가 지저분해진다. 어른스님들은 국수 반죽 때 흔적이 남지 않도록 각별히 조심시켰다. 음식을 맛있게 만드는 것보다 무엇 하나 낭비되지 않도록 '소중히 여기는 것'이 근본임을 잊지 말라는 뜻이었다. 국수 반죽을 할 때는 먼저 마른 행주로 그릇을 잘 닦은 후 밀가루를 붓고, 물을 조금씩 부어 고루 섞어준다. 그렇게 해야 반죽을 하면서도 밀가루를 덜 흘리고 할 수 있다. 처음부터 물을 많이 부으면 반죽이 고르게 되지 않을뿐더러 그릇과 손에 질척하게 엉겨 붙는다.

콩은 덜 삶아지면 비리고 너무 삶으면 고소한 맛이 덜하다. 삶은 콩은 찬물에 헹궈야 고소한 맛이 더하다. 참깨를 넣고 갈아도 되고, 일반 콩에 비해 맛이 부드러운 풋콩이나 잣을 넣어도 좋다. 콩은 찬 성질을 갖고 있는데 잣은 성질이 따뜻하고 영양이 풍부해서 몸이 허한 것을 보완해준다. 국수와 함께 여름이면 생각나는 것이 냉면이다. 냉면은 많이 먹으면 탈이 나기 쉬우므로 표고버섯과 들기름으로 보완해서 먹으면 좋은데, 양념장을 들기름에 잘 볶은 표고버섯으로 만든다. 찬 음식인 냉면에 들기름의 따뜻한 기운이 더해지는 이치다. 냉면을 상에 낼 때는 소화를 돕는 동치미나 물김치를 곁들여 내면 좋다. 여름을 시원하게 나는데 제격인 콩국수는 단백질 소모량이 많은 여름엔 '약'이다.

애호박
치매 예방과 세포 손상을 막아주다

뜨거운 햇볕 아래 푸른빛을 더해가며 굵어지는 호박을 보면 대견하다. 푸른 잎 사이에서 듬성듬성 빛을 발하는 호박은 동명의 값비싼 보석 '호박'보다 더 귀하게 느껴진다. 가끔 시골 어르신들이 밭에서 가지나 고추를 따서 바로 먹는 모습을 보게 된다. 채소가 가진 에너지를 온전히 먹는 가장 쉬운 방법이다. 재료 본연의 맛은 수확하자마자 바로 먹는 것이 가장 좋다. 옥수수는 따자마자 날것으로 씹으면 그 맛이 매우 달다. 바로 따서 찔 때는 아무것도 넣지 않아도 된다. 호박도 마찬가지이다. 호박을 바로 따면 진득한 진이 나와 손이 끈적이는데 싱싱하다는 증거이다. 산지에서 빠르게 배송되는 요즘에는 수확한 뒤 이튿날 도시의 마트에서도 끈끈함이 남아 있는 호박을 살 수 있다. 제철 음식의 맛은 싱싱함으로 결정되기도 한다.

언젠가 서울의 큰 호텔의 외국인 사장이 나를 찾아와 셰프들에게 음식을 가르쳐달라고 부탁했다. 사찰음식의 철학을 외국인들에게 전할 수 있는 좋은 기회였다. 첫날, 새벽에 주방으로 내려갔더니 그날 요리할 애호박이 그릇에 가득 담겨 자를 준비를 하고 있었다. 내가 왜 호박을 씻지 않고 요리하느냐고 했더니 다들 깜짝 놀랐다. 안 씻은 걸 어떻

애호박만두

재료___애호박 1개, 표고버섯 2개, 풋고추 1개, 소금 약간,
집간장 1작은술, 참기름 1작은술, 통깨 약간, 후추 약간, 만두피,
초간장(간장, 식초, 물 약간)

1. 호박은 가늘게 채 썰어 2~3번 옆으로 잘라준 후, 소금을 뿌린
   뒤 물기를 짠다. 그 다음 센 불에 재빨리 볶아내어 김이 빠지게
   헤쳐 놓는다. 호박을 볶을 때 약한 불에 오래 볶으면 색이 곱지
   않고, 덜 볶으면 만두를 만들었을 때 맛이 덜하다.
2. 말린 표고버섯은 불려서 꼭지를 따고, 두꺼운 것은 포를 뜬 뒤
   채 썰어 다져서 집간장, 들기름을 넣고 무쳐 팬에 볶아 놓는다.
   풋고추는 다져서 살짝 볶는다.
3. 볶은 호박과 고추, 버섯이 다 식었으면 섞어 통깨, 후추,
   참기름에 무쳐 만두소를 만든다.
4. 만두피에 만두소를 넣어 만두를 빚는다.
5. 김이 오른 찜통에 젖은 베보자기를 깔고 만두를 넣어 찌거나,
   끓는 물에 소금을 약간 넣고 만두를 삶아낸다. 꺼낼 때 만두가
   찢어지지 않게 하려면 찬물에 넣었다 얼른 건지면 된다.
6. 초간장과 함께 낸다.

게 알았느냐는 것이다. 그것은 만져보면 아는 일이었다. 싱싱한 애호박의 몸피에는 잔털이 보송보송 나 있다. 물로 씻으면 매끄러워지는데 조리대에 놓인 애호박은 잔털이 그대로 남아 있었던 것이다.

애호박은 어린 호박이란 뜻이다. 따지 않고 놔두면 단단하고 누런 색깔의 늙은 호박으로 자란다. 호박은 반드시 익혀 먹어야 한다. 날것으로 먹으면 아스코르비나아제 효소가 그대로 남아 비타민C를 파괴한다. 호박은 채소지만 녹말이 주성분이다. 당질과 비타민A, C가 풍부해서 소화를 돕는다. 위가 좋지 않은 이들에게 좋다. 또 호박 속에 풍부하게 들어 있는 카로티노이드는 항산화제 역할을 한다. 항산화란 산화를 막는 것, 몸속 유해산소를 흡수해서 세포의 손상과 변형을 막아준다. 호박씨에는 레시틴 성분이 있어 치매 예방 효과가 있다. 호박같이 단맛이 나는 채소를 조리할 때는 소금을 반으로 줄여야 단맛이 두 배가 된다. 평소처럼 소금 양을 똑같이 넣으면 단맛보다 오히려 짠맛이 두 배가 되므로 주의해야 한다. 손으로 들었을 때 크기에 비해 무겁다는 느낌이 드는 것일수록 맛이 좋다.

호박은 버릴 것이 없다. 열매뿐 아니라 꽃 그리고 잎까지 모두 먹는다. 애호박은 양념에 무쳐 먹어도 좋고, 찜통이나 밥 위에 반을 가른 애호박을 얹어 쪄낸 다음 큼직하게 썰어 간장, 소금 고춧가루, 깨소금을 뿌려 무쳐 먹어도 여름 입맛을 돋우기에 그만이다. 된장국에 호박잎을 넣어도 좋다. 호박잎의 잎맥 부분의 껍질을 벗긴 뒤 소금을 뿌리고 비벼 부드럽게 한 다음 먹기 좋은 크기로 뜯어 애호박과 함께 된장을 풀어 끓여낸다. 이때 호박잎에 날콩가루를 버무려 넣으면 국물 맛이 더 좋다. 호박잎을 쪄먹어도 좋다.

절에서는 음식을 만들 때 전체식을 지향한다. 전체식이란 말 그대로 하나도 버리는 부분 없이 다 먹는 것이다. 먹을 수 있는 음식을 낭비하지 않기 위한 철학도 있지만, 식품의 영양소를 빠짐없이 섭취하는 데도 이유가 있다. 쌀을 많이 깎아내지 않고 5분도미, 현미로 먹는 것이나, 과일도 껍질째 먹는 것, 표고버섯 불린 물로 찌개를 끓이고, 나물 데친 물도 버리지 않고 국을 끓일 때 사용하는 것 등이 그렇다. 아무리 작은 것이라도 귀히 여기고 정성을 들여 음식을 하는 마음이 바로 사찰음식을 대하는 마음이고, 그 음식이 약이 되는 것이다.

사찰음식에서 국수와 더불어 특별식으로 해 먹는 음식 가운데 만두가 있다. 대중이 만둣국 먹는 날을 정해놓고 만두 울력을 할 정도였다. 만두 울력이라 하여, 스님들이 대방에 모여 만두를 빚었다. 반죽을 밀고, 밥주발 뚜껑으로 동그랗게 찍어 낸 만두피에 만두소를 넣어 빚었다. 저마다의 개성이 그대로 드러난 만두 모양에 웃음이 터지고 주거니 받거니 이야기꽃이 피어났다. 오랜만의 여유와 즐거움이 넘치는 시간이 바로 만두 울력이었다.

사찰의 만두에는 계절마다 만두소가 다르다. 봄에는 냉이 등의 봄나물을, 여름이면 애호박과 풋고추를 넣고, 가을에는 단맛이 밴 배추와 무를 쓰고, 겨울에는 김장김치나 두부, 견과류 등을 넣어 만두를 만든다. 요즘은 사계절 푸른 채소가 나오지만 예전에는 겨우내 보관했던 배추, 무, 김장김치를 이용하여 만두를 만들어 먹었다. 여름에는 두말할 것 없이 호박이 좋고, 겨울에는 몸의 해독을 돕는 무가 좋다. 겨울에는 무를 많이 넣은 만두를 먹으면 속이 편안해진다. 사찰에서는 겨울 만두에 무말랭이를 넣기도 한다.

채소로 소를 만들어 만두를 빚을 때는 만두피에 구멍이 나지 않도록 주의해야 한다. 고기만두는 구멍이 나도 괜찮지만, 채소 만두는 구멍 속으로 물이 들어가 터지기 쉽다. 또 반죽의 경우 물만두는 찬물을 섞어 반죽하고, 찐만두는 익반죽을 해야 터지지 않는다. 호박 대신 오이를 넣으면 오이 편수가 되는데, 호박과 오이 소는 파란 빛깔이 투명하게 비치도록 만두피를 얇게 빚어야 모양도 예쁘고 맛도 좋다.

보리
농약 걱정 없이 먹을 수 있는 곡물

노년 세대에게 보리는 애잔함이 느껴지는 곡식이다. 이른 봄, 쌀이 떨어지고 아직 보리가 익지 않아 먹을 곡식이 없어 힘든 시기를 '보릿고개'라 했다. 그러면 풋바심이라 하여, 채 여물지 않은 청보리를 훑어다가 볶아 먹곤 했는데 입 안 가득 번지는 고소함은 잊히지 않는다. 여름에는 삶은 보리밥을 대나무바구니에 넣고 시원한 처마 밑에 대롱대롱 달아 두곤 했다. 대나무바구니에 넣어 두면 보리밥이 잘 쉬지 않았는데 바람결에 이리저리 흔들리는 대바구니를 이윽히 바라보며 여름은 그렇게 천천히 흘러갔다.

전라북도 고창 모양현이라는 동네 이름의 '모麰'가 바로 보리를 뜻한다. 즉 보리고을이다. 이른 봄, 온 들판을 푸르게 일렁이던 보리밭이 사라진 것은 한국전쟁이 끝나고 밀가루 원조가 시작되면서다. 게다가 태풍에 흉작까지 겹쳐 자연스레 수입 밀가루에 의존하게 되면서 우리 밀과 보리는 사라졌다. 다행이 지금은 보리밭이 늘고 있지만, 보리 소비는 옛날만 하지 못하다. 보릿고개란 말이 역사교과서에나 나올 법한 말이 되었지만, 젊은이와 자녀 세대에게는 보리가 얼마나 좋은 곡식인지 과학적인 설명과 함께 입맛에 맞는 조리법으로 물려주어야 할 것이다.

보리된장비빔밥

재료 보리쌀 1컵, 쌀 1컵, 표고버섯, 애호박, 풋고추, 된장, 소금

1. 보리쌀은 미리 삶아놓고 삶은 보리와 불린 쌀을 섞어 보리밥을
   짓는다.
2. 애호박, 표고버섯, 풋고추는 깍둑썰기로 잘게 썰어 준비한다.
3. 팬에서 약간의 물과 함께 표고버섯을 볶다가 애호박, 고추
   순으로 넣어 볶는다.
4. 잘 익은 채소에 된장을 넣고 고루 섞은 후 불을 끈다.
5. 그릇에 보리밥을 푼 다음 채소된장볶음을 올려낸다.

보리는 한국인이 값싸게 먹을 수 있는 최상의 건강식이다. 『동의보감東醫寶鑑』에서 보리를 가리켜 '오곡지장五穀之長'이라 했다. '곡물의 왕'이란 뜻이다. 경전에도 겉보리를 갈아 먹으라는 구절이 있다. 보리는 쌀과 밀보다 훨씬 많은 베타글루칸이라는 식이섬유를 함유하고 있다. 쌀의 50배, 밀의 7배의 양이 들어 있다. 이 '베타글루칸'이란 식이섬유가 곡류의 왕좌 자리를 차지하게 한 셈이다. 베타글루칸은 몸 밖으로 배설되면서 혈중 지질 수치를 낮추고 혈당 조절에도 도움을 주는 것으로 알려진다. 혈중 지질이란 혈관 속의 지방과 이물질이 끼는 것으로 각종 성인병의 원인이다. 즉 보리는 우리 몸속의 나쁜 독소를 배출하여 피를 맑게 하는 작용을 하여 병을 예방한다. 또 보리엔 든 전분(녹말)과 식이섬유가 혈압이 오르는 것을 막고, 칼륨이 나트륨(소금)을 몸 밖으로 배출시켜 혈압을 낮춰준다.

한방에선 보리에 물을 부어 싹을 내어 말린 '엿기름'을 약재로 쓴다. 엿기름은 배가 더부룩하고 막힌 것을 뚫어준다. 식혜의 주재료가 엿기름이다. 달고 기름진 것을 많이 먹는 명절에는 반드시 식혜를 만들어 두는 이유도 이 때문이다. 언젠가 아는 분이 직접 식혜를 담갔다며 맛을 보라는 데 몹시 달았다. 아무리 달여도 단맛이 나지 않아 설탕을 넣었단다. 식혜의 단맛은 설탕이 아니라 엿기름에 좌우된다. 보리 싹을 알맞게 잘 길러내야 단맛을 머금은 엿기름이 된다. 가끔 음식에 대해 옛날 맛이 안 난다며 아쉬워하는 이들을 보는데, 농작물을 거두는 과정과 만드는 과정이 다르므로 당연히 차이가 날 수 밖에 없다. 자연의 맛을 최대한 살리는 것만이 옛날 맛에 가까워지는 길이다.

보리는 찬 성질을 지니지만 싹을 내거나, 익히면 덜 차가워진다. 보리밥은 된장과 고추장, 풋고추와 함께 먹는 이유가 이 때문이다. 고추는 따뜻한 성질로 몸을 덥히고 발효 식품인 된장이 장의 소화력을 돕는다. 열이 오르거나 더위를 먹으면 시원한 보리차를 마셔서 몸속 열기를 빼준다. 보리차는 요즘 티백으로 간편하게 나오지만 어떤 보리를 갈아서 만들었는지 알 수 없으므로 통보리차를 이용하거나 집에서 겉보리를 사다가 프라이팬에 볶아 간편하게 만들 수 있다. 무엇보다 보리는 가을에 씨를 뿌려 봄에 거두므로 농약을 거의 뿌리지 않는 친환경적인 곡물이므로 농약 걱정 없이 먹을 수 있다.

상추대궁김치

재료

쫑상추 400g, 고춧가루 2큰술, 통밀가루
2큰술, 소금, 집간장

1. 쫑상추를 깨끗하게 씻어 물기를 뺀다.
2. 통밀가루를 묽게 풀을 쑨 뒤 고춧가루를
   풀어주고 집간장, 소금으로 간한다.
3. 상추를 조금씩 양념에 적셔서 담는다.

채소쌈에 어울리는 '된장 빡빡이'

재료

된장 2큰술, 새송이버섯 2개, 풋고추 3개,
호박 1개

1. 버섯, 풋고추, 호박을 잘게 썰어서
   냄비에 넣고 익힌다.
2. 다 익으면 된장을 넣어 한 번 더
   볶아준다.

애호박소박이

재료

애호박 1개, 당근 1/3개, 표고버섯 2개, 은행 5알, 두부 1/5모, 잣 1큰술, 소금 약간, 녹말가루 약간

1. 애호박을 씻어 3등분 정도로 잘라 속의 씨 부분을 도려낸다.
2. 당근, 표고버섯은 채 썰어 각각 소금 간을 해 볶고 두부는 칼등으로 으깬다.
3. 볶은 채소가 식으면 으깬 두부, 은행, 잣을 섞고 녹말가루를 조금 넣고 소금간을 한다.
4. 애호박 도려낸 부분에 녹말가루를 바르고 반죽된 소를 꼭꼭 채워 넣은 후 김이 오른 찜통에 넣어 찐다.
   식으면 먹기 좋은 크기로 썬다.

보리수단

재료

오미자, 물, 꿀, 보리

1. 오미자는 물에 씻어서 찬물을 부어 하루
   우려내어 체에 받친다.
2. 진하게 우린 오미자물에 꿀을 넣어 맛을
   조절한다.
3. 햇보리를 씻어 불린 후 삶아내 맑은 물이 나도록
   씻어 건진 후 물기를 뺀다.
4. 삶은 보리를 녹말가루를 묻혀서 삶아 서너 번
   찬물에 헹군다.
5. 오미자물에 4를 넣어 완성한다.

보리차

재료

겉보리

1. 겉보리를 씻어 찌꺼기를 걷어내고
   수차례 씻어낸다.
2. 햇볕에 잘 말린다.
3. 솥에 넣고 볶는다.
4. 볶은 보리에 물을 붓고 끓여 마신다.

열무얼갈이물김치

재료
열무 1단, 얼갈이 1/2단, 청고추 3개, 홍고추 4개, 생강 한 톨, 감자 3개, 다시마, 밀가루 4큰술, 고춧가루 1/2컵, 소금, 간장

1. 열무는 다듬어 적당한 길이로 썰고 얼갈이 배추도 손질하고 청·홍고추는 어슷썬다.
2. 냄비에, 껍질을 벗겨 큼직하게 썬 감자와 다시마를 넣고 물을 넉넉히 부어 푹 삶는다. 감자 맛이 없어질 정도로 삶아지면 감자와 다시마를 건져내고, 밀가루풀을 쑨다.
3. 풀국에 소금 간을 하고 고춧가루, 어슷썬 고추, 다진 생강 약간을 넣고 한 김 나가면 단지에 열무와 얼갈이를 켜켜이 넣고 양념한 풀국을 붓는다. 국물이 식으면 뚜껑을 덮는다.
4. 꼭꼭 눌러서 맛이 들 때까지 건드리지 않는다.

감자전

재료
감자 1개, 소금 약간, 포도씨유, 통밀가루 1큰술

1. 감자를 가늘게 채 썬다.
2. 밀가루를 넣고 조물거려서 감자의 수분으로 엉겨붙게 한다.
3. 프라이팬에 닿는 면이 완전히 익은 다음 뒤집어야 들러붙지 않는다.

잣콩국수

재료
잣 3큰술, 콩 1/2컵, 시금치 한 줌, 애호박 1/4개, 오이 1개, 밀가루 2컵, 소금 약간

1. 콩을 씻어 물에 충분히 불리고 오이는 곱게 채 썰어놓는다.
2. 냄비에 콩을 넣고 자작하게 물을 부어 콩이 알맞게 삶아지면 불을 끄고 찬물에 헹구면서 껍질을 벗겨낸다.
3. 믹서에 콩과 잣을 넣고 물을 부어 곱게 갈아놓는다.
4. 밀가루에 데친 시금치와 데친 애호박을 갈아 넣고 소금을 조금 넣어 반죽한다.
5. 반죽을 가늘고 얇게 국수로 만들어 끓는 물에 넣고 삶는다.
6. 그릇에 국수를 담고, 잣 콩물을 부은 후 채 썬 오이를 얹어 낸다.

가을(9~11월)_
익어가고 거두고 다시 준비하다

"봄에 씨를 뿌려야 가을에 거둘 게 있지!"

어른스님이 경책삼아 하시는 말씀이다. 이 말을 떠올리면 뜨끔하다. 어떤 일이 잘 안 되거나, 원하는 대로 되지 않을 때, 내가 제대로 씨를 뿌린 것인가 돌아보게 되는 것이다. 씨를 뿌리고 잘 가꾸었다면 기쁨과 즐거움으로 맞이하는 계절이 가을이다.

입추가 되면 더위도 한풀 꺾인다. 맹위를 떨치던 더위 속에 한 줄기 살랑 시원한 바람이 분다. 9월초에 든 백로白露 무렵에는 이슬이 내리고 새벽엔 서늘한 기운이 느껴진다. 산머리부터 서서히 단풍이 들고 공기는 투명해진다. 막바지 햇볕의 열기에 열매가 달게 익고 곡식들은 여물고 단단해져 고개를 숙인다. 가을은 수확의 계절이기도 하지만 이듬해 봄을 준비하는 계절이다. 산과 들의 나무와 식물들이 씨를 뿌리고 널리 퍼뜨리기 때문이다. 우리가 가을에게서 많은 것들을 거둬 가지만 자연은 또 그만큼 몰래몰래 준비를 해두는 것이다. 10월 23일 경 상강霜降은 된서리가 내린다는 절기로 이때를 전후하여 보리를 파종한다. 거둠과 동시에 내년 봄을 준비한다.

산중에서는 봄에는 여름 날 준비를, 가을에는 겨울 날 준비를 한다. 추수가 끝나고 나서부터 겨울 준비가 본격 시작된다. 땔나무를 하고 구들과 아궁이를 살피고 문풍지를 새로 바른다. 특히 먹을거리를 준비하는 일은 더욱 꼼꼼히 챙긴다. 얼음이 얼기 전에 메주를 띄우고 김장을 하고 시래기를 엮고 무를 구덩이에 파묻고 무말랭이도 말렸다. 겨울을 든든하게 날 의식주를 채비하는 것이 가을살림에서 가장 중요한 일이다. 법정 스님이 쓰신 『텅빈 충만』이란 책에 문풍지 바르는 장면이 나온다.

"어제는 창을 발랐다. 바람기 없는 날 혼자서 창을 바르고 있으면 내 마음은 티 하나 없이 맑고 투명하다. 새로 바른 창에 맑은 햇살이 비치니 방안이 한결 정갈하게 보인다. 가을날 오후 같은 때 빈 방에 홀로 앉아 새로 바른 창호에 비치는 맑고 포근한 햇살을 보고 있으면 내 마음은 말할 수 없이 아주 넉넉하다. 이런 맑고 투명한 삶의 여백으로 인해 나는 새삼스레 행복해지려고 한다."

스님의 글은 읽는 것만으로도 가을의 서늘하고 맑은 향기가 전해지는 듯하다. 사찰에서 문을 바르는 일은 몸은 고되지만 즐거운 일이다. 창호지가 바깥세상의 바람을 막듯, 스님들은 창문을 바르면서 마음을 단단히 동여맨다. 햇살에 꾸들꾸들 말라가는 하얀 문풍지처럼 마음을 깨끗하고 충실하게 살피고 수행하겠다고 다짐하는 것이다.

가을은 열매와 뿌리에 영양이 모이는 시기이므로 감, 사과, 배, 은행 같은 열매들과 연근, 마, 토란을 비롯한 뿌리 식품을 먹어야 한다. 나물로는 연잎, 아욱, 무, 배추, 도라지, 더덕, 우엉, 은행이 먹기에 알맞다. 가을에는 봄과 여름의 활발한 신진대사로 우리 몸에 여러 가지 노폐물이 쌓여 있는 데다 건조한 날씨로 황열병(염증)이 증가하는데, 가을의 제철 음식은 염증을 없애는 데 좋다. 또 여름내 더위와 맞서느라 몸에 쌓인 나쁜 에너지를 제거하는 데는 차고 달고 미끈한 음식이 좋다.

가을의 나무들은 겨울 준비를 하기 위해 잎을 다 떨어뜨린다. 겨울의 춥고 긴 시간들을 가벼운 몸피로 나기 위한 준비이다. 마지막 한 잎마저 미련 없이 모두 떨어뜨리는 나무를 보면 하나라도 더 가지려 하는 우리 인간의 모습이 떠올라 부끄럽다. 가을이 들려주는 소리에 귀 기울이면 나무도 사람도 모두 깊어지고 성숙해진다.

우엉
급한 마음을 멈추고 참을성을 기르다

요리를 전공한 사람들이 많지만 음식의 바탕이 되는 재료에 대해 깊게 공부하는 이들은 많지 않은 듯하다. 어느 대학에서 나에게 요리를 배우러 왔는데, 담당 교수가 우엉을 가리키며 '이게 뭐냐?'고 물었다. 한식을 가르치는 분이었지만 늘 다듬어진 식재료를 주문하여 강의를 하다 보니 흙 묻은 우엉을 그날 처음 본 것이었다.

우엉과 같은 뿌리채소는 가을, 겨울이 제철이다. 우엉은 우방牛蒡에서 유래된 말이다. 방蒡은 인동덩굴을 뜻하는데 겨울을 참고 견뎌내는 식물이다. 우엉 역시 인내의 성질을 갖고 있어서 스님들이 즐겨 먹었다. 우엉은 음식이라기보다 약이다. 칼슘이 풍부해 성장기 아이들에게 좋고 식이섬유가 풍부해 장 개선에 도움을 주고, 혈당유지에 도움이 되어 당뇨환자들이 섭취하면 좋다. 강장 효과도 있어 근력을 향상시키고 뇌를 튼튼하게 한다.

대부분의 사람들은 우엉의 진짜 맛을 모른다. 그들이 익히 아는 우엉 맛은 사실 간장과 설탕 맛이다. 우엉 요리를 가르칠 때 나는 두 가지 우엉을 준비한다. 하나는 흙을 털어내고 얼른 씻어서 칼등으로 껍질을

우엉잡채

재료　당면 50g, 우엉 1대, 풋고추 3개, 들기름 1큰술, 집간장 1큰술, 조청 1큰술, 당면조림양념(다시마(10×10cm) 1장, 집간장 1큰술, 유기농설탕 2큰술, 포도씨유, 참기름, 흑임자, 후춧가루 약간)

1. 당면을 찬물에 충분히 불려서 적당한 크기로 자른다.
2. 우엉은 칼등으로 껍질을 벗겨 곱게 채 썰고, 풋고추는 반으로 갈라 채 썰어 살짝 볶는다.
3. 팬에 들기름을 충분히 두르고 우엉을 부드럽게 볶은 뒤 간장과 조청을 넣고 조려 꺼낸다.
4. 우엉 볶은 팬에 물, 다시마, 간장을 넣고 끓으면 설탕, 당면 순으로 넣어 조린다.
5. 다 조려지면 조린 우엉을 넣고 살짝 볶은 후 불을 끄고 참기름, 후춧가루, 볶은 풋고추, 흑임자를 넣는다.

살살 벗긴 우엉. 다른 하나는 물에 오래 담가 씻은 우엉이다. 두 가지 우엉을 잘근잘근 씹어 먹어 본 뒤 반응은 한결같이 살짝 씻어 껍질 벗긴 우엉이 향도 진하고 달고 맛있다고 한다. 대부분 요리를 가르치는 분들은 우엉을 물에 담가 아린 맛을 우려내라고 한다. 우엉 맛을 모르기에 배운 대로 답습하고 또 가르치고 있는 것이다.

우엉 손질을 할 때도 껍질을 다 벗겨내는 것보다 물로 살짝 씻어 칼 등으로 슬쩍 긁어내는 정도로 손질하는 게 좋다. 채소 깎는 칼로 껍질을 두껍게 벗기거나, 물에 오래 담가 두면 우엉의 맛과 약효는 다 빠지고 껍데기만 먹는 것과 다를 바 없다. 물론 사찰에서도 우엉을 데쳐 쓰기도 하는데 우엉고추장 무침을 할 때이다. 기름기를 싫어하는 노스님들은 우엉조림 대신 데쳐서 고추장에 무쳐 드신다. 이때도 우엉을 데치고 난 물은 버리지 않고 국이나 찌개에 밑물로 쓴다. 우엉의 독특한 향과 영양분을 고스란히 섭취하는 방법이다.

우엉을 고를 때는 껍질이 터져 있으면 안에 바람이 든 것이므로 모양이 고른 것을 구입한다. 우엉은 껍질을 벗겨도 금방 색이 거뭇하게 변하는데 이는 특유의 떫은맛 성분인 리그닌이므로, 그대로 쓰는 것이 좋다. 리그닌은 중금속을 해독하고, 암을 예방하는 역할을 한다.

늙은호박
동지 전에 많이 먹으면 중풍을 예방한다

늙은호박은 아주 많이 익어서 겉이 단단하고 속의 씨가 잘 여문 호박을 말한다. 청둥호박, 맷돌호박이라고도 한다. 호박은 버릴 것이 하나도 없다. 가을볕을 한아름 안고 누렇게 익은 둥그런 호박을 보면 복이 넝쿨째 들어온다는 말이 실감난다. '동지 전에 늙은 호박을 많이 먹으면 중풍에 걸리지 않는다'는 말이 예로부터 전해지고 있고, '골이 난 사람에게는 호박죽을 끓여줘라'는 말도 있다. 골이 나서 몸과 마음이 뭉쳐 있을 때 호박죽을 끓여주면, 뭉친 것이 풀어지고 편안해지기 때문이다.

늙은호박은 여러 가지 약효를 지니고 있다. 호박에는 카로틴이 많고 호박씨에도 머리를 좋게 하는 성분이 들어있다. 잘 익은 호박은 향긋한 향이 일품이다. 절에서는 호박을 많이 먹는다. 비탈진 언덕에 구덩이만 파서 심으면 호박은 힘들여 돌보지 않아도 저 혼자 아주 잘 자란다. 반찬 없을 때 푸릇한 애호박을 따서 볶아 먹고 부쳐 먹었다. 그러다 호박잎 속에 가려져 보이지 않던 호박들이 누렇게 영글어 어느 날 짠~! 하고 나타난다. 늙은호박은 삶아서 김치 속에 넣어 겨울에 먹기도 하고, 된장찌개에 넣어 먹기도 하고, 무 배추와 함께 버무렸다가 함께 된장을 섞어 된장찌개로 끓여 먹기도 하고 배추겉절이에 호박을 끓여 같이 양

늙은호박국

재료___ 늙은호박(작은 것) 1/4개, 홍고추 1개, 소금 약간,
생강(밤톨만큼)

1. 늙은호박은 껍질을 벗겨 씨만 털고 납작하고 얇게 썬다.
2. 호박을 냄비에 담고 물을 자작하게 부어 푹 끓인다.
3. 호박이 풀어질 정도로 푹 익으면 소금 간을 한다.
4. 홍고추를 어슷하게 썰어 넣는다.
5. 마지막에 생강을 썰어 넣었다가 건진다.

념으로 넣기도 한다. 그런가 하면 스님들은 감기가 들면 늙은호박을 껍질째 뭉텅뭉텅 잘라 가마솥에 넣고 푹 삶아 호박차로 내려 한 그릇씩 드신다. 그러면 몸이 따뜻해지고 뭉친 근육도 풀어져 감기가 나간다.

호박은 '부엌의 만능약'이라 부른다. 미나리는 혈압을 내리는 성질이 있어 혈압이 높은 이에게는 약이 되지만, 저혈압인 사람에게는 좋지 않다. 이에 반해 호박은 체질과 상관없이 모든 사람에게 좋다. 또 비타민 A, B, C 등을 많이 함유하고 있어, 가을과 겨울 영양식으로 으뜸이다. 이렇게 좋은 호박도 잘 익혀 먹어야 약이 된다. 아삭한 식감이나 색을 낸다고 살짝 익히면 오히려 몸에 해롭다

늙은호박은 겨우내 두고 먹어도 좋은 저장 식품이지만 잘 썩는다. 겉으로는 멀쩡해 보이지만 어느 날 갑자기 몸통을 들어 보면 속이 다 썩어 겉껍질만 쑥 들린다. 바람이 통하는 서늘한 곳, 이를테면 불을 넣지 않은 방에 똬리를 깔고 앉혀야 썩지 않는다. 잘 대접을 해야 하는 호박이다. 수시로 살피지 않으면 저 혼자 끙끙 앓다 썩어버린다.

늙은호박을 보면 대부분 호박죽을 떠올리지만 간편하게 전으로 부쳐 먹는 맛도 아주 좋다. 늙은호박전은 물을 쓰지 않고 호박을 잘 치대 밀가루가 반죽이 되도록 하는 것이 핵심이다. 접시 가득 환한 늙은호박전을 한두 개 먹다 보면 가을이 노란 호박빛깔 만큼이나 깊어간다.

은행
겨울을 준비하는 가을의 보약

파랗던 은행나무 잎이 노랗게 물든다. 한 잎 두 잎 떨어지다가 어느 순간 우수수 비처럼 쏟아지고 이내 가을에서 겨울로 가는 길목이 황금빛으로 물든다. 산중 스님들은 계절의 오고 감을 꽃과 나무와 새의 노래로 짐작한다. 매화, 진달래, 산벚나무, 생강나무, 개나리, 은행나무 그리고 제비, 종달새 뻐꾸기, 잠자리, 매미, 귀뚜라미……. 때마다 피고 때마다 우는 자연의 시계는 어김이 없다. 인간의 부질없는 마음만 오락가락 할 뿐.

사찰에는 벚나무, 소나무, 은행나무 등 아름드리나무들이 둘러싸고 있다. 예로부터 절을 지으면 나무를 같이 심었다. 멋진 풍광 때문이 아니라 약재로 쓰려는 것이다. 약국 하나 없는 숲속에서 스님들도 동물처럼 본능적으로 식물의 약효를 터득하고 가꾸었다. 가령 벚나무 껍질을 진하게 달인 물은 해소나 기침을 치료하는 데 좋고, 속껍질 달인 물은 상한 음식을 먹고 탈이 났을 때 먹었다. 벚나무 잎에 음식을 싸두면 쉽게 상하지 않아 먼 길 갈 때 이용했으며, 솔잎을 따서 만든 차는 정진을 하는 스님들에게 꼭 필요한 약차였다.

그 가운데 은행나무는 사찰의 역사와 함께 빼놓을 수 없는 나무이

은행죽

재료   찹쌀 1컵, 물 8컵, 은행 20알, 소금 약간

1. 찹쌀을 불려 곱게 간다.
2. 간 찹쌀에 물을 붓고 푹 끓인다.
3. 은행은 마른 팬에 볶아 껍질을 벗기고 다진다.
4. 죽이 퍼지면 은행을 넣고 푹 끓인다.
5. 마지막으로 소금으로 간을 한다.

은행구이

재료   은행

1. 마른 팬에 은행이 투명해질 때까지 볶는다.
2. 은행은 독성이 있으므로 반드시 익혀 먹되 성인은 10알,
   어린이는 나이에 따라 3~5알 정도 먹는다.

다. 요사채 한 채를 지을 때마다 곁에 은행나무를 심었다. 은행나무는 물이 많은 곳에 잘 자라는데 물의 기운을 빨아들이기도 하고 뿜어내기도 하는 성질을 지닌다. 동양에서 가장 키 큰 나무로 손꼽는 양평 용문사의 은행나무는 1,100년 넘는 세월 동안 한자리에 서 있다. 용문사 해우소는 천 년 동안 한 번도 오물을 퍼낸 적이 없다. 은행나무 뿌리가 땅속 깊이 뿌리내려 근방의 습기를 모두 빨아들이고 있기 때문이다. 예로부터 고된 수행으로 결핵에 걸린 스님들이 치료약으로 은행을 쓴 것도 비슷한 맥락이다. 폐병은 습한 기운이 원인으로, 깐 은행을 참기름에 숙성시켜 약으로 썼다.

'은행'이라는 말은 중국에서 유래한다. 종자가 '은'처럼 희고 열매는 살구, 즉 행杏모양과 비슷하다고 해서 붙여졌다. 은행은 '공손수'라는 이름에서 알 수 있듯 할아버지가 심어 손자 대에 이르러 열매가 열리는데, 천천히 자라는 만큼 장수하는 나무이다. 은행나무는 빙하기를 거치고도 살아남았을 만큼 생명력이 강하다. 또 은행잎은 항균 성분이 있어서 책갈피로 쓰기도 하고, 황토방을 깔 때 황토에 솔방울, 탱자와 은행잎을 썰어 넣어 바닥을 바르면 벌레가 끼지 않아 애용했다.

은행 알을 감싸고 있는 고약한 냄새의 과육은 한겨울에도 어는 법이 없다. 에너지가 강하기 때문이다. 은행을 과육째 항아리에 넣어 3년 이상 숙성하여 식초를 만드는데, 온도를 일정하게 맞춰야 하는 등 만들기가 쉽지 않아 흔하지는 않다. 은행은 독성 물질을 가지고 있어서 반드시 익혀 먹어야 한다. 발효 과정을 거쳐도 독성이 완전히 없어지지 않으므로, 개인이 알음알음으로 발효해서 먹는 것은 금해야 한다. 굽거나 찐 은행도 한꺼번에 많이 먹으면 구토, 소화 불량, 호흡곤란 증세가 나타나는 만큼 어른은 10알, 특히 아이들은 5알 이상 먹으면 안 된다. 은행은 냉하지도 않고 따뜻하지도 않은 성질을 지녀 다른 음식의 성질을 보완해주는 역할을 한다. 단독으로 먹기보다는 밥이나 찜, 구이에 조금씩 넣어 먹는 것이 좋다.

연

몸을 가볍게 하고 늙음을 알지 못하게 하다

내가 사는 절엔 1년 내내 연連이 가득하다. 여름에는 작은 돌확에 연이 자라고, 꽃이 지고 나면, 말린 연밥을 항아리에 꽂아 둔다. 그밖에도 접시, 찻잔, 보자기 들 살림살이 모두 연꽃이 그려져 있거나 연잎 모양이다. 차를 따르고 과일을 담아낼 때마다 연의 싱그러움이 그대로 전해지는 것만 같다. 연꽃은 『대장경大藏經』에 '연꽃의 10가지 미덕'이라 하여 칭송하고 있다. 서 있는 자리가 어떠하든 그곳의 더러움에 물들지 않고 아름답게 피어나 향기로 가득 채우는 것이야말로 연꽃이 지닌 최고의 미덕이다.

예로부터 사찰에는 화기火氣를 막기 위해 못을 파고 연을 키웠다. 뜨거운 햇볕 아래서도 꼿꼿함을 잃지 않고 푸른 잎을 너울너울 키우고, 어느 날 길게 꽃대가 올라와 연분홍 꽃을 피운다. 꼭 기도하는 촛불 같다. 첫 날은 봉우리인 채 있다가 조금씩 벌어지고, 둘째 날에 활짝 만개한다. 그리고 해가 지면 오므라들고 사흘째 되는 날은 꽃잎을 한 개씩 떨어뜨리며 진다. 단, 하루 활짝 피었다가 미련 없이 저버리는 그 단순하고도 절도 있는 연의 마음은 한 생生을 어떻게 살아야 할지 가르쳐주는 듯하다.

연근전

재료   연근 1개, 노랑·홍피망 1/6개씩, 소금 약간, 포도씨유

1. 연근은 껍질을 벗기고, 강판에 갈아 소금을 조금 넣고 저어준다.
2. 달군 팬에 기름을 두르고 반죽을 알맞은 크기로 떠놓는다.
3. 반죽 위에 노랑피망, 홍피망 다진 것과 연근을 얇게 썰어
   고명으로 올려준 뒤 앞뒤로 골고루 지져준다.

연꽃은 불교를 상징한다. 사찰의 상징물에 연꽃이 많이 쓰이지만, 내가 좋아하는 연꽃은 '염화시중拈花示衆'이란 말에 있다. 부처님이 영산에서 설법할 때 말없이 연꽃을 들어 보이셨다. 대중들이 무슨 말인가 갸웃거릴 때 제자인 가섭만이 알아듣고 미소를 지었다는 데서 비롯된 말이다. 부처님은 꽃을 들어 보인 뒤 말했다.

"나에게는 사람이 본래 갖추고 있는 마음, 번뇌와 미망에서 벗어나 진리를 깨닫는 마음, 생과 사를 떠난 불변의 진리, 진리를 깨닫는 마음이 있느니라. 이는 글과 말 밖에 있으니 이를 가섭에게 전한다."

우리 마음속에도 있는 그것은 꽃으로도, 말로도, 글로도, 부처도 가르쳐줄 수 없으니 오직 스스로 공부하고 수행하여 깨달으라는 가르침이다. 연꽃 같은 부처님의 부드러운 미소 속에 감춰진 그 뜻을 생각하면 정신이 번쩍 든다.

연은 그 의미만큼이나 다양한 효능을 지니고 있다. 『본초강목』에는 연잎이 '심신의 기력을 돕고 기억력을 좋게 하고 오래 먹으면 몸을 가볍게 하고 늙음을 알지 못하게 한다'고, 『동의보감』에는 '연을 오래 먹으면 많은 병을 낫게 하고 몸을 좋게 한다'고 쓰여 있다. 연잎은 나물과 차로 먹었고, 씨와 뿌리는 녹말을 얻는 데 쓰였다. 연잎에는 살균 성분이 있어서 멀리 이동할 때는 밥을 연잎에 싸서 지금의 도시락처럼 가지고 다녔다. 스님들도 수행 길을 떠날 때는 바랑에 연잎밥을 짊어지고 나섰다. 연잎으로 싼 밥은 잎을 열지 않으면 잘 상하지 않는다.

연은 잎부터 꽃, 뿌리까지 다 먹지만 에너지가 집중하는 시기에 따라 먹는 시기가 다르다. 되도록 꽃이 피는 여름에는 연꽃을 먹고, 이파리는 가을에 차로 마시고, 연뿌리는 겨울에 먹는 것이 가장 좋다. 연잎에는 타닌이 풍부하기 때문에 말렸다가 달여 마시면 지혈, 지사, 이뇨 등에 효과적이다. 나는 한 해에 한두 번 꼭 입병이 돋곤 하는데 며칠 연잎차를 다려 마시면 잦아든다.

또 연근에는 철분과 비타민 B_{12}가 풍부하여 빈혈에 효과가 높다. 우엉과 함께 조려서 밑반찬으로 먹거나 연근을 갈아 즙을 내먹는다. 연근을 자르면 검게 변하는데 철과 타닌 성분 때문이다. 보통 갈변을 막으려고 물에 담그지만 이는 좋은 성분을 빼놓고 먹는 격이다. 연근의 주성분은 녹말이므로 생으로 먹어도 부담이 없다. 음식은 부드러운 것보다 단단한 것이 윗길인 만큼, 연근은 아삭아삭 오래 씹어 먹도록 한다. 연꽃의 열매인 연자육은 가슴이 두근거리거나 불면증, 어지럼증에 약용으로 쓴다. 연밥은 말려서 가루를 내어 죽을 쑤어 먹는 게 제일 좋은 방법이다.

조선시대 선비들이 풍류를 즐기며 '여름 더위를 물리치는 여덟 가지 방법'을 제시했는데 그 가운데 하나가 '서쪽에 핀 연꽃을 바라보기'이다. 요즘은 도심 사찰에서도 흔하게 연꽃을 볼 수 있으니 시간을 내서 연꽃의 아름다움을 느껴보고, 염화시중의 부처님 뜻도 새기면 좋을 듯하다. 한 가지 더해 연의 미덕을 살린 음식으로 몸과 마음을 맑히면 더욱 좋으리라.

배추
한국인에게 참 고맙고 소중한 푸성귀

김치하면 배추김치다. '밥상에 김치가 오르지 않는 집은 정말 가난한 것이다'라는 말이 있다. 빠듯한 살림일수록 김치는 꼭 필요한 찬이었다. 사찰에서도 배추는 예로부터 참 고맙고 소중한 푸성귀이다. 김치 소비가 준다고는 하지만 배추김치 없이 겨울을 나기란 여전히 녹록치 않다. 채소가 절대적으로 부족한 겨울에 김치만큼 비타민과 유산균을 넉넉히 공급하는 음식은 없다. 연세가 있는 분들은 '절밥'하면, 꼭 배추김치를 떠올린다. 그러고는 얼마나 짠지 소태를 씹은 듯 얼굴이 절로 찡그려졌다는 경험담을 털어놓는다. 짜게 만들어 아껴 먹어야 했던 가난한 시절의 이야기이다.

지금이야 논과 들에 온갖 곡식과 푸성귀가 그득하다. 배추는 늦가을이면 지역별로 차례로 뽑는다. 이즈음부터 알고 지내는 농부들과 스님들이 우리 절로 배추를 보내준다. 그 덕에 배추가 도착한 순서대로 늦가을에서 초겨울까지 김장을 3번 정도 한다. 매번 느끼지만, 똑같은 양념으로 담가도 3번의 김치 맛이 모두 다르다. 배추에 깃든 흙의 기운과 바람, 온도에 따라 맛이 달라지는 것이다. 여기에 각 지방, 각 집마다 들어가는 식재료와 만드는 이의 손맛이 다를 터이니 세상에 얼마나 많은

배추된장찜

재료   배추 1/4통, 물, 들기름 1큰술, 된장, 다시마(배추가 달
때는 안 넣어도 된다)

1. 배추는 한 장씩 깨끗이 씻는다.
2. 냄비에 다시마를 넣고 배추를 넣고 뚜껑을 덮어 김을 올린다.
3. 배추가 익으면 된장을 넣어 배추에 골고루 간이 배도록
   뒤적여준다.
4. 배추에 살짝 간이 배면 불을 끄고 그릇에 담는다.

김치 맛이 있겠는가. 보통은 서리가 내리기 전에 김장을 마친다. 그렇지만 미처 밭에서 뽑지 못해 얼었다, 녹았다를 반복한 배추도 맛이 좋다. 서리를 3번 정도 맞은 배추가 가장 맛있는데 배춧잎이 더 달고 부드럽기 때문이다.

김치는 '조화로움'을 추구하는 사찰음식의 가치가 잘 담겨 있는 음식이다. 배추는 뜨거운 햇볕을 가득 머금고 자라 이파리에 수분을 가득 저장한다. 그래서 기운이 냉한 채소이다. 이 냉한 기운을 보완하기 위해 따듯한 성질의 무와 고춧가루를 넣는다. 또 김치 안에는 잎(배추), 뿌리(무), 열매(과일), 바다(소금, 청각) 등 육지와 바다에서 나는 것들과 잎, 뿌리, 열매 등이 모두 들어간다. 모자란 것은 채우고 넘치는 것을 덜어내는 과정이다. 모든 재료가 어우러져 항아리에 담긴 다음부터는 배추의 몫이다. 배추는 어우러진 재료들을 껴안은 채 김치로 거듭 나기 위해 시간을 보내며 성숙해간다. 나는 그것을 배추의 성불成佛이라고 표현한다.

사찰의 김치는 파, 마늘, 젓갈은 일체 넣지 않고, 생강과 소금을 기본 양념으로 담는다. 보통은 발효를 하기 위해 젓갈을 넣지만 사찰에서는 발효된 간장 또는 된장을 넣는다. 소금은 굵은 소금을 쓰며, 찹쌀풀, 밀가루풀, 보리밥, 감자나 호박 삶은 물 등을 활용하여 맛과 영양을 보완한다. 여기에 단맛과 영양을 보충하는 홍시, 단감, 배, 사과, 대추, 밤 등을 넣는데 따로 한 가지 재료를 고집하기보다 그때그때 부처님께 공양 올린 과일들을 이용한다. 사찰김치는 재료가 가진 고유의 영양소를 파괴하지 않고 천연재료로 양념을 하기에 맛이 강하지 않고 담백하다.

배추김치 말고도 사찰에서는 계절마다 각 지역의 특산물로 김치를 담는다. 봄에는 나박김치, 미나리김치, 엄나무순김치, 두릅김치, 냉이김치, 여름에는 오이소박이, 열무김치, 상추대공김치, 가지김치, 깻잎김치, 얼갈이배추김치를 담아 먹는다. 여름철에는 더운 날씨에 균이 많으므로 살균에 좋은 제피잎을 김치에 넣고, 감자와 밀가루, 보리쌀가루를 넣어 구수한 맛을 더한다. 가을에는 고들빼기김치, 고추잎김치 우엉김치, 고구마순김치, 순무김치, 자소김치 등이 있고 여기에 호박죽, 찹쌀, 맨드라미를 넣어 만들기도 한다. 겨울에는 배추김치, 늙은호박김치, 갓김치, 무청김치, 무김치, 된장갓김치, 좁쌀알타리 대나무동치미 등을 담는다. 대표적인 사찰김치인 홍시배추김치는 잘 익은 홍시를 넣어 맛을 낸다. 홍시는 김치 속에서 단맛을 내주며 김치의 색을 곱게 해준다.

배추는 주로 겉절이와 김치로 만들어 먹지만 배추로 만든 요리는 꽤 다양하다. 90년대 중반에 배추가격이 폭락해 농가에서 배추밭을 갈아엎었을 때, 방송에 나가 배추 요리를 몇 가지 소개한 일이 있다. 배추시래기, 배추장아찌, 배추된장조림, 배추 속으로 만든 만두, 배추전, 배추된장국, 배추찜 등 알고 있는 배추 요리를 소개했다. 먹을 수 있는 식재료를 버리는 것은 또 한 번 생명을 죽이는 것, 궁리만 내면 먹을 수 있는 방법은 무궁무진한 법이다. 그때 나는 말했다.

"배추 한 포기가 3천 원이라고 해서 배추의 가치를 3천 원으로 보지 마세요, 배추는 3천 원짜리가 아니라 '생명'입니다. 배추가 내 손에 오기까지를 헤아려 보세요. 햇빛과 물, 흙과 바람의 기운, 농부의 수고 등 그런 보이지 않는 에너지와 농부의 자부심이 배추와 함께 나에게 오는 것입니다."

산초와 제피
인삼보다 산삼, 산삼보다 산초

불교 식문화는 병이 나기 전 예방에 있다. 몸속에 이런저런 균이 침투해도 면역력만 갖춰져 있으면 병이 들지 않는다. 즉 사찰음식은 몸을 보하는 것으로, 개인의 체질과 건강 상태에 따라 음식을 다르게 먹는다.『금광명최승왕경』,「사분율」등 여러 경전에는 체질과 계절에 따라 음식을 다르게 먹으라는 내용이 나온다. 크게는 열이 많은 체질인지, 열이 적은 체질인지에 따라 먹는 음식이 달라진다.

스님들이 즐겨 먹는 '산초'와 '제피'는 면역력을 높여주는 식재료로, 에너지가 매우 높다. 쌀의 기가 100이라고 하면 현미는 400, 제피와 산초는 4천이 넘는다. 주의할 점은 산초와 제피가 비슷해 보이지만 전혀 다르다는 것이다. 제피는 이파리와 열매를 다 먹지만 산초는 열매만 먹는다. 산초의 에너지는 인삼보다 산삼보다 더 높다. 인삼보다 좋은 것은 산삼이요, 산삼보다 좋은 것은 산초라는 말도 있다.

언젠가 용문사 앞에 어느 노인이 산초를 팔면서 이파리도 볶아 먹으면 맛있다고 권했다. 나는 깜짝 놀라 산초 잎에는 마취 성분이 들어있다고 말렸다. 노인은 처음 듣는 말이라며 믿지 않다가 혀에 산초 잎을 대보

산초장아찌

재료 _____ 산초 열매 600g, 집간장 2컵, 물 2컵

1. 산초는 색이 파랗고 껍질이 벗겨지지 않은 것으로 준비해 송이째 따서 먹기 좋은 크기로 잘라 깨끗하게 씻는다.
2. 준비한 산초를 그릇에 담고 물을 팔팔 끓여서 붓는다.
3. 6~7시간 정도 담가 두었다가 건져서 찬물에 헹궈 소쿠리에 받쳐 물기를 뺀다.
4. 집간장에 물을 섞어 팔팔 끓여 식힌 뒤 산초가 잠길 정도로 붓는다.
5. 닷새 정도 지난 후 간장을 따라 끓여 식혀서 다시 붓는다.
6. 열매 크기에 따라 숙성 기간이 다르므로, 산초의 강한 맛이 삭으면 꺼내 먹는다.

고는 얼얼하다며 깜짝 놀랐다. 산초 잎을 바로 버리겠다기에 버리지는 말고 효소로 발효하여 쓰면 된다고 알려주었다. 산초는 열매가 파랗고 덜 여문 것은 장아찌를 하거나, 열매를 기름으로 짜 두부를 부쳐 먹는다. 산초는 위를 건강하게 하고 장을 정화시키는 효능이 있다. 위장의 기능이 떨어져 소화가 안 될 때 산초기름을 공복에 한 숟가락씩 먹으면 효과를 볼 수 있고, 채식을 하는 스님들의 구충제 역할을 하기도 했다.

제피는 잎을 장아찌, 장떡, 찌개 등에 두루 사용하며, 열매는 말려서 껍질을 살짝 볶아 가루를 내어 쓴다. 제피가루는 우리나라에 고춧가루가 들어오기 전 매운맛을 내는 대표적인 양념이었다. 특히 김치에 넣으면 매콤한 맛을 낼 뿐 아니라 김치가 빨리 시지 않도록 해주는 천연 방부제였다. 제피는 후춧가루와 겨자를 뛰어넘는 천연 향신료인 동시에 스님들에게는 훌륭한 약재였다. 중풍, 해독, 진통제로 쓰였고, 채식으로 부족하기 쉬운 에너지를 보충하며 면역력을 올려주었다. 또 제피 열매 껍질을 베개 속에 넣고 자면 두통이나 불면증이 말끔히 사라진다. 제피는 우리나라를 통해 일본에도 전해졌는데 일본인들은 제피가루를 여러 음식에 활용해 먹는다.

산초와 제피는 큰 전통시장에 가면 구할 수 있다. 어느 책에서 보니 산초잎 된장국이나 산초잎장아찌가 등장하는 등 산초와 제피를 바꿔 설명하기도 한다. 산초와 제피는 잎으로 구분한다. 제피잎은 가장자리에 톱니같이 뾰족한 가시가 있는데 비해 산초잎은 매끈하다.

늙은호박전

재료
늙은호박 200g, 밀가루 2큰술, 소금 약간, 포도씨유

1. 늙은 호박은 껍질을 벗겨 속살은 그대로 두고 씨만 털어 낸다.
2. 속살은 숟가락으로 긁어내어 다지고, 나머지 부분은 채 썰어 2~3번 다진 후, 소금을 넣어 조물조물 주무른다.
3. 호박에 물기가 생기면 밀가루를 넣어 되직하게 반죽한다.
4. 팬이 달궈지면 기름을 두르고 수저로 한 숟가락씩 떠 넣어 얇게 펴서 부쳐낸다.

늙은호박 주스

재료
늙은 호박 1개

1. 씨를 골라 낸 뒤 찜통에 넣어 찐다.
2. 찐 호박에 물을 조금만 넣고 믹서에 갈아 마신다.

우엉버섯들깨탕

재료
우엉 1대, 마른표고버섯 2개, 홍고추 1개, 양송이 3개, 새송이 2개, 미나리 3줄, 다시마(10×10) 1장, 들깨가루 1/2컵, 들기름 1큰술, 소금 1/2큰술

1. 우엉은 껍질을 벗겨 어슷썰고 표고버섯은 물기를 꼭 짜서 먹기 좋은 크기로 자른다.
2. 달궈진 냄비에 들기름을 두르고 우엉을 넣어 볶다가 우엉이 어느 정도 볶아지면 표고를 넣고 우엉이 투명해질 때까지 볶는다.
3. 충분히 볶아진 우엉에 표고버섯 불린 물을 자작하게 부어 볶아 뽀얗게 국물이 우러나면 물을 붓고 다시마를 넣어 우엉이 무를 때까지 끓인 후 납작하게 썬 양송이, 새송이버섯을 넣는다.
4. 국물이 끓으면 들깨가루나 들깨즙을 넣고 소금 간을 한 후 어슷하게 썬 홍고추와 미나리를 넣어 국물이 넘지 않게 조심해서 끓여 완성한다.

연잎밥

재료
연잎(中) 2장, 찹쌀 400g, 은행 18알, 잣 2큰술, 소금 2작은술, 물 2/3컵

1. 연잎은 깨끗이 씻어둔다.
2. 은행은 팬에 볶아서 속껍질을 까둔다.
3. 찹쌀은 2~3시간 정도 물에 불려 찜통에 젖은 면포를 깔고 20분 정도 찐다.
4. 찹쌀이 고슬고슬하게 쪄지면 그릇에 옮겨 담아 소금물을 조금씩 섞어가며 간한다.
5. 깨끗하게 씻은 연잎에 밥을 놓고 은행, 잣, 콩을 고명으로 얹은 후에 연잎으로 싼다.
6. 찜솥에 싸둔 연잎밥을 앉혀서 40분 이상 푹 쪄낸다.

◉ 연잎밥에는 잡곡 종류를 많이 넣으면 소화가 잘 되지 않으므로 은행과 잣 정도만 넣는다.

연근초절임

재료

연근(중) 1개, 비트 1/2개, 물 1컵, 설탕 3큰술,
소금 2큰술, 식초 3큰술

1. 연근은 깨끗이 씻어 칼등으로 껍질을 살살
   벗겨 알맞은 크기로 나누어놓는다.
2. 끓는 물에 살짝 데친다.
3. 강판에 갈아놓은 비트에 물, 설탕, 소금,
   식초로 간을 한 뒤 연근을 담가둔다.
4. 색이 알맞게 들면 적당한 두께로 썬다.

양배추흑임자무침

재료

양배추 400g, 흑임자 5큰술, 집간장,
소금 약간

1. 양배추는 낱장으로 뜯어 깨끗이 씻고
   흑임자는 곱게 갈아놓는다.
2. 팔팔 끓는 물에 양배추를 데쳐 찬물에
   얼른 식힌 후 물기를 빼고 채 썬다.
3. 데친 양배추에 곱게 갈은 흑임자와
   집간장(소금)을 넣고 무쳐낸다.

시래기제피국

재료

시래기 200g, 말린 제피잎 2큰술, 풋고추 1개,
된장 4큰술, 들기름 1큰술, 표고버섯가루 2큰술,
다시마물 3컵

1. 시래기는 물을 붓고 부드러워질 때까지 삶아
   불을 끄고, 물이 식을 때까지 뚜껑을 덮어
   속까지 부드러워지도록 뜸을 들인다.
2. 부드럽게 삶은 시래기를 찬물에 넣어 서너
   시간 두어 시래기 특유의 냄새를 없애고 껍질을
   벗긴다.
3. 손질한 시래기에 된장, 들기름, 표고버섯가루를
   넣어서 골고루 간이 배게 무친다.
4. 냄비에 양념한 시래기를 넣고 볶다가 다시마
   국물을 조금 부어 끓인다.
5. 한소끔 끓으면 나머지 국물을 붓고 푹 끓여준
   뒤 어슷하게 썬 풋고추와 제피잎을 넣고 불을
   끈다.
6. 제피잎 또는 제피가루를 넣는다.

된장갓김치

재료

갓 2.5kg, 된장 5큰술, 고춧가루 150g,
찹쌀죽 150g, 홍시 100g, 배 1/2개,
굵은 소금, 간장

1. 갓은 다듬어 약간 절여 씻어서
   건진다.
2. 냄비에 찹쌀죽을 쑨 후 식기 전에
   된장을 걸러 가며 풀고 고춧가루,
   생강, 홍시를 넣고 집간장, 소금으로
   간한다.
3. 양념이 식기 전에 갓을 양념한 찹쌀
   죽에 적셔 항아리에 담는다.

겨울(12~2월)_
마음의 영토가 넓고 깊어지다

몇 해 전 겨울, 프랑스인 영화감독을 소개 받았다. 세계 종교음악 영화를 주로 만들어 온 그는 오직 수행을 목적으로 출가하는 한국 스님들이 특별하게 느껴진다고 했다. 그는 나를 통해 한국불교의 모습을 영화로 담고 싶다고 했다. 내가 말했다.

"궁극적으로 불교 수행은 곧 자비의 실천입니다. 수행자로서 내가 음식을 가르치는 것 또한 생명에 대한 자비를 실천하기 위한 것입니다. 이러한 수행의 뜻과 깊이를 모르고 한국불교를 담아낼 수는 없을 것입니다. 그러니 먼저 한국불교를 체험해보십시오."

그는 3주 동안 오대산 월정사 템플스테이에 참여하기로 했다. 오대산의 전나무 숲길. 눈 덮인 산사는 고요했고 사박사박 눈길을 걷는 소리만이 우리를 따랐다. 연신 사방을 둘러보던 그는 신비롭게도 10년 전 오대산 월정사에 왔었다고 한다. 인연이었다. 우리가 월정사에 간 날은 12월 31일이었다. 한 해의 마지막 날, 많은 사람들이 깊은 산중에 모여 기도하는 모습을 보고 그는 또 한 번 놀랐다. 그와 함께 법당으로 갔다. 얼음장처럼 차가운 댓돌을 밟고 들어선 법당은 냉기로 가득했다. 그는 조용히 나를 따라 엎드려 절했다.

3주간의 템플스테이를 마치고 우리는 다시 만났다. 이번에는 우리나라 최초의 사찰인 도리사에 가서 한국사찰의 기운과 정수를 느껴보라고 권했다. 도리사에서 혜국 큰스님을 만나 인사를 드리는 자리가 마련되었다. 큰스님이 그에게 물었다.

"보이지 않는 불교를 어떻게 찍겠다는 것입니까?"

그는 잠시 생각하더니 이렇게 말했다.

"바람을 볼 수는 없지만 나뭇잎이 흔들리고 물결이 일어나는 건 볼 수 있습니다."

큰스님이 빙그레 웃었다. 스님을 만나 뵙고 오는 길에 그가 나에게 말했다.

"스님, 월정사 법당은 정말 추웠어요. 뼛속까지 춥더라고요. 그래서 기도하러 가기 싫었어요. 그런데 생각해보니 그냥 추운 게 아니라 따뜻한 무엇이 있었던 것 같아요. 어떤 빛 같은 것이요."

그가 보았다는 그 빛! 해마다 겨울이면, 프랑스 감독의 말이 화두처럼 떠오른다. 추위 속에서 그가 느꼈던 빛에 대해 곱씹어 생각한다. 얼음장 같은 추위 속에서 따뜻한 무언가를 느꼈듯이, 길을 잃어야 길을 찾고 어두워야 빛이 보이고 견딜 수 없을 때라야 인내라는 말이 어울리는 것일 게다. 그래서 예로부터 스님들 사이에서 '수행의 참맛은 겨울에 있다'고 전해진 것인지도 모른다.

스님들이 수행의 적기로 삼는 겨울, 혹한 속에 자연의 모든 것이 움직이지 않고 잠든 것처럼 보인다. 그러나 땅속, 물속의 생물들은 웅크린 채 자기만의 방법으로 따뜻한 온기를 그러모으며 조금씩 자란다. 나무의 나이는 겨울에 더 분명하고 또렷한 나이테 덕분에 헤아릴 수 있다. 추위는 모든 자연 만물을 순리대로 자라도록 하는 원동력이다. 자연의 일부인 인간 또한 겨울에도 성장하고 성숙해진다. 밖으로 뻗친 기운을 내면으로 거두어 스스로를 살펴 단단해진다. 또 우리는 겨울에 기다림을 배운다. 사실 겨울 찬바람에 맞서 할 수 있는 일은 옷을 한 겹 더 껴입고 봄을 기다리는 것밖에 없으므로, 때로는 기다림이 가장 빠른 길임을 겨울을 통해 배우는 것이다.

자연의 힘은 크고 냉엄하다. 스스로 견디지 못하면 죽음에 이를 수밖에 없다. 살아남기 위해 저마다의 방법을 강구하며 겨울을 난다. 식물은 스스로 얼지 않도록 세포 내에 영양분을 비축한다. 자동차로 말하면 부동액과 같은 역할이다. 겨울 밭에 뽑지 않은 배추에서 단맛이 강해지는 이유는 이 영양분 때문이다. 겨울은 봄, 여름, 가을에 생기는 질환들이 모두 발생할 수 있는 시기이므로 봄, 여름, 가을 세 계절의 음식을 먹는 것이 좋다. 어떻게 먹는가 하면, 각 계절에 부지런히 말려놓은 나물들과 가을에 거둔 채소와 곡식, 견과류 그리고 저장식품인 김장김치와 장아찌들이다. 햇볕에 말린 나물은 비타민D가 풍부하다. 사찰에서는 무청을 말린 시래기, 무말랭이, 배추우거지를 주로 먹는다.

요즘은 온상 재배로 겨울에도 푸른 채소를 쉽게 먹을 수 있지만 제철 음식은 아니다. 신기하게도 겨울을 살아가는 우리 몸은 다른 철에 나는 생채소를 원하지 않는다. 오이나 참외 같은 여름 채소와 과일은 겨울에 입맛이 당기지 않는다. 겨울에는 우리 몸에 찬 기운을 더해 해가 되므로 자연히 원하지 않는다. 굳이 오이를 겨울에 먹어야 한다면 따뜻한 성질의 고추장이나 고춧가루에 버무려서 먹는 것이 좋다. 같은 이유로 여름에 즐기는 냉면도 겨울에 먹을 때는 동치미물에 말아 식초, 겨자를 넣어 찬 성질을 누른 후에 먹는다.

겨울에는 추위에 몸이 움츠러들고 운동량이 떨어진다. 햇빛을 보지 않아 기분이 울적해진다. 활동력이 떨어지니 몸무게가 늘고 잠이 많아진다. 겨울철 우울감을 피하려면 첫 번째 일찍 일어나 햇볕을 쬐는 것이 좋다. 봄에 들나물, 여름과 가을에 산나물을 먹었다면, 겨울에는 바다나물 즉 해조류를 먹는다. 해조류는 바다 속에서 물살을 따라 끊임없이 움직이기 때문에 우리 몸과 마음에 활발한 에너지를 심어준다. 다만 해초는 냉한 기질을 띠므로 초고추장에 찍어 먹고, 미역국은 들기름에 볶아 끓인다.

겨울은 한 해의 마무리이자 새해를 시작하는 계절이다. 겨울의 시원하고 차가운 공기 속에 머리를 맑게 하고, 그 기운으로 시작과 끝을 돌보라는 의미가 아닐까. 흰 눈밭에서 파릇한 싹을 틔우는 보리싹처럼 겨울을 보내겠다는 결심을 세워봄은 어떤가. 곧 언 땅이 녹고 땅속 벌레들이 꾸물거리고 얼음장 밑에서 물고기가 움직일 것이다.

표고버섯

다른 재료들의 맛을 지켜주는 자비로운 채소

'버섯'하면 빠질 수 없는 이야기가 부처님의 열반이다. 부처님은 80세 때 춘다가 공양한 버섯요리를 먹고 배탈이 나서 열반에 드셨다. 당시 버섯은 음식재료로 흔하게 쓰이지는 않았다. 춘다는 버섯을 귀하게 여겨 부처님께 공양을 바쳤을지 모른다. 그런데 부처님은 그 요리에 문제가 있어 몸에 해가 된다는 것을 미리 알고 있었다. 그래서 다른 제자들에게 요리를 나누지 말고 모두 자기에게 가지고 오라고 했다. 왜 부처님은 죽음을 알면서도 요리를 드셨을까. 부처님의 열반을 눈앞에 두고 아난이 슬피 울자 부처님은 말했다.

"아난아. 나의 죽음을 슬퍼하지 말라. 아무리 사랑하는 사람이라도 마침내 헤어지는 것이라고 말하지 않았더냐. 그것은 피할 수 없는 것이다. 태어나고 만들어지고 무너져 간다. 모든 것은 무상하다. 그러니 너는 이제부터 부지런히 수행하거라. 언제 죽음이 닥쳐올지 모르니 그때 당황하지 않고 깨달음을 얻도록 공부하고 수행하라."

부처님은 모든 것은 영원하지 않다는 무상無常의 도리를 깨닫게 해주려고 스스로 죽음에 이른 것이다. 후대에 춘다가 바친 음식이 독버섯이다, 돼지고기다, 죽순이다 등 해석이 분분했지만 부처님 가르침의 참뜻을 헤아리면 크게 중요하지 않은 사실이다.

표고버섯탕수

재료　표고버섯 10개, 오이 1/3개, 당근 1/4, 브로컬리
1/5개, 홍피망 1/3개, 노랑피망 1/3개, 배추 2장, 포도씨유,
버섯양념(집간장, 소금, 녹말), 양념(다시마+표고버섯국물, 설탕,
소금, 집간장, 식초, 녹말물)

1. 표고버섯은 불려서 물기를 짠 후, 간장과 소금을 넣어 무친다.
2. 여기에 녹말가루를 넣고 조물조물 무친다. 녹말가루가 기름을
   많이 머금으면 표고버섯 향이 사라지므로 녹말가루는 적당히
   넣어 버무린다.
3. 버무린 표고버섯을 170℃의 기름에서 두 번 튀긴다.
4. 오이, 당근, 피망, 배추는 납작하게 썰고 브로콜리는 적당한
   크기로 잘라 놓는다.
5. 다시마, 표고버섯 국물을 끓이다가 소금, 집간장을 넣어 간을
   한 후 설탕, 식초를 넣어 간을 맞춰 탕수양념을 만든다.
6. 5번 국물에 당근을 미리 넣고, 녹말물을 넣어 걸쭉하게 농도를
   맞춘 뒤, 나머지 채소와 튀긴 버섯을 넣어 버무려준다.

해마다 남쪽에서 말린 표고를 보내주는 분이 있다. 자루에 가득 담긴 올망졸망한 표고의 다갈색 빛에서 깊어가는 가을을 느낀다. 표고는 떡갈나무, 밤나무 같은 잎이 넓은 나무에 붙어서 자란다. 봄부터 가을까지 수확하며, 가을 표고는 햇볕에 잘 말렸다가 겨우내 먹는다. 밑동을 따서 갓과 따로 말리는 것이 좋다. 특별히 이른 봄에 피는 표고 중에 갓등이 하얗게 갈라진 것은 백화고다. 다갈색으로 갈라진 것은 흑화고, 보통 우리가 일반적으로 먹는 표고는 우산같이 생긴 갓이 반 이상 펼쳐진 것이다.

요즘은 귀한 버섯을 따질 때 제1 능이, 제2 송이, 제3 표고라고 하지만, 『조선무쌍신식요리제법』에는 첫째가 표고, 둘째가 송이, 셋째가 능이라 했다. 표고薰古의 '표薰'는 '능소화'라는 뜻이다. 능소화처럼 귀하다 하여 붙여졌다. 표고와 능이가 바뀐 것은 인공 재배의 유무이다. 능이버섯은 솔숲에 숨어 자라며 인공 재배가 불가능하다. 사찰음식 요리에 그 귀한 능이를 쓰느냐고 지적하는 분도 있지만, 산에서 나는 들나물 산나물 먹고 사는 스님들에게 능이는 똑같은 찬에 불과하다.

겨울은 기온이 낮아 우리 몸의 순환계의 기능이 떨어진다. 겨울에 뇌졸중, 중풍이 자주 발생하는 이유이다. 또 겨울에는 활동량이 적어 우리 몸속 장기도 움직임이 둔해진다. 표고버섯은 혈관에 지방질이 쌓이는 것을 막아주고, 풍부한 섬유질은 장운동을 촉진시켜 장 속 노폐물을 바깥으로 배출해주는 역할을 한다. 말린 표고버섯에는 비타민 D가 풍부하여 뼈 건강에 매우 좋다. 햇볕을 쬐기 힘든 겨울에 표고 요리를 먹고 가벼운 산책을 하면 더 좋다. 또한 영양 효과에 비해 칼로리가 낮아 비만이 예방된다. 비타민과 미네랄, 다량의 아미노산 등이 가득 들어 있는데, 중요한 것은 표고가 함께 먹는 다른 채소들의 비타민을 지키고, 음식의 맛을 돋우는 힘을 갖고 있다는 점이다. 나물, 전, 산적, 국, 구이 등 어떤 요리와도 잘 어울리는 재료가 표고이다.

표고버섯은 산중 절집의 중요한 식재료이다. 표고버섯잡채나 표고버섯전골을 만들 때는 주로 표고버섯의 갓 부분을 쓴다. 밑동은 따로 모아 말려 분쇄기에 갈아 배추, 무, 호박 다진 것 등과 함께 만두소를 만들어 만두를 빚으면 담백하고 깔끔하다. 표고버섯 밑동조림은 자잘하게 찢은 밑동을 들기름에 볶다가 집간장, 조청을 넣고 조린다.

표고버섯은 열에 강하여 각종 요리에 다양하게 이용할 수 있다. 중국 사람들은 표고버섯 튀긴 것을 '탕수이'라고 하는데 이때 '버섯 이'를 쓴다. 재료를 튀겨서 다른 재료에 무쳐내는 것은 강정이다. 아이들에게 탕수육 대신 표고버섯강정을 해주면 잘 먹는다. 말린 표고를 불릴 때는 먼지를 털어내는 정도로 찬물에 재빠르게 헹구고, 그 다음 표고가 잠길 만큼 찬물을 부어 서서히 불린다. 우려낸 물은 차게 두었다가 국이나 찌개 국물로 쓴다. 뜨거운 물에 불리면 색이 검어지고 향기가 좋지 않다. 오래 불리면 맛이 덜하다. 절에서는 국을 끓일 때 표고와 다시마를 우려서 쓴다.

버섯전골은 여름과 가을에 말려둔 버섯과 채소를 더해 끓인 것으로 기운을 돋우는 사찰음식이다. 사찰식 버섯전골이 일반적인 전골과 다른 점은 버섯과 채소를 많이 쓴다는 것이다. 때로는 불린 애호박오가리에 양념을 해 넣으면 색다른 전골이 된다. 씹히는 맛이 쫄깃하고 애호박의 구수한 단맛이 국물 맛을 더 깊게 한다.

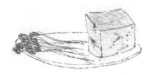

두부와 콩나물
세상을 두루 이롭게 하는 음식

불교 경전에 이런 이야기가 있다. 어떤 사나이가 숲속에서 그윽한 향기가 나는 흑단향나무를 발견했다. 그는 매우 기뻐하며 흑단향나무를 수레에 싣고 집으로 돌아왔다. 이튿날 시장에 나갔지만 아무도 사려는 사람이 없었다. 바로 옆에는 숯장수가 있었다. 숯장수는 날마다 수레 가득 실어 온 숯을 금방 팔고 집으로 들어가곤 했다. 이를 지켜 본 사나이는 '팔리지 않는 흑단향나무를 내놓고 하루 종일 기다리는 것보다 차라리 숯을 만들어 파는 것이 낫겠다'고 생각했다. 다음날 그는 흑단향나무를 숯으로 만들어 금방 다 팔아버렸다.

경제적 가치와 편리를 좇느라 정작 본질을 잃어버린 인간의 어리석음을 보여주는 이야기이다. 요즘의 음식도 마찬가지이다. 재료가 품은 맛을 살리지 못하고 흑단숯 같은 음식으로 만들어 먹는 것은 아닌가 싶다. 특히 인공 감미료, 화학 조미료, 각종 첨가물은 전단향나무를 숯으로 만드는 것과 같다. 음식은 곧 '조화'이지만, 그것은 재료가 가진 본연의 맛과 향을 살리는 조화로움이다. 그러나 요즘은 세간의 관심과 유행에 따라 자극적인 맛을 좇아간다. 음식은 조리 과정이 단순할수록 좋고, 이는 본연의 맛을 살리는 정도의 조리 과정이면 충분하다.

가난한 절집에서 콩 농사는 매우 중요했다. 된장, 간장만큼은 풍족

콩나물마지기국

재료 ____ 콩나물 400g, 물 4컵, 마지기 100g, 집간장, 참기름,
소금 약간

1. 마지기는 물에 불려 적당한 크기로 잘라 집간장,
   참기름으로 양념을 한다.
2. 콩나물을 깨끗이 씻어 건진다.
3. 냄비에 콩나물과 물을 넣고 끓이다 콩나물이 다 익으면
   소금으로 간을 한 후 양념한 마지기를 넣고 불을 끈다.
   그래야 마지기가 파랗다.

◉ 마지기란: 곰취, 곤드레 등 봄여름에 채취한 나물을 말려두었다가
겨울에 삶아 국이나 나물로 먹을 수 있는 나물

하게 담가 두어야 스님들은 물론 사철 찾아오는 손님들을 맞을 수 있기 때문이다. 메주를 띄워 장을 담그고 남은 콩은 두부와 콩나물을 길러 먹었다. 옛날 절에서는 두부도 여느 밑반찬처럼 흔하게 먹을 수는 없었다. 사찰에는 '삼보양생三寶養生 식품'이 있다. 두부와 배추, 무를 일컫는 말이다. 불교에서 삼보는 불(佛, 부처님), 법(法, 부처님의 가르침), 승(僧, 부처님의 가르침을 따르는 승가)이다. 이 셋을 두루 이롭게 할 만큼 영양이 풍부한 음식이라는 뜻이다.

콩에 들어 있는 단백질의 양은 농작물 중에서 최고이며, 아미노산의 종류도 육류에 비해 손색이 없다. 두부는 무른 데다 소화흡수가 좋고 단백질이 풍부하여 예로부터 단백질이 부족한 스님과 채식주의자들이 영양 보충으로 가장 의지해온 식품이다. 겨울 수행인 동안거를 마친 스님들은 떨어진 기운을 보충하려고 따뜻한 두부 요리를 먹었다. 또 아침 공양인 죽과 함께 두부장아찌가 올랐는데 노릇노릇하게 구운 두부를 잘게 잘라 집간장에 둥둥 띄운 것이다. 두부장아찌는 한번 담가놓으면 몇 년이 지나도 변하지 않을 만큼 짜지만, 혀끝에 조금 닿을 만큼 먹어도 입맛이 돌 정도로 매력적인 음식이다. 옛 문헌에 보면 대흥사에서는 두부를 으깨 망에 넣은 후 된장에 박아 두고 먹었다고 쓰여 있다. 두부를 만들고 남은 콩비지도 영양 면에서는 두부에 비해 손색이 없다. 삶은 무시래기를 된장에 버무려 콩비지와 넣고 끓인 콩비지시래깃국은 사찰의 단골 겨울 메뉴였다.

콩에는 비타민 B군이 특히 많고 A와 D도 들어있으나 비타민 C는 거의 없다. 그러나 콩을 콩나물로 기르면 싹이 돋는 사이에 성분의 변화가 생겨 비타민 C가 풍부해진다. 콩나물은 비타민이 부족한 겨울에 더 좋다. 겨울이면 절집은 물론 집집마다 콩나물을 길러 먹었다. 노스님과 은사스님은 늘 '버리지 않으면 먹을 궁리가 생긴다'고 하셨다. 실제 절에서는 버리는 것이 거의 없다. 한번은 이런 일이 있다. 염불에 열중하느라 콩나물에 물 주는 것을 잊었다. 생각이 나서 시루를 열어보았을 때는 콩나물 뿌리가 웃자라 있었다. 당황한 나에게 노스님은 시루를 가지고 나가 콩나물 뿌리를 잘라내라고 했다. 그리고 잘라낸 뿌리는 깨끗이 씻어 기름을 살짝 넣어 익히고, 소금에 절인 풋고추를 송송 썰어 양념한 간장과 내오라고 했다. 저녁 공양 시간, 스님은 콩나물 뿌리를 양념장에 찍어 싸 먹어보라고 했다. 콩나물뿌리쌈이었다. 대중들 모두 너도나도 맨 손으로 콩나물뿌리를 들고 먹는데, 다들 '정말 맛있다!'는 표정이었다. 스님은 말했다.

"오늘은 행자가 콩나물 물 주는 것을 잊은 덕분에 맛있는 콩나물뿌리쌈을 먹었구나."

말로써 꾸짖지 않으시고 행함으로써 음식의 귀함과 행자의 무심함, 게으름을 한꺼번에 깨우쳐주신 노스님의 지혜 앞에 나는 탄복했다. 세월이 많이 흐른 지금도 콩나물을 보면 '음식을 귀하게 여기는 사람만이 좋은 약을 먹을 수 있다'는 노스님의 가르침을 떠올린다. 훗날 콩나물뿌리에는 아스파라긴산이 많이 들어있다는 영양학적 분석을 알게 되면서, 우리 노스님 참 대단하시구나 싶었다. 과학적인 영양 성분보다 '먹을 수 있는 음식은 버리지 말라'는 생각이 훨씬 더 우위에 있음을 깨달았다고나 할까.

무
겨울 무는 산삼과도 바꾸지 않는다

'무를 많이 먹으면 속병이 없다', '무를 먹고 트림을 안 하면 산삼과 같은
효과가 있다'라는 말이 있다. 무가 산삼보다 좋다는 뜻도 되지만, 무를
먹고 나면 트림을 참을 수 없을 만큼 소화가 잘 된다는 말이다. 무에는
쌀이나 구근류에 들어 있는 전분을 분해하는 아밀라아제, 지방을 분해
하는 리파아제, 단백질을 분해하는 프로테아제 등 소화를 돕는 효소가
풍부하게 들어 있다. 냉면 고명으로 무를 올리고, 동치미국물에 국수를
말아 먹고, 떡국에 무를 넣고, 기름진 음식을 많이 먹기 쉬운 명절에 무
를 넣은 물김치가 빠지지 않는 것도 소화를 돕기 위해서다. 잘 먹고 잘
소화하고 잘 자면 산삼이 왜 필요할까.

　『동의보감』에 무는 '성질이 따뜻하고 맛은 맵고 달며 독이 없다. 소
화에 좋고 담을 없애며, 갈증을 없애고 관절을 잘 통하게 하며, 오장의
나쁜 기를 다스린다'고 쓰여 있다. 연탄을 때고 살았던 시절에는 연탄가
스를 마시면 동치미를 한 사발 들이켜곤 했는데 동치미 국물 속에 녹아
있는 유황 성분과 발효 성분이 일산화탄소의 해독을 돕는다고 한다. 최
근에는 니코틴 해독에도 효과가 있음이 밝혀졌다. 담배를 피우는 이들
은 무 요리를 자주 먹어야 한다. 무밥, 무생채, 무나물, 무 조림, 무국, 무

장아찌, 동치미, 무말랭이, 무전, 깍두기……. 재료는 무 하나인데 요리 가짓수는 셀 수가 없으니, 혼자서도 여럿이도 잘 어울려 제가 가진 맛으로 품어 안는 것이 무의 넉넉한 덕德이다.

　　겨울에 즐기는 무 반찬은 무말랭이, 무장아찌가 으뜸이다. 전통적으로 우리 민족의 가을 풍경 중 하나는 '푸성귀와 곡식 말리기'다. 해마다 가을이면 집집마다 마당, 장독 뚜껑, 툇마루, 지붕 위까지 무언가를 말리느라 빈자리가 없었다. 고추, 호박, 시래기, 무, 고춧잎, 가지 등, 우리 어머니들은 '놀고 있는 햇볕'을 아까워하며 널고 거두어들이며 부산한 하루를 보냈다. 햇볕에 말린 채소는 햇볕을 고스란히 먹는 것과 같다. '묵나물을 정월대보름에 삶아 먹으면 겨울에 쌓인 노독을 풀어주고 더위를 먹지 않는다'고 한다. 묵나물은 봄, 여름, 가을에 나오는 다양한 나물을 삶아 말려 두었다 해를 지나 묵혀 먹는 나물을 일컫는다. 영양과 향, 맛이 좋은 묵나물은 신선한 채소가 귀한 겨울에 나물의 식이섬유, 철분, 비타민 등을 섭취할 수 있는 지혜로운 음식이다. 고사리, 고비, 취, 호박, 가지, 토란대, 고구마순, 고춧잎, 시래기, 곤드레, 버섯……, 묵나물은 끝이 없다. 햇볕이 다 알아서 만들어주는, 널고 걷는 정도의 수고로 보약보다 더 좋은 음식을 만들어 먹을 수 있건만, 우리는 바쁘다. 너무 바빠서 건강도 놓아두고 살아간다.
　　무말랭이는 무를 일― 자로 썰어 실에 꿰어 담벼락에 걸어 말렸다가 물에 불려 양념하여 먹는다. 사찰에서는 간장장아찌와 골곰짠지 등으로 만든다. 간장장아찌는 자른 무를 햇볕에 널었다가 밤이면 거둬서

무말랭이 고춧잎장아찌

재료   무말랭이 100g, 고춧잎 30g, 집간장, 조청, 고춧가루, 통깨

1. 무말랭이와 고춧잎은 재빨리 씻어 건져 그릇에서 뒤적여주며
   부드럽게 불린다.
2. 냄비에 간장, 조청을 넣고 끓으면 불을 끄고 한 김 나간 뒤
   고춧가루, 통깨, 무말랭이, 고춧잎을 넣어 무친다.

다시 방바닥에 한지를 깔고 꾸덕꾸덕 마르면 항아리 속에 담고 집간장을 끓여 부으면 완성이다. 골곰짠지는 고춧가루를 넣은 찹쌀풀에 무말랭이를 버무려 담갔다. 무말랭이를 불릴 때 대부분 물에 네댓 시간 담가 놓는데, 단맛이 모두 빠져나와 제맛이 나지 않는다. 그보다는 찬물에 얼른 헹궈 소쿠리에 담아놓으면 남은 물기로 무말랭이가 꼬들꼬들해진다. 요즘 마트에 파는 무말랭이는 대부분 열풍기에 건조시킨 것이다. 햇볕에 말린 무말랭이와 모양은 같아도 맛이 다르다.

무청을 말린 시래기도 겨울의 맛이다. 자른 무청을 지푸라기나 끈으로 엮듯 자잘하게 엮어 공기가 잘 통하는 처마 밑에 걸어 두면 얼었다 녹았다 하며 익어간다. 스님들은 시래기에 대한 추억 하나쯤 갖고 있다. 그만큼 절집에서 시래기는 겨울을 나는 중요한 찬이었다. 나에게 사찰음식을 가르쳐주셨던 삼선암 어른스님은 겨우내 저녁 공양은 늘 시래기죽이었다고 하셨다. 시래기에 생콩가루를 묻혀 죽을 끓이기도 하는데, 먼저 물을 넣고 간장으로 간을 맞춘 뒤 생콩가루를 묻힌 시래기를 넣어 끓이면 맛도 좋고 영양적인 면에서도 훌륭했다. 양질의 음식이 부족했던 시절, 시래기와 콩가루는 스님들의 건강을 지켜준 보약이었다.

먹을거리가 넘쳐나는 요즘 시래기가 인기라고 한다. 이 투박하고도 촌스러운 음식이 왜 인기일까. 과학적으로 밝혀 보니 말린 무청 시래기 100g에는 싱싱한 큰 무 1개와 맞먹는 식이섬유가 들어 있고 카로틴, 철분, 칼슘 등이 풍부하다고 한다.

미역과 다시마
바다 속의 항암식품

20년 넘게 수많은 사람들이 드나들며 사찰음식을 실습해온 강의실에는 신기하게도 음식냄새가 전혀 나지 않는다. 사찰의 공양간도 마찬가지이다. 종종 사람들이 비결을 묻는다. 이유는 조리할 때 파, 마늘 등 오신채를 쓰지 않기 때문이다. 오신채의 냄새는 그만큼 강하다. 한국인의 몸에서 나는 특유의 냄새도 오신채와 관련이 깊다.

사찰음식은 오신채는 물론 인공 조미료를 쓰지 않는다. 요즘 많은 이들이 건강을 생각해 유기농 채소를 구입해 먹지만, 정작 조미료에 대해서는 관대하다. 음식에 들어가는 양이 적어서다. 싱싱한 유기농 채소 위에 첨가제가 들어간 소스를 듬뿍 뿌려 먹기도 한다. 화학 조미료, 인공 첨가제나 조제 소스를 넣어 요리한다면 아무리 재료가 좋아도 소용없다. 부처님 말씀에 '처음도 좋고, 중간도 좋고, 끝도 좋다'는 말이 있다. 요리에 적용한다면 재료의 자연스러운 맛을 허물지 않고 돋워주는 조미료를 잘 쓰는 데 있지 않을까. 사찰에서는 조미료라 하지 않고 '양념'이라 한다. 조미료의 조미는 맛을 도와준다는 의미이지만, 양념은 '약'이 되는 맛을 더해준다는 뜻이 담겨 있다.

집에서 조미료, 양념을 만든다고 하면 뭔가 복잡하고 어렵게 느껴진다. 하지만 몇 가지 요령만 지키면 의외로 쉽다. 첫째, 양념은 음식 맛의 바탕임을 기억한다. 둘째, 재료의 본래 맛을 돋우는 정도로만 쓴다. 셋째 자연 재료를 이용한 것이 진짜 양념이다. 기본적으로 사찰음식은 '전체식'을 지향한다. 되도록 재료의 모든 부분을 버리지 않고 먹는 것이다. 나물을 데친 물로 국을 끓이고, 말린 표고버섯을 불리고 남은 물은 찌개를 끓이거나 밑간으로 쓴다. 우려낸 국물이나 자투리 채소들을 버리지 않고 활용한다. 그밖에 사찰에서 만들어 쓰는 양념은 버섯가루, 다시마가루, 제피가루, 들깨가루, 날콩가루 등, 제철에 난 곡식과 채소를 말려 가루로 낸 것들이다.

그 가운데 다시마는 사찰음식의 깊은 맛을 더해주는 일등공신이다. 다시마는 초절임이나 조림, 부각으로 먹지만 밑간 국물로도 많이 쓴다. 마른 다시마를 찬물에 넣고 10분 정도 끓여내는데, 건져낸 다시마는 버리지 않고 조려 먹는다. 다시마 속의 글루타민산이 감칠맛을 내주는 역할을 한다. 의학적으로, 다시마에는 갑상선 호르몬 분비에 꼭 필요한 옥소가 많이 들어 있는데, 옥소는 몸의 신진대사를 활발하게 하고 동맥경화나 고혈압을 예방하고 각종 암 예방과 치료에 효과가 밝혀져 주목을 받고 있다. 평소 혈압이 높은 사람이라면 두껍고 질이 좋은 다시마를 잘게 썰어 컵에 넣고 찬물을 부어놓았다가 마시면 혈압이 내려간다.

해조류는 특히 겨울에 좋은 음식이다. 봄에는 산나물, 여름가을에는 밭에서 나는 나물 그리고 겨울에는 바다나물(해조류)이다. 김, 다시마, 톳 등 해조류는 겨울철 부족한 비타민을 채워준다. 추위와 부족한 햇빛에 기분이 가라앉기 쉬운 겨울철, 몸의 기운을 활발하게 돋워준다. 바다 속에

해초마밥

재료 마 200g, 해초 200g, 불린 쌀 4컵, 참깨간장(집간장, 참깨)

1. 해초를 먹기 좋게 손질한다. 마는 깨끗하게 씻어 껍질을 벗겨
   먹기 좋은 크기로 썬다.
2. 쌀을 안치고 밥물을 잡은 다음 마와 해초를 올려 밥을 한다.
3. 밥을 푸고 참깨간장을 곁들여 낸다.

서 조류를 따라 잠시도 쉬지 않고 움직이는 운동성이 에너지를 심어주는 이치다. 다만, 해조류는 차가운 성질을 가져 소화흡수율이 작으므로 고춧가루, 초고추장에 버무리거나 죽을 끓여 먹으면 좋다.

미역은 비타민과 무기질이 풍부하면서 칼로리는 낮은 다이어트 식품이다. 몸속 유해 성분을 배출시켜 당뇨병, 고혈압, 암 등 성인병도 예방한다. 시중에서 파는 마른미역 중에는 한 번 삶아 포장한 것이 대부분이다. 보통 마른미역을 물에 불려서 건더기로만 국을 끓이는데 물에 불리는 과정에서 맛있는 맛도 빠지고 영양 손실도 커진다. 마른미역은 물에 살짝 씻어 불리되, 불린 물을 국물로 쓴다.

일반적으로 미역을 간장과 기름에 달달 볶은 다음 물을 붓고 끓이는데, 이 과정에서 미역에 배인 기름이 빠져나와 개운한 맛이 덜해진다. 미역국에 동동 뜨는 기름을 생각해보면 이해가 쉽다. 기름에 볶지 말고, 불린 미역을 집간장과 참기름에 주물러 잠시 양념이 배게 둔 다음, 국물이 끓을 때 넣는 것이 좋다. 이렇게 하면 미역도 부드럽고 기름이 뜨지 않아 국물이 맑다. 해초는 찹쌀과 식초, 들기름과 함께 먹었을 때 소화흡수가 가장 잘된다. 미역국을 끓일 때 들기름으로 무치고, 찹쌀 옹심이를 띄워 먹고, 냉채를 할 때 식초에 무치는 이유가 여기에 있다.

그밖에 데친 톳에 연근을 얄팍하게 썰어서 간장과 효소에 버무렸다가 넣어 만드는 톳연근무침, 말린 톳을 부드럽게 불려 된장에 무쳐내는 말린톳된장무침도 맛있다. 뜨끈한 국물을 좋아하면, 검정깨를 넣어 옹심이를 만들어 미역을 넣고 끓여내는 미역검정깨옹심이나 손질한 매생이를 넣어 시원하게 끓여내는 매생이떡국도 쉬우면서도 맛있는 별미이다.

팥
똑똑한 뇌, 공부 잘하라고 먹다

절집의 새해는 동짓날을 기준으로 한다. 동지는 일 년 중 밤이 가장 길고 낮이 가장 짧은 날이다. 동지 다음날부터 낮이 조금씩 길어진다. 그런데 왜 불교에서는 밤이 가장 깊은 긴 날을 새해로 삼았을까. 새해라고 하면, 밝고 희망이 넘치는 기운으로 시작해야 하지 않을까. 그러나 극과 극은 통한다고 했다. 만약 앞이 보이지 않는 어두운 터널을 지나는데 멀리 손톱만 한 빛이 보인다면 기분이 어떻겠는가. 아, 끝이 보이는구나, 조그만 더 가면 되겠구나, 안도하는 마음이 들 것이다. 그 설렘과 안도하는 마음이라면 남아 있는 길도 편하게 갈 수 있으리라. 어둠이 영원히 계속될 것 같은 마음은 무섭다. 무서움이 안도하는 마음으로 바뀌는 순간은 또 얼마나 기쁘고 희망적인가. 동지를 새해로 삼은 이유가 여기에 있다.

어둠은 음의 기운이고 빛은 양의 기운이다. 음의 기운이 가장 강한 이 날을 탈 없이 보내고 새해를 맞이하기 위해 먹는 음식이 팥죽이다. 팥의 붉은색은 '양陽'을 상징한다. 음의 날에 양의 음식을 먹으니 음양의 기운이 조절된다. 또 나쁜 기운을 쫓아내는 벽사의 의미가 붉은색에 담겨 있다. 팥죽에는 찹쌀로 빚은 옹심이와 찹쌀을 넣는데 붉은색은 태양을, 옹심이는 달을, 흰쌀은 무수한 별을 상징한다고 한다. 팥죽 한 그릇에 우주가 들어있는 셈이다.

또 팥은 깊어가는 겨울, 몸에 쌓인 냉기를 누그러뜨리는 효과도 있다. 동지에 팥죽을 먹는 것을 두고 미신이라고 치부하는 이들도 있는데 우리 조상의 지혜가 담겨 있는 과학적인 풍습이다. 「십송률」에 보면 부처님이 몸 안에 냉기가 들 때 팥과 찹쌀을 섞어 만든 삼신죽을 드시고 기운을 회복했다는 내용이 있다. 냉기는 감기의 원인이 되고 감기가 깊어지면 폐렴으로 옮겨간다. 병원이 없던 시절에는 폐렴에 걸려 죽는 이들이 많았다. 팥죽을 먹으면 몸의 온도가 올라가 면역력이 높아져 감기에 잘 걸리지 않는다. 걸려도 가볍게 이겨내니 폐렴에 걸리지 않는다. 이보다 더 좋은 액땜이 어디 있겠는가.

동지 때 팥죽을 먹는 것은 겨울철 부족하기 쉬운 영양소를 공급하기 위한 목적도 있다. 팥의 성분은 당질과 단백질이 많고 그밖에 지방, 회분, 섬유질 등과 비타민 B_1이 다량으로 함유돼 있다. 쌀과 같이 먹게 되면 팥이 흡수되는 단백질의 질을 향상시킨다. 또 팥에 함유된 사포닌은 섬유질과 함께 독을 풀고 배변을 촉진해 장을 깨끗이 해준다.

일본의 스님들은 특별히 『법화경法華經』 공부가 끝나면 팥죽을 끓여 온 대중이 나눠 먹었다. 팥죽을 '지혜의 죽'이라고 했는데 팥에 머리를 좋게 해주는 성분이 있다고 믿었다. 옛날 우리 서당에서도 책 한 권 떼면 책거리한다고 팥시루떡을 해서 먹었던 것과 같다. 공부하느라 머

팥죽

재료   붉은 팥 2컵, 쌀 1/2컵, 찹쌀가루(옹심이용), 소금

1. 쌀은 씻어서 물에 불려놓는다. 팥은 씻어서 물을 붓고 한
   번 끓어오르면 그 물을 따라버리고 넉넉하게 물을 붓고 푹
   무르도록 삶는다.
2. 팥이 다 익으면 앙금만 걸러 가라앉히고, 찹쌀가루를
   반죽해서 옹심이를 만든다.
3. 팥물의 앙금이 가라앉았으면 윗물만 따로 냄비에 따라낸다.
   따라낸 물에 쌀을 넣고 퍼지게 끓인다.
4. 쌀이 퍼지면 앙금을 조금씩 넣어가며 농도를 맞추고 빚어
   놓은 옹심이를 넣고, 옹심이가 떠오르면 불을 끈다.

리를 많이 썼으니 팥으로 영양공급을 하고 공부 열심히 하라는 다짐과 응원이 담겨 있다.

팥죽은 처음에 팥을 살짝 삶아 물을 따라내고 새 물을 부어 삶아야 쓴맛이 나지 않는다. 또 약한 불에서 서서히 끓여야 눋지 않거니와 팥의 붉은색이 곱게 난다. 옹심이를 만들 때는 생강즙을 조금 넣으면 향이 좋다.

동지가 가까워오면 나는 팥을 삶아 정성을 다해 팥죽을 쑨다. 그렇게 쑨 죽을 먼저 부처님 전에 올린다. 그리고 절을 찾아온 사람들과 함께 기도를 한다. 어떤 이들은 불교의 기도는 너무 기복적이라고 한다. 그러나 복을 기원하는 마음은 소중하다. 불교는 스스로 부처가 되는 것이다. 모든 만물이 서로 다르지 않기에 기꺼이 다른 이들의 행복을 빌고 남의 행복을 빌면서 나도 행복해진다. 궁극적으로는 모두가 행복해지기를 바라는 기도가 불교의 기도이다. 해마다 동지가 되면 팥죽을 점점 더 많이 쑤게 된다. 그래도 늘 모자라다. 올해는 더 많은 팥죽을 쑤어야 할 것 같다.

버섯전골

재료

생표고버섯 3개, 느타리버섯 5개, 양송이버섯
5개, 팽이버섯 1/2봉지, 새송이버섯 2개,
당근, 애호박, 배춧잎, 풋고추, 홍고추, 콩나물,
말린애호박불린 것 한 줌, 양념장(고추장 2큰술,
된장 2큰술, 들기름 1큰술), 다시마(10×10) 1장, 무
1/3개

1. 생표고버섯과 새송이버섯은 먹기 좋게 썰고
   느타리는 손으로 찢고 양송이는 모양대로
   썬다. 팽이버섯은 밑을 자르고 손으로 찢는다.
2. 배춧잎, 당근, 애호박은 넙적하게 썰고,
   풋고추, 홍고추는 어슷썬다.
3. 말린 애호박은 물에 씻어서 건져 불린 뒤
   고추장, 된장, 들기름을 섞어 양념장을 만들어
   무친다.
4. 전골 냄비에 손질해 씻은 콩나물을 깔고
   준비한 재료를 보기 좋게 돌려 담고 가운데
   양념한 말린 애호박을 놓는다.
5. 무와 다시마에 물을 붓고 다시마국물을
   만들어 준비한 전골에 자작하게 붓고 끓인다.
   양념국물을 골고루 끼얹으면서 끓인다.

미역버섯죽

재료

미역 200g, 표고버섯 2개, 쌀 1/2컵,
집간장, 들기름 1큰술, 소금

1. 미역은 불려 씻어 잘게 썰고 표고버섯도
   불려서 얇게 썬다.
2. 달궈진 냄비에 들기름을 두르고
   표고버섯을 볶다가 미역을 넣고 볶는다.
3. 표고버섯 불린 물을 붓고 조금 볶다가
   불린 쌀을 넣고 물을 부어 끓인다.
4. 죽이 거의 끓으면 집간장과 소금을 넣어
   간을 맞춘다.

두부채소볶음밥

재료

밥, 두부 1/2모, 마른표고버섯 2개, 당근 1/2개, 감자 1개, 청피망 1/2개, 오이 1/2개,
애호박 1/2개, 간장, 조청, 소금, 양념장(집간장, 참기름, 통깨, 청고추, 홍고추)

1. 두부는 으깨어 면보에 물기를 짠 뒤 프라이팬에 납작하게 펴서 노릇하게 굽는다.
2. 구워진 두부를 대충 부서뜨린 후 간장, 조청을 넣어 볶아준다.
3. 당근, 감자, 피망, 애호박, 불린 표고버섯, 오이는 작은 주사위 모양으로 썰고 각각 소금 간해 볶는다.
4. 팬에 감자, 표고버섯, 두부, 밥을 넣고 볶다가 3을 넣어 볶아준다.
5. 양념장을 만들어 함께 낸다.

무전

재료
무 1/4개, 밀가루 1/2컵, 사과초고추장(고추장
1작은술, 사과 1/2개, 식초 1/2큰술)

1. 무를 도톰하게 썬다. 김이 오른 찜통에 무를
   넣고 김이 한 번 났을 때 바로 꺼낸다.
2. 밀가루를 되직하게 해놓는다.
3. 무를 반죽만 살짝 입혀 전을 부친다.
4. 무전은 초간장을 찍어 먹어도 되지만
   초고추장을 곁들여도 좋다. 사과초고추장은
   강판에 간 사과와 식초를 넣어 만든다.

김장아찌

재료
김 20장, 밤 4톨, 생강 1톨, 통깨 약간,
집간장 1/2컵, 고추장 1큰술

1. 김을 먹기 좋게 자르고 밤과 생강은
   껍질을 벗겨 곱게 채 썬다.
2. 냄비에 간장, 조청을 넣어 끓여 식으면
   고추장, 밤채, 생강채, 통깨를 넣는다.
3. 김에 발라 재워놓는다.

대나무동치미

재료
동치미무, 생강, 고추씨, 청각, 배, 사과, 굵은
소금, 갓, 대나무잎

1. 무는 작고 단단한 것을 골라 무청을 조금
   남기고 뿌리째 깨끗이 씻어 소금에 굴려
   절인다.
2. 생강은 씻어 저민다. 고추씨와 저민 생강을
   자루에 담아 항아리 밑에 넣고 갓, 청각을
   넣는다.
3. 2~3일 동안 소금에 절여 높은 무를 물에
   씻어 항아리에 차곡차곡 넣는다.
4. 과일은 크게 잘라서 씨 부분을 파내거나
   통째로 넣는다.
5. 무가 절여지며 생긴 소금물에 무 씻은
   물을 섞어 그냥 떠먹어도 좋은 정도로 간을
   맞춘다.
6. 대나무잎을 덮거나 대나무 가지로 눌러준다.
   대나무잎이 없으면 안 넣어도 된다.

생강차

재료
생강, 꿀 또는 조청

1. 생강은 껍질을 벗겨 깨끗이 씻은 뒤
   얇게 썰고 찬물에 가볍게 헹군다.
2. 김 오른 찜통에 넣고 10분 정도 찐다.
3. 쟁반에 헤쳐 놓은 뒤 꾸덕꾸덕 마르면
   붙지 않도록 앞뒤 뒤집어 말린다.
4. 꾸덕꾸덕해지면 흰 종이를 깔아 옮기고
   바짝 마르면 가루를 낸다.
5. 생강가루 한 숟가락에 조청 또는 꿀 한
   숟가락을 뜨거운 물에 타 마신다.

부처님이 들려주는
물 이야기

사람은 물 없이 살 수 없다. 더운 여름에 마시는 시원한 물 한 잔, 추운 겨울에 마시는 따듯한 물 한 잔은 얼마나 귀하고 이로운 음식인가. 요즘 현대인들은 물 대신 커피, 차, 음료수 등을 많이 마신다. 많은 물을 마시는 것 같지만 사실 이런 음료는 순수한 물이 아니다. 어떤 면에서는 이뇨 작용으로 몸속 수분을 바깥으로 배출시키는 역할을 한다. 그래서 커피 한 잔을 마시면 이를 보충하기 위해 똑같은 양의 물을 마셔야 수분 균형을 맞출 수 있다. 몸속에 필요한 수분은 오롯이 순수한 물로 채워야 한다.

부처님은 일찌감치 우리가 마시는 물의 중요성에 대해 말씀하셨다. 『마하승기율』제18에 보면, "마실 물인가 확인할 때는 천안(天眼: 오안五眼의 하나로 원근遠近, 전후前後, 상하上下, 좌우左右, 주야晝夜를 자재로 볼 수 있는 눈을 말한다)으로 보아도 안 되고, 눈이 어두운 사람이 보게 해도 안 된다. 아주 작은 글자를 읽을 수 있는 사람이 물을 보게 하라. (중략) 물에 벌레가 없으면 음료수로 써도 좋으나 만약 벌레가 있으면 걸러 마시도록 하라. (중략) 또 신자의 집에 갔을 때 공양으로 물을 받으면 '물을 걸렀습니까?' 하고 물어, 아직 안 걸렀다 하면 물을 거르도록 가르쳐야 한다."고 쓰여 있다.

부처님 시대에도 음료수는 여과하여 마시라고 가르쳤다. 물속에 사는 작은 벌레라도 죽이지 않는 살생계殺生戒를 염두에 둔 점도 있지만, 당시 많은 사람들이 물 때문에 설사나 복통으로 고통받는 일이 잦아 이를 구제하고자 한 것이다. 요즘 우리가 마시는 물은 옛 인도에서처럼 물속 벌레를 걱정할 정도는 아니다. 그러나 탄산음료, 카페인 음료, 과즙류를 비롯한 온갖 음료수가 넘쳐나고 그로 인해 각종 질환이 늘어나고 있는 만큼, 물에 대한 걱정이 더 많은 시대이다. 부처님 시대에는 단지 걸러서 맑게 마시면 되었지만, 오늘날은 내가 무엇을 마시고 있는지에 성분을 살피고 잘 마셔야 한다.

부처님은 몸이 아플 때는 병증에 맞는 물을 마시라고 했다. 깨끗한 물을 마시되, 몸이 아플 때는 병 치료에 도움이 되는 음료수를 마시라는 것이다. 여름에 많이 발생하는 풍병風病에는 '소비륵장蘇毘勒漿'을 마시라고 『비니모경毘尼母經』에 나와 있다. 소비륵장은 보리를 찧어 그릇에 담고 물을 부어 2, 3일 지나 약간 시큼해진 맛이 날 때 이를 한 번 더 거른 것이다. 또 『십송율十誦律』에는 장로 사리불이 풍병으로 몸에 냉기가 심할 때 '소제라장蘇堤羅漿'을 마시라고 나와 있다. 소제라장은 보리의 겉껍질을 벗겨 살짝 쪄낸 뒤 그릇에 담아 더운 물을 부어 두었다가 역시 신맛이 돌 즈음에 낮에 한 번 마시고 밤에 한 번 마신다. 『사분율』에는 소제라장을 '지맥즙漬麥汁', 즉 보리를 발효시켜 만든 약제라고 적혀 있다. 모두 보리를 발효시킨 음료수이다.

이밖에도 인도에서 자생하는 과실인 아마라, 하리륵, 비탐륵 등을 즙을 내 곡식, 나뭇가지, 잎사귀, 죽순, 꿀, 소금 등의 식품을 섞어 밀봉한 뒤 3, 4년 정도 발효시켜 짙은 갈색이 될 때 약제로 사용하라고 『선견율善見律』에 적혀 있다. 여러 가지의 과일과 채소들의 영양분을 그대로 함유한 것으로, 오늘날의 다양한 과일 채소 농축액과 비슷하다.

마음의 안정을 찾아주고 면역력을 높여주는 음료로 마시면 좋은 것이 연꽃차, 연잎차, 우엉차이다. 부처님은 연의 줄기와 뿌리로 음료수를 만들어 마시라 했다. 『대품大品』에 보면 사리불이 열병에 걸려 누워 있는 것을 본 목건련이 '친구여, 그대는 지난번에도 열병에 걸렸는데 그때는 무엇으로 고쳤었는가?'라고 묻자 '연의 줄기와 연 뿌리로 병을 고쳤노라'고 답하는 내용이 있다.

우리 전통 여름 음료로 '제호탕醍醐湯'이 있다. 제호는 최고의 음식이란 뜻이다. 더위에 기력이 쇠진해졌을 때 마시면 갈증이 사라지면서 식욕이 돋고, 소화도 잘 되어 노인부터 어린아이까지 누구나 마실 수 있는 최고의 청량음료이다. 제호탕은 마시면 정신이 맑아진다고 해서 '제호관정醍醐灌頂'이라고도 부른다. 불가에서는 제호미醍醐味라 하여 오미五味의 다섯째로 최상의 지극한 정법正法 또는 불성佛性에 비유한다. 오매(烏

梅, 익지 않은 초록 매실을 껍질을 벗겨 불에 그을려 말린 것), 백단향白檀香, 축사縮砂, 초과草果를 구해 약효가 가장 좋다는 단오날 만들어 꿀에 중탕하여 먹는다. 옛날에는 왕이 환갑이 넘은 관료에게 그동안 백성을 위해 수고한 공로를 치하하며 상으로 제호탕을 내리기도 했다.

부처님 시대에 술은 어떻게 마셨을까. 당시엔 술은 절대 금지였다. 『대지도론大智度論』에 쓰여 있다. '술은 자기의 모습을 잃게 하고, 심신이 흐려져 해롭고 지혜의 마음이 움직여 혼란을 가져오며, 부끄러운 마음이 없어지고 기억을 상실하며 화내는 마음을 증대시키고 체면을 잃고 가족 친지를 때리게 되는 것이 음주의 결과이니 음주는 실로 죽음의 독이다. 또 화내지 않을 일에 화내고, 웃지 않을 일에 웃고, 미친 사람과 다를 바 없어 모든 착한 공덕을 빼앗아가니 부끄러움을 아는 자는 술을 마시지 않는다.' 술에 의해 잃게 되는 손실에 대해 그 피해가 35가지나 된다고 부처님은 자세히 일러주었다. 『사분율』에도 '술을 마시면 안색이 나빠지며, 사물이 분명치 않게 보이고, 화내는 모습을 나타내며, 싸움과 소송을 일으키고, 지혜가 감소한다'고 하였으니 술로 인해 발생하는 추악한 상황은 지금이나 부처님 당시나 조금도 다르지 않음을 알 수 있다.

그러나 부처님은 예외적으로 병자에게는 술을 약으로써 허락했다. 사리불이 열혈병을 앓을 때 부처님이 '수로장首盧漿'을 마시라고 허락하는 대목이 있다. 수로장은 누룩을 갈거나 찧어 기름과 물을 같은 분량을 타 발효해서 만드는데 약간 술 기운이 돌았다. 이 때문에 부처님은 사리 불이 병을 치료하려고 수로장을 먹겠다고 하자 처음엔 허락하지 않았다. 재차 여쭈자 그제야 부처님이, '먹어라. 그러나 때가 아닌 때는 절대 먹지 말라'고 당부했다. 병이 위중할 때만 마시라는 뜻이었다. 부처님은 필요에 의한 술은 허락했지만 절대 금주가 먼저였다.

제호탕

재료
꿀, 오매, 백단향, 축사, 초과

1. 오매, 백단향, 축사, 초과 등은 한약상에서 구입해 각각 가루를 낸다.
2. 솥에 꿀을 넣고 약한 불에서 살짝 데운 다음 가루를 낸 약재에 탄다.
3. 제호탕은 백자 항아리에 보관해야 맛과 향이 유지된다.
4. 냉수 1컵에 제호탕을 한 숟가락 넣고 가루를 녹여 마신다.

송화밀수

재료
송화가루, 꿀

1. 송화가루와 꿀을 섞어 단지에 넣는다.
2. 찻잔에 한 숟가락씩 덜어 찬물에 타서 마신다.

발효,
생명과 생명을 잇는
오래된 지혜

얼마 전, 세계 3대 요리학교인 프랑스의 르 꼬르동 블루에서 사찰음식 강의를 했다. 요리사를 꿈꾸는 학생들에게 나는 '음식을 만드는 자세'에 대해 말해주었다. 음식을 만드는 모든 과정마다 스스로에게 '무엇을 위한 요리인가?'라는 질문을 던져보라고 했다.

"입에만 맞는다고 음식이 아닙니다. 배가 부르고 기분만 좋아진다고 음식이 아닙니다. 정말 좋은 음식은 내 몸에 약이 되는 음식입니다. 그런 음식을 만드는 이가 최고의 요리사이지요. 요리의 재료가 어디서 오나요? 모두 자연에서 옵니다. 그래서 요리사는 자연과 인간을 연결하는 중간자입니다. 여러분은 모두 그처럼 중요한 사람들입니다."

그러고는 한국에서 가져 간 한국의 발효 음식을 소개하고, 20년 묵은 우리 전통간장을 맛보게 했다. 간장이나 된장, 김치는 발효음식이다. 왜 발효가 중요한가? 우리 몸은 생명이다. 자연에서 오는 음식 재료도 모두 생명이다. 생명과 생명이 만나면 충돌이 생길 수도 있다. 둘을 조화롭게 연결시키는 고리가 바로 '발효'다. 그런 점에서 발효와 요리사는, 자연과 인간을 잇고 생명을 조화롭게 연결하는 아주 중요한 임무를 띤다.

사찰음식은 우리 전통 음식 속에 있다. 그 가운데 발효 음식은 우리 음식의 기본이다. 우리가 거의 날마다 먹는 간장, 된장, 고추장, 김치, 장아찌, 식초, 조청, 식혜 등이 모두 발효 음식이다. 발효 음식은 다른 말로 '살아 있는 음식'으로, 오랜 시간의 숙성 과정을 거친다. 숙熟, 익어간다는 것은 우리 몸에 이로운 성분을 늘여간다는 것이다. 발효 음식은 재료를 저장하는 의미도 있지만, 음식의 맛을 돕고 음식에 있는 나쁜 성질을 해독해주며 소화를 돕는다. 모든 음식은 약효를 갖고 있는 동시에 독을 갖고 있기에 그것을 중화시켜야 하는데, 그 역할을 하는 게 바로 장이다. 그래서 장은 병을 다스리고 음식의 에너지를 좋게 만들어주는 약藥의 의미를 지닌다.

된장은 다른 것과 섞어 내어도 제맛을 내고, 비리고 기름진 냄새를 없애주고, 매운맛을 부드럽게 하며 어떤 음식과도 조화를 이룬다. 금방 담근 장은 쌈장을 해먹고, 오래 끓여야 되는 장은 묵은 것을 쓴다. 만든 지 얼마 안 된 장을 오래 끓이면 떫은맛이 나고 맛이 깊지 않다. 식초는 살균, 방부, 해독 작용을 하며 소화를 돕고 변비를 예방해준다. 장아찌는 소금이나 식초에 절이거나 고추장이나 된장, 간장에 오래 박아 두었다가 먹는다.

장아찌 종류도 저장을 통해 오래 먹을 수 있다는 장점은 물론, 맛이 강하고 약효가 센 것을 그냥 먹으면 우리 몸에 부담을 주므로 이를 중화시켜 먹는 음식이다. 또한 제철이 지나도 저장했다가 꺼내 먹음으로써 그 필요를 충당했다. 요즘은 오이가 사철 나오지만, 여름 제철에 먹는 오이가 제맛이다. 무도 사계절 나오지만 제철일 때 가장 달고 맛있다. 봄이나 여름엔 쓰고, 떫고, 씁쓰름한 맛이 난다. 그래서 가장 맛이 좋은 제철에 장아찌나 동치미를 담아 다른 계절에 먹으면 그 재료 본래의 좋은 맛을 즐길 수 있고, 그 재료가 가진 좋은 약효를 볼 수 있다.

발효 음식의 대표 격인 간장은 절집에서 영양과 맛을 공급하는 아주 중요한 역할을 해왔다. 간장은 적은 양의 콩으로 만들 수 있고 또 오랫동안 저장이 가능했다. 모든 음식의 맛을 살리고 영양이 우리 몸에 흡수되도록 하는 간장은, 눈에 보이지 않는 영양소의 보고寶庫이다. 간장은 보통 음력 정월에 담는다. 따뜻한 전라도 지방은 12월에 담는다. 날이 따뜻할 때 장을 담으면 상하기도 하므로 이때는 염도를 올려 짜게 담는다. 간장을 만들 때 소금물에 비해 메주 양이 더 많으면 맑은 간장이 적게 나오고, 메주 양이 적으면 장빛이 흐리고 맛이 좋지 않다. 정월에 장을 담가 100일 만에 뜨면 빛은 검고 맛은 좋으나 양이 적으며, 2~3월에 담가 60일 만에 뜨면 한 동이 소금물로 간장 반동이가 나온다.

사찰에서는 나물 겉절이를 할 때 간장으로 간을 한다. 특히 시금치처럼 잎채소는 간장으로 무쳐내야 단맛이 더 좋다. 여름 가지를 간장에 버무렸다가 볶으면, 가지 특유의 흐물거리는 맛이 덜하고, 가지의 아린 맛도 중화가 되어 좋다. 간장으로 장아찌를 담그면 간장의 효소 작용으로 채소의 찬 성질이 중화된다.

냉한 기운이 많은 채소는 고추장으로 무쳐 먹는 것이 좋다. 특히 오이라든가 상추전을 부칠 경우, 초고추장과 함께 먹는 것이 좋다. 된장은 열이 많은 재료를 먹을 때 사용하는데, 여름에 열무겉절이를 하거나 된장 갓김치를 할 때 된장을 넣는 것도 열을 다스려준다. 장떡을 부칠 때 된장이나 고추장을 넣으면 밀가루의 뭉친 것을 장이 풀어주는 역할을 한다.

요즘 보통 가정이나 식당에서 나물을 무칠 때, 발효되지 않은 간장으로 하는 경우가 많다. 그런데 발효되지 않은 장과 함께 식품첨가제를 쓰면 음식 재료가 가진 본래 에너지를 먹기 어렵다. 우리 몸에 흡수될 수 있는 중간 매개체가 없으니 몸에서 부딪히기도 하고, 소화가 잘 되지 않으니 몸에서 좋은 에너지를 만들지 못한다. 가공된 첨가제가 많이 들어간 음식은 우리 몸에서 독이 된다. 식재료에서 유기농산물을 먹는 게 어렵더라도 기본적으로 꼭 발효된 전통 장을 쓰는 것이 우리 몸에 약이 됨을 기억해야 한다. 식품첨가제가 든 음식에 익숙해지면 혀의 미각이 무뎌지고 점점 강한 맛을 찾게 된다. 강하고 자극적인 맛은 우리 몸과 정신을 흐트러뜨려 바른 생각의 물꼬를 막는다. 오랜 기간 이 땅의 기후와 지형, 그리고 생활의 지혜가 빚어낸 정성의 결과물이 바로 우리의 발효 음식이다. 자연의 시간에 맞게 기른 먹을거리로 만든 밥상이 가장 건강한 밥상이고, 그 밥상이 우리 삶을 지켜준다는 것을 잊지 말자.

날마다 약으로
먹는 양념

양념의 어원은 '약 약藥'자에 '생각 념念'자, 약념을 소리 나는 대로 쓴 말이다. 즉 약으로 생각하고 먹으라는 뜻이다. 보통 양념을 음식의 맛과 향을 살리는 것으로 알고 있지만, 음식을 깨달음을 돕는 약으로 여기는 불가에서는 양념 역시 약이며, 부처님 시대 때부터 오랜 세월 계율로서 전해져 왔다.

부처님 율장에는 그릇의 보관법뿐만 아니라 공양간에 꼭 갖추어야 할 음식 재료와 양념을 보관하는 것에 대해 자세하게 다루어놓았다. 『마하승기율』에 보면, '깨끗한 기름, 칠일유七日油, 밀가루병, 소금병, 채소 그릇, 석밀(꿀)그릇, 그밖에 곡류, 후추, 생강, 소금류 등을 갖추어놓으라'는 내용이 나온다. 하루 보관할 수 있는 것에서부터 일주일 동안 보관할 수 있는 것, 오랫동안 쓸 수 있는 양념의 종류도 자세히 구분해놓았다.

양념은 음식을 약으로 만드는 데 아주 중요한 재료이다. 불교 경전에 나오는 세 가지 중요한 양념은 생강, 후추, 필발(후추과 향신료)이다.

그 외 우리가 쓰는 양념으로 소금, 천연 발효식초, 간장, 된장, 고추장, 조청 등을 들 수 있다. 여기에 표고버섯가루, 제피가루, 생강가루, 백년초가루, 다시마가루, 김가루, 들깨가루, 생들깨, 볶은 참깨, 콩가루, 마가루, 굵은 소금, 볶은소금, 죽염, 칡녹말, 연밥가루, 옥수수가루, 수수가루, 산초가루 등 천연 재료로 만든 양념이 있다. 된장, 고추장, 간장은 최고의 보약과 같은 양념이지만, 만들 때 반드시 천연 소금으로 만들어야 약이 된다. 정제된 소금, 인공 조미료가 들어간 소금은 쓰지 않는다.

수많은 양념이 있지만, 살펴보면 약이 되는 양념보다 몸에 해로운 조미료도 많다. 양념은 몇 가지 종류를 날마다 모든 음식에 넣어 먹으므로, 나쁜 양념을 생각 없이 쓰게 되면 몸에 차곡차곡 쌓이게 되고 결국 몸과 마음에 병이 들게 된다. 우리가 거의 모든 음식에 넣는 간장의 경우, 산분해 간장(진간장)은 콩을 염산으로 분해해 자연 발효 없이 며칠 만에 간장을 만들고 이를 중화하기 위해 양잿물(수산화나트륨)을 넣는 과정을 거친다. 양잿물은 독약으로 분류되지만, 간장에는 극미량이 들어간다는 이유로 허가되고 있다. 물과 소금, 콩, 바람, 햇빛이 1년 이상 조화롭게 숙성하여 만들어지는 간장이 아니라 단 며칠 만에 만들어내는 간장이 우리 몸에 좋을 리가 없다. '부엌에서 제일 먼저 간장을 바꾸자'는 나의 이야기를 따랐던 이들은 실제로 몸이 좋아졌다며 고마워한다.

우리가 먹는 양념 중에 몇 가지를 더 살펴보자. 생강은 독을 없애는 해독기능이 탁월하여 한약을 달일 때에도 감초처럼 넣는다. 소동파의 『동파별기東坡別記』에 '옛날 내가 고을살이 할 때 정자사의 총엽이라는 스님은 팔십 노승인데, 얼굴이 청년처럼 밝고 눈이 초롱초롱했다. 머리가 흑단처럼 검고 진맥으로 인간의 길흉을 예언하였는데, 맞추지 못한 것이 없었다. 심신이 그토록 총명한 비결을 물었더니 40년간 생강을 먹은 것 외에 아무것도 없다 했다(-『김치 천년의 맛』)'는 내용이 나오는데, 생강의 효능을 극적으로 표현한 것이다. 생강의 매운맛에는 위를 튼튼하게 해주는 성분이 있어서 식욕부진이나 소화 장애에도 효과가 있다. 절에서는 생강을 다져서 쓰거나 즙을 내서 사용하고 된장에 절여 반찬으로 쓰기도 한다.

소금은 자연에서 얻을 수 있는 가장 완벽한 미네랄이다. 또 반드시 섭취해야 하는 필수 양념이다. 요즘은 건강을 위해 소금을 적게 섭취하는 사람들이 늘어나고 있지만 저염식이 모든 사람에게 해당되지 않는다. 오히려 소금을 너무 적게 먹어서 건강이 나빠진 이들도 있다. 굵은 소금, 볶은 소금, 죽염을 양념으로 사용한다. 나트륨만 추출한 정제염은 다량의 광물질과 미네랄이 파괴된 것이므로 먹지 않는다. 국에 소금 간을 하거나 김치를 담글 때는 주로 굵은 소금을 쓴다. 볶은 소금은 나물을 무칠 때 주로 쓰고, 생채소의 독성을 줄이기 위해 겉절이로 먹을 때는 죽염을 쓰는 것이 좋다. 짠맛은 어떤 짠맛이냐가 중요하다. 인공으로 만든 짠맛이 아니라 자연이 발효시킨 짠맛을 먹어야 한다.

후추는 음식의 잡냄새를 없애주고 방부제 역할을 한다. 과거 유럽인들은 썩은 냄새에서 병이 난다고 믿어 콜레라가 번졌을 때 환자가 발생한 집에 후추를 태워 소독하기도 했다. 후추는 약재로도 쓰였다. 위장에 탈이 나거나 구토증이 있을 때 뛰어난 효능을 보인다. 마른 고추는 김치를 담글 때 통고추나 마른 고추를 갈아 넣고, 잘게 썰어 장아찌에 넣거나 능이국처럼 국물을 낼 때 통째로 넣어 칼칼한 맛을 내기도 한다.

참깨는 항산화 성분이 있어 노화를 방지하며, 간 기능을 높여주고 대사를 촉진한다. 피부를 곱게 하고 모발에 윤기를 주는 성분이 많다. '아르기닌'이라는 아미노산은 아이들의 성장에 꼭 필요한 성분이다. 다른 맛을 도와주고 부족한 영양을 채워주고 우리 몸의 윤활유가 되어준다. 깨를 살짝 볶아 김부각 위에 뿌리거나 나물을 깔끔하게 내고 싶을 때 쓴다. 색이 검은 흑임자는 씻어서 볶을 때 타는 정도를 잘 모르므로, 깨가 통통한 정도로 살짝 볶아 쓴다. 강정에 고물로 쓰기도 하고 조림에 뿌리기도 한다. 참깨 한 알, 한 알이 소중하다. 한 알의 참깨에 들어있는 온 생명의 수고와 에너지를 생각해보라. 깨는 작지만 우주의 에너지가 집약되어 있다.

장은 묵을수록 몸에 좋고 풍미도 깊어진다. 사찰에서는 상 가운데 반드시 간장 종지를 놓는다. 스님들은 음식을 드실 때 가장 먼저 간장을 약간 찍어 드셨다. 스님뿐만 아니라 전통적인 밥상에서는 대부분 이런 식습관을 갖고 있다. 이는 오래된 지혜의 소산이다. 간장을 먹으면 소화가 잘 된다는 것을 몸으로 익힌 것이다. 간장, 된장, 고추장은 다른 음식의 영양 흡수를 돕는 매개체 역할도 한다. 채소와 나물의 종류에 따라 알맞은 장을 넣어 무치는 것은 맛과 영양을 좋게 해줄 뿐만 아니라 소화를 돕는 것이다.

그밖에도 강한 향과 쌉싸래한 맛이 나는 채소를 중화해서 먹기 위해 사찰에서는 다양한 천연양념을 사용했다. 채소의 쓴맛을 부드럽게 하기 위해 곡물가루를 넣었으며, 독을 중화시키기 위해 장을 넣었다. 열이 많은 재료는 차가운 성질의 된장, 냉한 재료는 뜨거운 성질의 고추장으로 중화시키며, 간장은 중간 성질로 음식의 간을 맞추고 색을 내는 데 사용한다. 계절에 따라 양념 재료도 달리하는데, 주로 제철 곡식을 가루로 내 음식에 맛과 에너지를 더한다. 곡식이 가진 에너지가 계절마다 다르므로 봄에는 콩, 여름에는 보리와 밀, 가을에는 찹쌀 등 제철 곡류를 활용한다. 추운 겨울을 지나 열량이 부족하고 계절 변화로 몸에 기운이 없는 봄에는 콩가루를 양념으로 많이 썼다. 봄나물을 콩가루에 묻혀 찐 뒤 양념을 하면 나물을 삶거나 찔 때 손실되기 쉬운 맛과 영양을 엉겨 붙은 콩가루가 흡수해 나물의 영양을 온전히 섭취할 수 있을 뿐 아니라 단백질도 보충할 수 있다.

또 채소를 삶은 물도 음식의 맛을 내는 중요한 양념으로 사용한다. 감자, 보리, 다시마, 가죽순 등 채소를 삶은 물은 버리지 않고 밑국물로 사용하며, 건더기는 건더기대로 음식을 만든다. 맑은 국물 음식에는 말린 표고버섯을 통으로 넣어 맛을 우려내고, 표고버섯 가루 등은 텁텁하고 지저분해질 수 있으므로 찌개나 국수반죽 하는 데 주로 넣는다.

모든 음식에 들어가 날마다 먹게 되는 양념을 잘 살피는 것은 건강한 음식의 기본이다.

건강한 아이,
건강한 미래를 위한
식습관 키우기

⌣

_____부엌에서의 기쁨을 물려주라

1970년대만 해도 여학교에서는 11월 한 주 동안 '김장방학'을 했다. 가족의 든든한 겨울 양식인 김장을 온 가족이 나서서 돕는 것이다. 배추를 나르고 다듬고 썻고 절이고, 고된 일이지만 함께 나누니 즐거운 노동이 되었다. 특히 딸에게는 어머니의 솜씨를 익히는 좋은 기회였다. 참 지혜로운 발상이다. 요즘 여성들의 대부분은 가사와 육아를 오롯이 홀로 감당해야 한다. 일하는 여성에게 '요리'는 피곤한 노동이 되었다. 자연히 가족을 위한 식사는 인스턴트 식품과 외식에 기대게 되었다. 그만큼 건강이 안 좋아지고 또 그만큼 가족의 행복도 줄어들었다. 1주일에 하루, 그것도 힘들다면 한 달에 하루 이틀, 날을 정하여 온 가족이 요리를 만드는 시간을 내보자. 아빠와 엄마, 아이가 먹고 싶은 음식, 계절음식을 정해 함께 장을 보고 요리하는 것이다. 아이는 요리보다 음식을 만드는 즐거움, 가족이 함께 하는 기쁨을 더 크게 느낀다. 좋은 기억은 횟수에 달려있지 않다. 그 순간을 얼마나 행복하고 즐겁게 기억하는가가 더 중요하다. 아이에게 부엌은 행복한 곳, 좋은 추억이 있는 곳임을 느끼게 해주는 것, 아이를 위한 음식 교육의 시작이다.

_____ 무엇을 어떻게 먹느냐가 아이의 운명을 바꾼다

일본의 유명한 사상가인 미즈노 남보쿠에게 어느 날 한 여인이 찾아왔다. 여인은 아이가 병약하고 좋지 않은 운명을 갖고 있다고 했다. 그러자 남보쿠는 이렇게 말했다. "아이가 가난하고 나쁜 운명을 갖고 태어났더라도, 부모가 절제하면 아이의 운명은 더 이상 나빠지지 않습니다. 자식에게 부모는 근본입니다. 근본이 바로 서면 자연스럽게 모든 것이 바르게 됩니다. ……스스로 매일 먹는 음식에서 절제하는 것이 시작입니다. 내 입으로 들어가는 얼마 안 되는 음식이지만, 날마다 절제하면 자손의 나쁜 인연을 풀어, 아이의 가난함과 병약함을 극복할 수 있습니다." 무슨 말인가. 부모의 노력으로 아이의 운명은 바꿀 수 있고 그 노력은 바른 식습관에 있다는 것이다. 한 집에서 같은 음식을 먹는 한, 부모의 식습관은 자연스럽게 아이에게 이어지고, 바른 식습관을 통해 스스로 절제의 삶을 살게 되니 운명마저 바뀔 수 있다는 것이다.

_____ 음식 재료의 본래 맛을 느끼게 하라

요즘 아이들은 달고 부드럽고 기름지고 또 매운 음식을 좋아한다. 아이들의 입맛이 원래 그래서라고 부모들은 말하지만, 아니다. 부모에게서 받은 식습관 교육이 잘못된 탓이다. 한 번 잘못 길들여진 입맛을 바꾸기는 쉽지 않다. 미각 교육을 통해 나는 아이들의 입맛이 참으로 정직함을 실감한다. 아이들과 애호박전을 해먹을 때였다. 아이들은 처음엔 '노노노~'를 외쳤다. 왜 아이들은 호박을 싫어할까. 보통 엄마들은 아이들에게 호박을 먹이려고 달걀을 풀어 부친다. 그런데 달걀의 비릿한 맛이 호박의 풋내를 강하게 한다. 호박의 본래 맛, 단맛을 알게 하면 아이들은 어떤 반응을 보일까. 애호박을 썰어 들기름을 살짝 두른 팬에 부쳐주었더니 아이들이 맛있게 먹었다. 집에 싸가도 되냐고 묻기까지 했다. 부모들은 아이들의 '혀'를 믿어야 한다. 그리고 원래 재료의 맛을 살리는 조리법을 배워야 한다. 달고 기름진 맛으로 아이들의 혀를 속일 것이 아니

라, 재료가 가진 정직한 맛을 알게 해야 한다. 아이들도 어려서부터 쓴 맛과 거친 음식을 맛보아야 다양한 맛을 알게 된다. 단맛 말고는 맛없다는 생각을 갖지 않도록 다양한 맛을 경험케 해줘야 한다.

아이는 엄마의 어떤 맛을 기억할까

어릴 때 집에 손님이 오면 어머니의 손은 바빠졌다. 분주하게 오가는 어머니의 모습을 눈으로 좇으며 괜스레 나도 조금 설렌 것 같다. 이윽고 어머니가 밥상이나 다과상을 내오면 내 마음이 뿌듯했다. 먹는 것만큼 우리를 즐겁고, 편안하고, 신이 나게 해주는 것도 없다. 우리는 음식을 나눠 먹으면서 소통하고 힘을 얻고 살아가는 에너지를 얻는다. 삶 속에는 지식과 지혜, 더불어 즐거움이 있어야 한다. 요즘은 아이도 부모도 너무나 바쁘다. 요리의 본래 즐거움을 모르고 지나친다. 나는 겨울에서 봄, 여름에서 가을, 철마다 엄마가 만들어주셨던 음식을 기억한다. 맷돌에 갈아 만든 청포묵, 새참으로 내갔던 푸릇한 배추전, 가마솥 밥 위에서 보글보글 끓는 된장찌개……. 지금 똑같이 만들어서 먹어본들 그때 그 맛은 아니지만, 내 마음속에 영원히 살아있는 맛이다.

식사할 때 TV를 꺼라

가족의 식사 자리에 텔레비전이 켜져 있는 풍경은 익숙하다. 그러나 텔레비전에서 흘러나오는 것들은 헛것이다. 텔레비전에 마음을 빼앗기면 음식에 집중하지 못한다. 바로 지금, 순간을 살지 못하고 있는 것과 같다. 미국의 유명한 기업가인 빌 게이츠는, 어린 시절 부모와 식사하면서 많은 이야기를 나누었으며 그것은 행복한 기억이자 삶의 자양분이라고 말했다고 한다. 우리도 밥상머리 교육의 중요성을 설파한 옛 기록이 전해진다. 조선시대 빙허각 이씨라는 선비가 지은 『규합총서(閨閤叢書)』에 식시오관(食時五觀), '밥 먹을 때 생각해야 할 5가지'라는 지침

이 있다. 첫째 상에 차려진 음식에 담겨 있는 정성을 헤아리고 그것이
어디에서 왔는지 생각해보라. 둘째 나의 덕행을 살피고 먹을 자격이 있
는지 돌아보라. 셋째 맛있는 것, 배부르게 먹고픈 탐심을 절제하라. 넷
째 음식을 좋은 약으로 삼아 바른 몸을 가꾸고 바른 생각을 한다. 다섯
째 일을 이루고 그 다음 먹을 생각을 하라. 옛 선인들은 밥상 앞에서 올
바른 삶의 지혜를 나눠준 것이다. 식시오관은 불교의 「오관게」에서 유
래한다. 식사할 때는 텔레비전을 꺼라!

깨끗한 음식에 대한 기준을 세워라

멸균 처리라고 쓰인 가공식품은 정말 깨끗한 음식인가? 햄, 소시지는
세균은 없지만, 깨끗한 음식이 아니다. 생명을 살리는 농법으로 거둔 제
철에 난 곡식이 바로 깨끗한 음식이다. 갈수록 식품첨가물에 대한 경각
심이 높아지고 있다. 우선 포장지에서 내가 이해하지 못하는 낱말이 있
다면 먹지 않겠다는 기준을 세워야 한다. 엄마들은 아이들에게 이거 먹
지 마라, 저거 먹지 말라고 잔소리를 한다. 그 전에 아이들의 자존심을
세워주어야 한다. 아이들 스스로 먹을거리를 선택할 수 있도록 방법을
일러줘야 한다. 음식 포장지에 적힌 첨가물을 살펴보고 바른 먹을거리
에 대해 함께 이야기해보는 것도 좋은 방법이다. 아이 스스로 먹을거리
를 선택하는 습관을 길러주는 것을 엄마는 고민해야 한다.

우리에게 얼마나 많은 가짓수의 음식이 필요할까

온갖 미디어에서 쏟아지는 먹을거리 광고를 보면 아찔하다. 세상에 이
렇게 먹을거리가 많다니! 그럼에도 여전히 배고픈 사람, 아픈 사람이
있다! 광고는 사람들을 홀린다. 선택할 수 있는 정보를 준다지만 곧잘
시험에 빠트린다. 좋아 보이고 맛있을 거 같고 건강한 음식일 것 같은
유혹들. 현대인들은 정말 많은 생각을 하면서 살아야 한다. 가짜와 진

짜, 거짓과 진실을 살펴야 한다. 사찰음식을 배우기 전, 사람들은 세상에는 엄청 먹을 것이 많다고 생각한다. 그러다 사찰음식을 조금 배우고 나면 세상에 먹을 게 하나도 없다고 말한다. 그러다 사찰음식을 깊이 이해하고 나면 먹을 게 점점 늘어난다. 자연의 온생명과 함께 공존하는 요리가 바로 사찰음식이다. 요리는 모든 사람이 삶에서 반드시 배워야 하는 기술이자 철학이다. 성별 가리지 않고, 특히 아이들도 요리를 배워야 한다. 자연주의자 황대권 선생은 "커다란 생태공원을 만들기보다 한 사람 한 사람을 자연주의자로 만드는 것이 더 효과적이다."라고 말했다. 사찰음식 또한 남녀노소, 한 사람, 한 사람 배우고 익힌다면 세상은 더 안전하고 평화로워질 것이다.

균형 잡힌 면역력을 위한 조리법

요즘 아이들의 병은 유전적인 것보다 후천적인 요인이 앞선다. 아이들이 앓는 병의 원인 가운데 10%가 유전이라면 나머지 90%는 음식에 있다. 부모는 당뇨도 없고 비만도 아니지만, 자녀에게 당뇨와 비만이 있다면 아이들의 먹을거리를 살펴봐야 한다. 환경오염과 온갖 가공 식품의 홍수 속에서 아이들의 건강을 지켜줄 수 있는 방법을 찾아야 하는 시대이다. '음식으로 고치지 못하는 병은 의사도 못 고친다'는 말이 있다. 만약, 가족 중에 아픈 사람이 있다면 먼저 식습관을 돌아봐야 한다.

● 삶고, 찌고, 데친다. 데치는 조리법을 활용한 무침 요리, 특히 나물류가 좋다. 고기 요리도 튀김보다는 부침이, 부침보다는 삶는 것이 좋다.

● 볶음 요리는 식품 자체의 수분을 이용하거나 물로 볶는다. 기름을 뜨겁게 가열하면 병의 원인인 활성산소가 생성되기 때문이다. 수분을 이용해 볶고 불을 끈 상태에서 마지막에 들기름을 넣는다.

- 신선한 기름을 쓴다. 일부 들기름은 고온으로 볶아 벤조피렌 같은 유해한 물질이 포함되어 있다. 살짝 볶아 짠 들기름, 오래 되지 않은 신선한 들기름이 좋다. 볶지 않고 짜낸 생들기름은 볶은 들기름보다 고소함은 덜하지만 오메가-3를 그대로 섭취할 수 있다.

- 고기는 풀을 먹고 키운 '정육(본문 184쪽 참고)' 즉, 깨끗한 고기를 선택한다. 육식이 1이면 약 3배의 채소를 함께 먹어야 한다. 육식은 몸속에 오래 머무르므로, 채소를 먹어 빨리 배설이 되도록 한다. 또 밥보다 고기 양이 많아서는 안 된다.

- 조림 요리는 짜고 달지 않게 한다. 잦은 외식과 가공식품 섭취로 짠맛과 단맛에 길들여진 사람들은 집에서도 짜고 달게 조리해야 맛있는 것처럼 느껴진다. 조림 요리의 염도와 당도를 낮추기 위해서는 재료를 익힌 다음 마지막에 간장과 설탕을 넣어 졸인다. 간은 소금보다는 간장으로, 반드시 메주와 천일염으로 만든 집간장(조선간장)을 쓴다.

- 천연의 단맛을 사용하라. 과일, 조청, 꿀 등이 좋다. 설탕은 되도록 유기농을 쓰되 그 단맛이 재료의 맛을 해치지 않도록 조화롭게 써야 한다.

- 신맛, 쓴맛, 떫은맛 등 오감의 맛이 어우러지도록 조리하라. 또 딱딱하고 질기고 거친 음식도 먹어보게 한다. 맛은 길들여진다. 특히 매운맛은 먹을수록 더 강한 맛을 원하게 되므로, 평소 다양한 맛으로 미각을 깨우도록 한다. 과자 속에 든 짠맛도 조심해야 한다. 보통 과자를 고를 때 단맛만 따지는데 단맛을 내기 위한 짠맛도 과자 속에 많이 들어 있다. 아이를 키우는 엄마들은 숨은 맛까지 알아야 한다.

이 음식이 어디에서 왔는가.
내 덕행으로 받기 부끄럽네.
마음의 온갖 욕심 버리고
건강을 유지하는 약으로 알며
진리를 실천하고자 이 음식을 받습니다.
- 오관게五觀偈

당신은 무엇을 먹고 사십니까

ⓒ 선재, 2017

2017년 1월 2일 초판 1쇄 발행
2024년 12월 5일 초판 7쇄 발행

지은이 선재
발행인 박상근(至弘) • 편집인 류지호 • 편집이사 양동민
편집 김재호, 양민호, 김소영, 최호승, 하다해, 정유리
디자인 쿠담디자인 • 제작 김명환 • 마케팅 김대현, 이선호, 류지수 • 관리 윤정안
콘텐츠국 유권준, 김대우, 김희준
펴낸 곳 불광출판사 (03169) 서울시 종로구 사직로10길 17 인왕빌딩 301호
    대표전화 02) 420-3200 편집부 02) 420-3300 팩시밀리 02) 420-3400
    출판등록 제300-2009-130호(1979. 10. 10.)

ISBN 978-89-7479-335-7 (03810)
값 18,000원